자혼

성운을 먹는 자

성운을 먹는 자 13

김재한 퓨전 판타지 소설

초판 1쇄 찍은 날 § 2016년 3월 17일
초판 1쇄 펴낸 날 § 2016년 3월 24일

지은이 § 김재한
펴낸이 § 서경석

편집책임 § 이창진
디자인 § 신현아

펴낸곳 § 도서출판 청어람
등록번호 § 제387-1999-000006호
등록일자 § 1999. 5. 31
어람번호 § 제1-2384호

주소 § 경기도 부천시 원미구 부일로 483번길 40 서경B/D 3F (우) 14640
전화 § 032-656-4452 팩스 § 032-656-4453
http://www.chungeoram.com
E-mail § chungeorambook@daum.net

ⓒ 김재한, 2015

ISBN 979-11-04-90706-7 04810
ISBN 979-11-04-90287-1 (세트)

FUSION FANTASTIC STORY
김재한 퓨전 판타지 소설
성운을 먹는 자
열 명의 이름
13
도서출판 청어람

목차

제71장
새로운 연합

1

형운은 거대한 기억의 바다 속을 헤매고 있었다.

인간의 일생과는 비교도 안 되는 장대한 정보의 군집, 그 속에서 기포처럼 떠오르는 기억들 속에 꿈의 형태로 내던져진다. 그것은 마치 폭풍에 휘말린 것처럼 난폭하고 제어되지 않는 상황이라서 자신이 접한 정보를 받아들이고 이해할 여유조차 없었다.

평범한 인간이었다면 벌써 미쳐 버렸으리라. 그러나 형운의 의식은 버텨낸다. 이해하지는 못할지라도 어떻게든 자아를 지켜내면서 조금씩 정보의 격류에 익숙해져 갔다.

익숙해지고 나니 조금씩 생각할 여유가 생겼다. 정신을 덮치는 정보의 파편들에 주의를 두지 않는 식으로 흘려 넘기면서 사고를 진행할 수 있는 틈을 확보했다.

'뭐가 어떻게 된 거지?'

하지만 아직 자신이 무슨 일을 당한 것인지, 어디에 있는 것인지 모르겠다. 그저 이 상황 속에서 조각조각 난 기억들을 그러모으고 사고를 진행하느라 필사적이었다.

문득 과거에 귀혁이 들려주었던 말이 생각난다.

'뭐가 뭔지도 모를 정도로 혼란스러울 때는 일단 복습해라. 자기를 이루는 것들을 복원하듯이 하나하나 행해보는 거다. 그러다 보면 자기가 누구인지, 무엇을 해야 하는지 떠올리게 될 게다.'

형운은 그 가르침에 따랐다.

자세를 잡는다. 호흡을 정돈한다. 그리고 주먹을 지른다.

동시에 더없는 실감이 전신을 관통했다.

'나는 여기에 있다.'

그것은 조금 전까지는 완전히 잃어버렸던 감각이었다.

자신이 살아서 존재한다는 것을, 공기를 호흡하고 세상과 부딪치며 살아간다는 실감이 사라져 있었다. 아침에 깨어나고 나면 잊어버리는 부질없는 꿈처럼.

형운은 잡념을 떨쳐 버리듯이 움직였다. 이제는 너무나도 자연스러워져서 더 이상 필요로 하지 않는 기초적인 심법부터 귀혁이 가르쳐 준 권각술의 형(形)을 하나씩 공들여서 행했다.

정신이 아득해질 정도로 반복해서 연마해 온 동작들이다. 머리로 생각할 것도 없이 무심(無心)의 영역에서 움직인다.

그래도 생각한다.

무심의 경지에 이르기까지의 과정, 미숙하던 시절부터 무심의 경지에 이르기까지의 과정을 되돌아보듯이 세세한 것들을 점검한다. 이 동작을 할 때 근육이 어떻게 움직이는지, 어디에 부하가 걸리는지, 진기 흐름이 어떻게 가속하는지, 시선이 어딜 향하는지까지…….

그 모든 것이 형운이라는 무인(武人)을 이루는 요소들이었다. 그 과정을 통해서 형운은 산산이 흩어졌던 자신의 존재를 재구축했다.

'아.'

형운은 자신이 한 일의 의미를 깨달았다.

'여긴 현실이 아니구나.'

육체는 없고 마음만이 존재하는 세계가 펼쳐져 있었다.

형운이 정신을 차리지 못했던 것은 당연했다. 꿈속을 몽유할 때 그 사실을 자각하지 못하듯, 육체를 잃은 존재가 이 세계 속에서 스스로를 인식하지 못하는 것은 자연스러웠다.

그대로 자아를 잃고 이 세계를 이루는 정보의 일부가 되는 것이 형운을 기다리는 운명이었다. 그러나 어째서인지 형운은 자아를 지키면서 이 세계를 관측하는 상태에 도달했다.

'누군가 나를 지켜줬어.'

형운은 자기도 모르게 손목을 바라보았다. 그곳에 찬 진조족의 팔찌가 가늘게 떨고 있었다. 필시 현실에도 이 팔찌가 존재하고 있으리라.

'이것만이 아니야.'

형운은 본능적으로 깨달았다. 진조족의 팔찌는 그의 자아를 지켜줄 수는 있을지언정 지금의 상태로 이끌기에는 부족했다.

곧 형운은 품속에서 차가운 빛이 흘러나오고 있음을 깨달았다. 그것은 빙령의 조각이 내는 기운이었다.

'형운······.'

그것을 손에 쥐는 순간 익히 알고 있는 목소리가 들려왔다.

"유설 님!"

'형운······.'

"들려요, 유설 님! 저예요!"

'형운······.'

"아······."

형운은 자신의 부름이 부질없음을 깨달았다.

유설은 이미 그의 일부가 되어 사라졌다. 희미하게 남아 있는 그녀의 잔향, 형운을 위하는 의지가 빙령의 조각과 반응했을 뿐이다.

하지만 그녀가 아니었다면 빙령의 조각은 아무것도 하지 않았으리라. 유설은 죽은 후에도 형운을 지켜주고 있었다.

"유설 님······."

형운은 빙령의 조각을 꼭 쥔 채로 작게 흐느꼈다.

그런 형운을 두서없는 기억들이 스쳐 갔다. 그것은 대부분 아득한 과거의 기억들이었다.

그 속에서 걸걸한 목소리가 들려왔다.

—재미있는 녀석이군. 이 속에서 자신을 유지하는 인간은 나

말고 처음이야.

"누구야?"

형운이 경계하며 주변을 두리번거렸다.

정신세계 속에서는 무의미한 행동이었다. 그랬어야 했다.

그러나 형운의 눈이 무수한 정보의 거품들 사이에서 한 사람을 찾아냈다.

30대 초중반 정도로 보이는 청년이었다. 장신에 다부진 근육질 상반신을 맨몸으로 드러낸 그가 형운을 보며 씩 웃었다.

—너보다 오래전에 사악한 신의 그릇이 되었던 사람.

"뭐라고?"

—시간이 얼마나 흘렀는지는 모르겠지만, 너를 보니 왠지 내가 살던 시대보다 훨씬 훗날의 사람이라는 느낌이 들어. 네 시대에도 전해지고 있을지는 모르겠지만 내 동료들은 후세에 나를 이런 호칭으로 전하겠다고 했었지.

청년은 조금 쑥스러워하며 말했다.

—청해용왕(青海龍王)이라고.

2

"아아아아악!"

막사 밖에서 찢어지는 비명이 울려 퍼졌다.

"무슨 일이냐!"

해루족의 대주술사 모람은 깜짝 놀라서 외쳤다. 하지만 밖에서는 대답 대신 비명이, 폭음과 무기가 부딪치는 소리가 연달아 울려 퍼지기 시작했다.

동시에 압도적인 존재감이 그를 덮쳐왔다. 쇠약해져 있던 모람은 정신이 아찔해져서 그 자리에 주저앉았다.

"이건 설마?"

숨 막힐 듯이 위압적이면서도 동시에 친숙하다. 모람에게는, 아니, 해루족의 주술사라면 누구나 이 느낌의 정체를 알았다.

특별한 의식을 통해 조상의 가호를 손에 넣어 정식 주술사가 되는 바로 그 순간에 느꼈던 것과 같다. 주술사들이 조상의 영령이라 믿는, 인간보다 격이 높고 거대한 존재들의 의지를 접했을 때의 감각.

모람은 비틀거리며 막사 밖으로 나왔다. 그리고 나가는 순간 자신의 예감이 맞았다는 사실을 깨달았다.

어둠의 안개가 대지 위에 내리깔렸다. 그리고 그로부터 심해에 사는 괴물의 그것 같은 거대한 촉수들이 튀어나와서 꿈틀거리고 있었다.

죽음과 혼란의 한가운데서 누군가 모람을 향해 걸어왔다. 온통 암흑으로 이루어진 남자가 웃고 있었다.

"우리의 신이시여……!"

모람은 희열과 절망이 교차하는 목소리로 말했다. 그 앞에 선 암흑인이 말했다.

―내게 운명을 바친 인간들이여, 내가 돌아왔느니라. 이제 이 땅은 그대들의 손에 들어올 것이다.

"이 늙은 목숨이 다하는 날까지 경배하겠나이다. 부디 해루족의 앞날에 광영을 비춰주소서."

모람의 눈에서 눈물이 흘러내렸다. 그러나 어떤 감정 때문인지는 모람 자신도 알지 못했다.

3

별의 수호자 일행과 청해용왕대는 초상집 분위기였다.

청해궁의 기보를 손에 넣고, 적들을 격퇴하는 동안 가슴속에서 타오르던 전의는 찬물을 뒤집어쓴 것처럼 식어버렸다. 희망 없는 패잔병의 몰골로 죽은 자들의 시신과 부상자들을 수습할 뿐, 서로 한 마디도 나누지 않았다.

시신을 수습하는 일까지 끝마치자 무거운 침묵이 내리깔렸다. 견디기 어려워서 뭐라고 말을 해야 하지만, 말을 했다가는 자신들에게 닥친 현실을 마주해야 한다는 두려움에 입을 다물고 있었다.

그 불편한 대치를 깬 것은 양진아였다. 그녀가 서하령을 보며 말했다.

"서하령."

"말해."

"선풍권룡의 일은… 유감이야."

"……"

순간 서하령에게서 살기가 뿜어져 나왔다. 일행의 책임자로서 냉정함을 유지하기 위해 억눌렀던 감정이 폭발하듯이.

청해용왕대원들이 그 살기에 반응했다. 하지만 양진아는 차분하게 말을 이었다.

"이 일에 당신들을 끌어들인 것, 희생을 치르게 한 것은 미안하게 생각해. 어떤 식으로든 보상하겠다고 말했지만… 아무래도 어려울 것 같아."

"무슨 말을 하고 싶은 거야?"

분노를 드러내던 서하령의 목소리가 차갑게 가라앉았다. 자신에게 말하는 양진아의 목소리가 미미하게 떨리고 있다는 사실을 알아차렸기 때문이었다.

양진아가 말을 이었다.

"이런 상황에서 할 말은 아닌지도 모르겠어. 하지만 차라리 다행이야. 이대로 청해군도를 떠나도록 해."

"너, 자기가 무슨 소리를 하고 있는지는 자각하고 있어?"

"물론 내 정신은 멀쩡해. 진심으로 말하는 거야. 아직 상황을 전부 파악하지는 못했지만, 현실적으로 우리 청해용왕대는 너희의 안전을 책임져 줄 수 없어. 하지만 그라면 다를 거야. 그가 정말 암해의 신이라면 해루족을 장악하고 너희가 대륙으로 갈 수 있도록 배를 내줄 수 있겠지. 바다를 안전하게 통과할 수 있도록 배려해 줄 수도 있을 것이고."

"그럼 당신들은?"

서하령이 물었다.

목숨을 우선시한다면 양진아가 말한 대로 하는 것이 옳다. 고집을 부리다가 몰살당하는 것보다는 원한을 가슴속에 묻고 돌아가서 이곳에서 겪은 사건의 전말을 전하는 것이 현명한 선택이리라.

하지만 그럼 청해용왕대는 어찌 되는가?

"우리는 끝까지 싸울 거야."

양진아는 한 점의 망설임도 없이 대답했다. 그녀가 주변을 둘러보았다. 가돈도, 굼린 장로도, 다른 청해용왕대원들도 모두 그녀와 같은 의지를 보이고 있었다.

"이곳은 우리의 집이야. 우리 자신만이 아니라 가족들의 목숨이, 그리고 긍지가 걸려 있어. 처음부터 물러날 곳은 없었어."

그래서 양진아는 절대적인 열세에도 불구하고 활로를 찾아서 싸웠다.

하지만 만약 처음부터 승산 따위는 없고 절망적인 결말만이 기다렸다면 어땠을까? 싸움을 포기하고 도망쳤을까?

아니다.

세상 모두가 어리석다고 손가락질하더라도, 패배만이 기다리는 전장으로 나아가서 싸웠을 것이다.

"하지만 우리 싸움에 너희를 희생시킬 수는 없어. 지금까지 함께 싸워줘서 고마워. 늘 널 얄밉다고 생각했지만, 이번 일에는 진심으로 감사하고 있어."

"쓸데없는 말을 안 덧붙였으면 더 좋았을 텐데."

"이런 때 가식은 어울리지 않잖아?"

양진아가 웃었다. 결의로 만들어낸, 그러나 당장이라도 무너질 것처럼 위태위태해 보이는 미소였다.

"염치없지만 마지막으로 부탁 하나 해도 될까?"

"무슨 부탁?"

"만약 우리 가족들이 대륙으로 도망친다면, 그들이 그곳에서 자리 잡을 수 있도록 힘써줬으면 좋겠어."

"......"

서하령은 양진아가 스스로의 죽음을 받아들였다는 사실을 깨달았다.

그것은 죽음을 각오한 것과는 다르다. 자신이 패배해서 죽을 것을 이미 정해진 사실로 받아들이고 그 이후의 일을 생각한다.

서하령이 그녀를 바라보며 할 말을 생각할 때였다.

"으, 으윽......"

가려가 신음하며 눈을 떴다. 그녀가 비몽사몽 상태에서 간절한 목소리로 말했다.

"서 아가씨, 할 말이 있습니다......"

"숨을 골라요. 정신부터 차리고 차분하게 말해요."

서하령이 가려에게 진기를 불어넣어 주면서 말했다. 그녀는 암흑인에게 붙잡혀서 혼절했을 뿐, 부상을 입은 것은 아니었기에 금세 의식을 회복했다.

서하령은 가려에게 상황을 간략하게 들려주었다. 잠시 생각에 잠겼던 가려가 말했다.

"한 가지 허락을 구하고 싶은 일이 있습니다."

"무슨 일이죠?"

"저는 남겠습니다. 이 목숨, 제 뜻대로 쓰는 것을 허락해 주십시오."

가려는 서하령이 어떻게 할 것인지 묻지 않았다. 이미 가려에게는 일행이 어떻게 할지는 고려할 사항이 아니었다.

서하령이 그녀를 바라보다가 말했다.

"...형운은 당신이 살아주길 바랄 거예요."

"저도 공자님께서 살아주시길 바랍니다. 저처럼 살아가는 목적조차 모르는 사람보다 훨씬 더."

가려의 눈동자는 결의에 차 있었다.

그 눈을 마주한 서하령은 의아함을 느꼈다. 가려는 설산에서 형운을 잃었을 때처럼 자포자기한 것도, 그렇다고 원한을 불사르는 것도 아니었다.

"가 무사, 뭘 생각하고 있는 거죠?"

"어쩌면 공자님을 구할 수 있을지도 모릅니다."

"근거가 뭐죠?"

"아까 전의 공방입니다."

가려는 암흑인과 나눈 공방을 되새겼다.

암흑인은 형운과 비교해도 압도적인 힘과 속도의 소유자였다. 하지만 그때만큼은 가려가 충분히 보고 대응할 수 있는, 아니, 그 정도가 아니라 너무나도 익숙한 속도와 힘의 배분을 보여주었다.

"첫 번째는 의도한 게 아니었습니다. 하지만 두 번째는 명백히 제 의도에 따른 결과가 나왔습니다."

그것은 가려가 형운과 무공을 수련할 때의 움직임이었다. 상대가 미리 정해둔 선택지 중에 하나를 고르면 거기에 맞춘 선택지를 택해서 대응하는 훈련 방식이다.

"그것 말고도 저를 제압할 방법은 얼마든지 있었을 겁니다. 하지만 그 움직임, 힘의 배분, 속도 모두가… 훈련 때 정해두었던 것을 고스란히 따르고 있었습니다."

"확실히……."

서하령의 표정이 심각해졌다. 가려의 말을 듣고 보니 걸리는 점이 한둘이 아니었다.

우선 서하령은 암해의 신이 어떤 존재인지 모른다. 하지만 그녀는 연단술사가 되기 위한 수업의 일환으로 기환술을 공부해 왔기에 술법의 법도에 대해서 알고 있었다. 그 지식에 기대어 해석해 본다면 암해의 신은 인간의 몸을 빼앗기 위해서 까다로운 조건을 해결해야 하는 것으로 보였다.

'전신에 사악한 놈이라고 써 붙인 것 같은 존재인 주제에, 자기가 몸을 빼앗은 형운과의 약속에 얽매여 있었지.'

아마도 일행이 유리한 싸움을 할 수 있도록 도와준 존재가 그였으리라. 그것으로도 모자라서 일행이 사지로 뛰어 들어가자 지금까지의 방침을 깨고 구원하러 나타났으며, 무사히 청해군도를 떠날 방법을 준비해 주겠다고까지 했다.

'게다가 자기한테 칼을 들이댄 가 무사에게 분노했으면서도 상하게 하지 못했고, 우리가 자기 뜻을 따르지 않을 경우 자신의 방식대로 집행하겠다고 했지. 이건 설령 우리를 꽁꽁 묶어서 추방하더라도 형운과의 약속을 지키겠다는 의미일 거야.'

여기까지만 봐도 그에게 있어서 형운과의 약속이 얼마나 무거운 의미를 갖는지 추측하기 어렵지 않다.

"천 공자, 확인하고 싶은 게 있어요."

"무엇입니까?"

"양진아, 너도 확인해 줘. 혹시 그가 처음 나타나 하늘에 떠 있던 기술, 그거 능공허도(凌空虛道)였어?"

암흑인은 전장에 난입해 왔을 때 하늘을 날아서 왔다. 하지만 그 현상을 일으키는 데 사용된 기술은 과연 무엇이었는가?

천유하가 기억을 더듬어 보더니 말했다.

"아니었다고 봅니다. 저는 능공허도를 몇 번밖에 못 보기는 했습니다만… 뭔가 이질적인 힘이 작용하고 있었습니다."

"확실히 아니었어. 그가 정말 암해의 신이라면 신통력이 아니었을까?"

양진아도 같은 의견이었다. 서하령이 고개를 끄덕였다.

"역시……."

"그건 왜?"

"일단 능공허도가 아니었다는 점은 나도 같은 생각이야. 둘의 생각이 나와 같은 것으로 봐서는 확신해도 되겠지. 그리고……."

양진아의 물음에 서하령이 대답했다.

"마지막에 가 무사를 들어서 옮긴 것도 허공섭물이 아니었어. 술법에 가까운 기운이었지."

"해루족의 심령을 제압한 것이나 안개 같은 어둠을 내리깔린 것만 봐도 그런 종류의 힘을 사용한다는 건 의심의 여지가 없잖아? 그게 중요해?"

"중요해. 너는 잘 모를 수도 있겠지만, 가 무사와 곡정이는 그 의미를 알 거야."

그 말에 마곡정이 의아해하며 그녀를 바라보았다. 서하령이 이번에는 두 사람에게 확인했다.

"지금 말한 것들을 제외하고, 그가 싸우는 동안 우리가 아는 형운의 능력이 아닌 것을 하나라도 쓴 것을 봤다면 말해봐요."

"음? 무슨 소리야, 누나. 하나부터 열까지… 어?"

얼토당토않은 질문을 받았다고 생각했던 마곡정은 곧 눈을 크게 떴다. 그와 가려가 자연스럽게 서로를 바라보며 깨달음을 공유했다.

"이럴 수가."

가려가 신음처럼 중얼거렸다.

"확실히… 말씀하신 것을 제외하면 전부 공자님의 무공이었습니다."

"엄밀히 따지자면 무공이 아닌 것도 섞여 있지만, 운화만 제외하면 나머지는 전부… 일단 내가 본 건 동작 하나하나가 전부 그놈의 것 그대로야."

마곡정도 기가 막히다는 듯 혀를 내둘렀다.

머리부터 발끝까지 어둠으로 이루어진 비현실적인 외형, 사악한 느낌이 풀풀 풍기는 어둠의 기운, 그리고 압도적인 힘과 속도 때문에 느끼지 못했다. 그런데 잘 생각해 보니 암흑인은 완전히 형운의 능력과 무공만을 쓰고 있었다. 운화, 유성혼, 광풍혼 같은 인상적인 기술들을 제외하고 몸동작만 되새겨 봐도 그렇다.

"가 무사의 말대로야. 어쩌면… 내 망상에 불과할 가능성도 크기는 하지만, 그래도 가능성이 아주 없는 것은 아니야."

중얼거린 서하령이 가려를 보며 말했다.

"가 무사, 당신이 생각하는 방법을 들려주세요."

4

혈귀수는 자신이 돌이킬 수 없는 실수를 저질렀음을 인정했다.

암해의 신이 형운의 육체를 그릇으로 삼았다.

어떻게 그럴 수 있었는지는 모르겠다. 봉인을 이루는 다섯 개의 기둥 중에 단 하나만이 부서졌고, 아직 해루족 주술사들조차도 암해의 신의 존재를 느끼지 못했는데 어떻게?

'그놈의 일월성신이 문제겠지. 그때 확실히 끝장을 냈어야 했는데……'

일월성신은 신을 담을 수 있는 그릇이다. 인간의 몸으로 신안을 지니기까지 했으니 불가능을 가능케 할 수도 있었으리라.

해루족을 이끌고 온 암흑인은 흑영신교도들과 요괴들을 내쫓았다. 암흑인이 보여준 능력을 생각하면 그 자리에서 막대한 수가 죽어나갔어도 이상하지 않았지만 그는 오만한 태도로 말했다.

'도망쳐라. 그리고 공포에 떨면서 죽음을 기다려라.'

결과적으로 그 자리에서 죽은 것은 소수에 불과했다. 덕분에 혈귀수도 혼란을 틈타서 도망칠 수 있었다.

그리고 그는 도망치는 와중에 절망적인 사실을 감지했다.

'두 번째 기둥이 파괴되었다.'

청해군도 동쪽에서 막대한 영적 파동이 솟구치는 것을. 첫 번째 기둥이 파괴되는 순간을 보았기에 그것이 두 번째 기둥의 파괴를 의미함을 확신할 수 있었다.

과정은 별로 궁금하지 않았다. 암흑인이 심령을 제압한 해루족들이나 혹은 모람이 독자적으로 운용하는 해루족 탐색대가 발견한 것이리라.

'놈들에게 너무 많은 단서를 주었군.'

혈귀수는 자신의 실수를 자책했다. 첫 번째 기둥을 찾아내서 파괴하는 과정에서 해루족에게 너무 많은 것을 보여줬다. 그때 정보 노출을 최소화했다면 두 번째 기둥이 파괴되는 것은 좀 더 나중의 일이 되었을 텐데…….

'놈의 신통력이 강해지고 있어.'

흑영신교에서는 두 개의 기둥이 파괴되면 해루족 주술사들이 암해의 신의 의지를 받는 것이 가능해지리라 추측하고 있었다. 그리고 그렇게 의지가 제약된 신의 힘을 주술사들이 끌어다 쓰는 것이 모람이 원했던 상황이다.

하지만 형운의 존재로 인해서 모든 예상이 뒤집혔다. 두 번째 기둥이 파괴되는 순간 혈귀수는 절망했다.

외부와의 통신이 불가능해졌다. 오로지 청해군도 내에서만 통신이 가능했다.

암흑인의 신통력이 정보의 교류를 가로막는 결계를 형성한 것이리라. 터무니없는 규모였지만 이 현상의 주체는 다름 아닌 신이다. 인간의 상식으로 그 힘의 규모를 재단하는 것은 어리석은 짓이리라.

'어떻게 해야 하는가?'

암흑인은 아직 적을, 즉 해루족을 제외한 모든 존재를 적극적으로 사냥할 의지를 보이고 있지 않다. 아마도 해루족의 통합을 우선시하는 것이리라.

하지만 시간문제일 뿐이다. 모든 해루족에게 존재를 각인시키고 나면 그때부터는 사냥이 시작될 것이다.

'흑영신이시여, 제 능력이 부족하여 크나큰 죄를 지었나이다. 저를 용서하지 마시옵소서.'

혈귀수는 죄책감으로 몸서리쳤다.

그의 죄는 막대한 노력을 기울인 대업을 망쳐 버린 것에 그치지 않는다. 암해의 신이 해루족을 통합하고 적들을 치워 버리고 나면, 그러고 나서 모든 봉인을 풀어버리게 되면 그때부터는 상상도 할 수 없는 재앙이 시작되리라.

청해군도만의 문제가 아니다. 일월성신이라는 궁극의 그릇을 손에 넣은 암해의 신이 과연 청해군도에만 만족할까?

그가 대륙으로 눈을 돌리게 되면 그때부터가 진정한 재난의 시작이다. 필시 그는 흑영신교 또한 적대하리라.

'그렇게 되는 것만은 막아야 한다.'

혈귀수의 눈이 광기로 타올랐다.

5

단 하루 만에 청해군도의 세력 구도가 급변했다.

흑영신교를 사이에 둔 해루족과 요마군도의 연합이 깨졌다.

'해루족이여, 너희들의 신이 돌아왔느니라.'

암해의 신, 지금은 형운의 몸을 그릇으로 삼은 암흑인이 모든 해루족을 불러들였기 때문이었다.

두 번째 기둥이 파괴되면서 신통력이 강해진 그는 주술사들에게 계시를 내렸다. 자신들이 모시던 조상의 영과는 비교도 할 수 없는 거대한 존재의 의지를 접한 주술사들은 저항할 생각조차 하지 못하고 그를 따랐다.

연합에 가담한 과격파와 조용히 사태를 죽이고 있던 온건파, 모두가 신의 뜻에 복종했다. 그들에게 다른 선택지는 존재하지 않았다.

연합이 파탄 나는 과정은 당연히 유혈로 얼룩졌다.

흑영신교도, 요마군도도 해루족 병력을 순순히 암흑인에게 보내줘서는 안 된다는 사실을 알고 있었다. 하지만 정작 전투가 벌어지자 그들은 경악하지 않을 수 없었다.

"봉인이 다 풀린 것도 아니고 다섯 개의 기둥 중에 두 개가 파괴된 것만으로도 이 정도일 줄이야……."

천요군이 신음했다.

암흑인이 혈혈단신으로 돌아다닐 때만 해도 움직이는 재해와도 같았다. 그런데 두 번째 기둥이 풀리고 신통력이 강해지자 정말로 무시무시한 일이 벌어졌다.

해루족 주술사들이 암해의 신의 신통력을 빌려 쓰기 시작한 것이다.

달라진 것은 그것뿐이었다. 하지만 그것만으로도 해루족의 전투 수행 능력이 현격히 상승했다.

"세 번째 기둥이 풀린다면 아주 손도 쓸 수 없게 될 것이오."

혈귀수가 말했다.

해루족이 집결하는 동안 요마군도와 흑영신교도 흩어졌던 구성원들을 모았다. 그리고 그들은 해루족에게 맞서기 위해 힘을 합쳐야 한다는 사실에 동의했다.

그 결과 요마군도의 외곽에 흑영신교도들을 대표하는 혈귀수와 칠요군의 생존자들, 그리고 사웅이 모여서 앞날을 논의하고 있었다.

요마군도의 본거지지만 칠요군 중에 이 자리에 참가한 것은 천요군, 수요군, 충요군 세 명뿐이었다.

흑요군은 가돈과 싸워 중태, 강요군은 삼라허상진 안에 갇혀서 생사를 알 수 없다.

금요군은 암흑인에게 죽었다. 목요군도 그보다 전에 같은 운명을 맞이한 것으로 추정된다.

삿갓을 쓰고 전신을 누더기 같은 천으로 두른, 체형으로 보면 땅딸막한 꼬마처럼 보이는 충요군이 중얼거렸다.

"아주 거하게 말아먹고 왔군. 인간들식으로 비유하자면 재산 다 들고 나가서 말아먹고 질질 짜면서 돌아온 탕아들을 보는 심정이야. 어떻게 나보고 본진 지키라고 해놓고 희희낙락해서 뛰어나가더니 이렇게 망하냐."

"…할 말이 없군그래."

천요군이 부리를 쓰다듬으며 말했다. 충요군은 천요군 다음으로 나이가 많은 요마군도의 터줏대감이었다. 요왕이 군림하던 시절부터 폭급한 요괴들 사이에서는 드물게 온건하고 균형을 중시했으며, 이번 일에도 회의적인 태도였던 그의 불만에 천요군도 수요군도 할 말을 찾기 어려웠다.

잠자코 있던 사웅이 입을 열었다.

"우리에게는 시간이 별로 없지. 혈귀수, 혹시 놈이 세 번째 기둥을 찾아내기까지 얼마나 걸릴지 예측 가능한가?"

"모르겠소. 첫 번째 기둥은 우리 쪽에서 찾았지만 두 번째 기둥은 저들이 찾아낸 것이라 비교하기도 어렵고……."

"무책임하군. 애당초 당신들이 벌인 일 아닌가? 그런데 아무런 대책도 없단 말인가?"

수요군이 비아냥거리자 혈귀수가 날카롭게 반응했다.

"청해용왕대를 치워 버릴 수 있다는 말에 신나서 같이 일하다가 말아먹어 놓고 우리만 비난할 처지는 아니지 않나?"

"뭐라고?"

순식간에 분위기가 험악해졌다. 서로의 잘잘못을 비난하며 당장에라도 폭발할 것 같은 분위기가 형성되자 천요군이 나섰다.

"아아, 잠깐. 좀 진정들 하시게."

요기가 실린 목소리로 그들을 제지한 그가 투덜거렸다.

"다들 당장 멱살 잡고 때려주고 싶은 심정인 건 나도 이해하고, 솔직히 말하자면 나도 같은 심정이기는 한데… 일단은 누가 잘못했는지는 좀 치워두고 할 일부터 논하자고. 시간이 별로 없지 않나, 응?"

"흥."

수요군은 코웃음을 쳤지만 입을 꾹 다무는 것으로 천요군의 뜻에 따랐다. 혈귀수도 살기를 거두었다.

천요군이 헛웃음을 지었다.

"이것 참. 요괴인 내가 인간들한테 이성적이 되자고 말하는 상황이라니 굉장히 웃기는군. 오래 살고 볼 일이야."

"……."

"아아, 알겠으니까 노려보지들 말게. 중요한 이야기를 하지. 일단 그놈, 편의상 계속 암흑인이라고 부르지. 그놈이 직접 기둥을 찾을 수 없는 것만은 확실하다."

"어떻게 확신하시오?"

사웅이 묻자 천요군이 대답했다.

"봉인이 그런 식으로 만들어져 있다는 건 아니까. 요왕께서 생존해 계실 때 연구해 본 적이 있었거든."

암흑인이 아무리 막강한 신통력을 발휘해도 기둥을 찾는 데는 도움이 안 된다. 그 일에 한해서는 철저하게 해루족에게 의존할 수밖에 없다.

과거 모람이 두 개의 기둥만 파괴한 채로 암해의 신을 적절하게 통제할 수 있다고 여겼던 근거도 그것이었다.

천요군이 말을 이었다.

"그리고 기둥이 하나 파괴될 때마다 나머지를 보호하는 힘이 더 강해지니 쉽게 찾을 수는 없을 게야."

"당신의 예상은?"

"오늘 찾을 수도 있고 열흘 뒤까지 못 찾을 수도 있지. 예측은 무의미하다. 왜냐하면 이 봉인에는 기둥을 반드시 정해진 순서대로 찾아서 파괴해야 한다는 조건도 붙어 있고, 세 번째에 해당하는 기둥이 어디에 있는지는 아무도 모르니까."

기둥이 해루족의 영역에 있다면 빠른 시일 내로 찾아낼 것이다. 하지만 요마군도 한복판에 있다면 그럴 수 없을 것이다.

사웅이 말했다.

"그럼 그 문제에 대해서는 놈들의 탐색을 방해하는 것 말고는 할 수 있는 일이 없군."

"이해가 빠르군. 그 문제는 발 빠른 별동대를 편성해서 처리하기로 하고… 음?"

그때였다. 천요군이 눈살을 찌푸리며 먼 곳을 바라보았다.

충요군이 의아해하며 물었다.

"왜 그래, 영감?"

"나 잠깐 다녀오겠다. 중요한 볼일이 생겼어."

"갑자기 무슨 헛소리야?"

다들 어이없어하며 천요군을 바라보았다. 하지만 천요군은 개의치 않았다.

"아주 중요하고 급박한 문제야. 내 권한은 충요군 너한테 주지. 되도록 빨리 돌아오겠다."

천요군은 그리 말하고는 진짜로 자리를 박차고 날아가 버렸다. 다들 황당해하며 멀어져 가는 그의 뒷모습을 바라보았다.

6

생존을 위협하는 공통된 적 앞에서는 어제까지 서로 칼날을 겨눴던 적과도 손잡을 수 있다.

역사상 흔히 벌어지는 일이다. 그러나 때로는 서로에 대한 적의가 너무 커서 물에 빠져 죽을지언정 서로 손잡는 것만은 거부하는 이들도 있다.

별의 수호자와 흑영신교, 청해용왕대와 사흉의 관계가 바로 그러했다.

암흑인과 해루족은 다른 모든 이의 적이었다. 하지만 그것이 저들이 서로 힘을 합칠 이유는 되지 않는다.

"왔네."

자리를 박차고 날아오른 천요군은 요마군도의 영역과 외부의 접경지대에 내려섰다.

그곳에서 그를 맞이한 것은 검은 머리칼과 황백색 눈동자를 지닌 아름다운 인간 여성, 서하령이었다.

서하령은 접경지대에서 인간은 들을 수 없는 음역의 노래를 불렀다. 영수의 힘을 일깨우고 부른 그 노래는 아주 멀리까지 퍼져 나가서 천요군의 귀에까지 닿았다.

그것은 도박이었다. 천요군에게까지 닿을지도 알 수 없었고, 닿는다 한들 그가 온다고 확신할 수 있었던 것도 아니다. 그리고 들을 수 있는 것이 천요군만이 아닌 만큼 다른 요괴들이 몰려와서 사투를 벌이게 되어도 이상하지 않았다.

서하령은 그 모든 결과를 각오하고 도박에 임했고, 성공했다.

천요군이 주변을 두리번거리며 말했다.

"자네 혼자뿐인가?"

"그래야 이야기를 할 수 있을 것 같아서."

"예의를 아는군. 저격수도 없는 것 같고……."

천요군은 서하령이 했던 것처럼 인간에게는 들리지 않는 음역의 소리를 내서 주변을 탐지했다. 적어도 반경 100장(약 300미터) 내에는 서하령 말고 다른 인간이 없었다.

"어린 여성의 몸으로 담력이 보통이 아니로구먼."

"다른 작자들은 몰라도 당신이라면 내 이야기를 들어줄 가능성이 있다고 생각했어."

"어째서지? 내가 다른 놈들보다는 이성적으로 보여서인가?"

"아니, 노래에 환장해서 앞뒤 안 가릴 것 같아 보여서."

"…부정은 못 하겠지만."

신랄한 대답에 천요군이 구시렁거렸다.

하지만 그 말은 정곡을 찔렀다. 천요군은 아름다운 노래를 보물로 여기는 요괴다. 서하령은 그에게 있어 가장 먹음직스러운 먹잇감인 동시에 귀중한 보물과도 같았다. 이런 상황에서도 살의를 접어두고 대화를 나누는 정도의 존중은 해줄 수 있다는 의미다.

천요군이 한숨 섞인 목소리로 말했다.

"그래서, 무슨 이야길 하고 싶은 거지? 설마 나와 결판을 내고 싶어서 부른 것은 아닐 테고……."

서하령은 의미 없는 노래를 부른 것이 아니다. 한없이 신수에 가까운 대영수 광령익조의 힘은 어떠한 소리에든 의념을 싣는 것을 가능케 했다.

'천요군, 당신과 이야기하고 싶어.'

서하령은 노래에 그런 의념을 담아 불렀고, 고위 요괴이며 동시에 노래를 업으로 삼는 자인 천요군은 그 의도를 읽어냈다.

솔직히 서하령은 천요군에게 감탄하고 있었다.

서하령의 내면에 잠재된 광령익조의 본성은 지금 상황을 즐거워했다. 보통 인간은 알지 못하는, 음으로 세상에 영향을 끼치는 감각을 공유할 수 있는 상대를 만났다는 것에. 그리고 그 상대가 자신보다 훨씬 뛰어난 실력을 지녔다는 것에.

'요괴가 아니었다면……'

그가 사람을 먹고 영격을 높이는 것을 업으로 사는 존재가 아니었다면, 그랬다면 서로의 입장을 떠나 친해지고 싶었을지도 모른다.

물론 부질없는 바람이다. 서하령은 본능으로부터 비롯된 욕망을 접어두고 필요한 이야기를 했다.

"당신에게 협력을 부탁하고 싶어. 피차 암해의 신 때문에 곤란한 처지니까."

"흠. 그쪽은 입장이 다르지 않나? 우리는… 아, 참고로 우리는 그를 신의 본신이 아니라 그릇을 얻은 화신이라는 의미에서 암흑인이라고 부르고 있네만, 어쨌든 그에게 말살 대상인 데 비해 자네는 그에게 안전을 보장받은 입장이지."

"하지만 내가 그 입장에 만족하지 않는다는 것 정도는 쉽게 알 수 있잖아?"

"암흑인과 개인적으로 아는 사이인 것 같더군. 암흑인이 되기 전에는 도대체 어떤 인간이었는지 모르겠다마는……."

"바보야."

"음?"

"구제할 길 없는 바보였어."

서하령이 아련한 눈으로 말했다. 천요군은 그 표정을 흥미롭게 바라보다가 물었다.

"이런 상황에서도 죽게 놔둘 수 없을 정도로 말인가?"

"유감스럽게도 그래."

"재미있군. 그 감정은 인간들이 흔히 말하는 연정과는 좀 다른 것 같은데……"

"인간과 요괴의 정신적 기질 차이에 대해서 학구적인 이야기를 나누기에는 상황이 안 좋은 것 같은데. 어쨌든 시간이 많지 않으니까 필요한 이야기를 하고 싶어."

서하령이 그 화제를 잘라 버리자 천요군이 어깨를 으쓱했다.

"그러도록 하지. 자네는 우리 쪽에 합류하고 싶은 건가?"

"아니."

"그럴 것 같았다. 혼자 나왔지만, 아마 다른 이들의 뜻도 대표하고 있겠지?"

"설득하는 데 애먹었어."

서하령이 작게 한숨을 쉬었다.

광령익조의 노래로 천요군을 불러내서 협력을 구한다.

대담하기 짝이 없는 행동이었다. 별의 수호자 일행들은 물론이고 청해용왕대 쪽은 격렬하게 반발했다.

암흑인이라는 공통의 위험 앞에서 적과 손잡는 것은 합리적인 선택이다. 그러나 세상 일이 모두 합리적으로 돌아간다면 무슨 근심 걱정이 있겠는가?

서하령은 그들을 설득하기 위해 많은 심력을 소모했다. 그 과정에서 모두가 납득할 수 있도록 여러 가지 조건이 설정되었다.

"우리는 당신들 모두를 협력 대상으로 볼 수 없어. 아마 당신들도 마찬가지일 거야. 예를 들면 우리와 흑영신교는 원수야. 그들이 이번 일의 원흉이라는 점도 포함해서, 우리는 결코 그들과 손잡을 생각이 없어."

서하령은 형운이 암흑인이 된 과정을 구체적으로 알지 못한다. 무일이 흑영신교의 첩자였다는 사실도 모른다.

하지만 지금 사태를 불러온 것이 흑영신교의 계획이었다는 사실은 안다. 그것만으로도 그들을 용서할 수 없었다.

"그리고 그쪽에 있는 사웅이라는 자, 청해용왕대는 그를 용서할 수 없다는 입장이야."

그 또한 어려운 문제였다. 청해용왕대 사람들은 어떻게든 그를 처단하고 싶어 했다.

"의외로 당신들, 요마군도에 대한 반감이 가장 적었지. 그게 그들을 설득할 수 있었던 배경이야."

"이해 못 할 바는 아니군. 우리는 적이지만, 그래도 같은 땅에서 살아온 주민이기도 하니까. 역사적으로는 공통된 위협에 맞서서 힘을 합친 적도 있고."

"인간과 요괴라는, 서로 양립할 수 없는 간극이 존재하는데도?"

"인간도 서로 죽고 죽이는 상대와 손잡지 않는가? 단지 서로 싸워 죽이기만 하는 관계인가, 아니면 포식자와 피포식자의 관계인가의 차이는 크겠지만… 뭐, 이 이야기는 이 땅에서 살아가는 주민이 아닌 자가 이해하기는 어려울 거다. 이 땅은 인간과 인간이 아닌 것들이 뒤섞여 살아가는 것이 이상하지 않은 곳이라."

천요군이 부리를 쓰다듬으며 말을 이었다.

"그래서 구체적으로 어떤 협력을 부탁하고 싶다는 건가? 흑영신교랑은 손을 못 잡겠다, 사웅은 반드시 쳐 죽여야겠다…….

그러면서 협력 체계를 구축하기란 대단히 어려울 것 같네만."

"그래서 당신을 부른 거야. 우리에게 눈과 귀를 제공해 줘. 그러면 우리는 당신들과 별개로 움직이겠어."

"아아, 그런 이야기로군."

천요군은 서하령이 말하는 바를 이해했다. 하늘을 나는 요괴들을 지배하는 그라면 별의 수호자와 청해용왕대 일행에게 부족한 것을 줄 수 있다. 그리고 흑영신교와 사웅과는 부딪치지 않는 전장을 제공하는 것도 가능하리라.

천요군이 말했다.

"좋아. 받아들이지."

"그럼……."

"대신 조건이 있다."

서하령이 긴장했다. 천요군은 그런 그녀를 탐욕의 눈으로 바라보면서 자신의 조건을 말했다.

7

암흑인은 해루족을 복종시켰다.

해루족에게는 선택의 여지가 없었다.

신의 뜻을 거부하고 싸우기를 선택하면 되지 않느냐고?

선택 자체는 가능할 것이다. 하지만 암흑인은 먼 옛날에 나눈 맹약을 근거로 그들의 자유의지를 강탈할 수 있었다. 머나먼 과거, 얼굴도 모르는 조상들이 신과 나눈 맹약이 그들의 운명을 결정지었다.

연합에 참가했던 자들과 관망했던 자들 둘로 갈라졌던 내부의 의견은 이제 아무런 의미도 없었다. 해루족은 암흑인의 존재 아래 하나가 되었다.

하지만 그 외에는 변한 것이 별로 없었다.

삼라허상진은 여전히 가동되고 있었다. 흑영신교의 기환술사들과 요마군도의 요괴 술법사들은 모조리 참살당했다. 하지만 암흑인은 주술사들에게 신통력을 나눠줌으로써 진법을 훨씬 적은 부담으로 유지시켰다.

또한 암흑인은 청해용왕대의 배 하나를 언제든지 내줄 수 있도록 준비시켰다. 별의 수호자 일행에게 내주기 위해서였다.

이것도 해루족에게는 의외의 행동이었다. 그러나 해루족이 가장 의외라고 여긴 부분은, 청해궁의 추종자들에 대한 암흑인의 태도였다.

─왜 그러는가?

암흑인이 자신을 그림자처럼 따라다니는 모람에게 물었다. 모람이 황급히 고개를 숙이며 말했다.

"조금 의아했습니다."

모람은 암흑인에게 거짓이나 가식을 고하는 게 어리석은 일임을 알고 있었다. 주술사로서 조상의 영을 대할 때와 똑같다. 거짓을 고해봤자 낱낱이 파악당하고 화를 살 뿐이다.

─무엇이 말인가?

"저들을 참하라고 하시지 않을지 걱정했습니다."

모람이 말한 것은 청해궁의 추종자들이었다. 해루족에게 제압당한 그들은 몇몇 가옥을 빼앗기고 행동에 제약이 걸렸을 뿐, 멀쩡히 자기 집에서 생활하고 있었다.

암흑인은 그들을 보고도 아무런 말을 하지 않았다. 청해용왕대를 전부 처리하기 전까지 그들에게 해를 입히면 안 된다고 암흑인을 설득할 만반의 준비를 한 모람 입장에서는 허탈할 지경이었다.

암흑인이 말했다.

―아직 끝나지 않았기 때문이니라.

"예?"

―이해할 필요 없도다.

암흑인은 왠지 못마땅해 보였다.

'약속을 지켜야 해…….'

머릿속에서 누군가 그렇게 속삭이는 것 같았다. 참기 어려울 정도로 불쾌한 속삭임이다.

그러나 암흑인은 그 속삭임을 거부할 수 없었다.

―참으로 비싼 몸이로다. 그만한 가치가 없었다면 화냈을 것이야.

암흑인은 모람이 알아들을 수 없는 이야기를 하며 혀를 찼다.

제72장
선택의 이유

성운을
먹는자

1

　광활한 기억의 바다 속에서 떠오르는 기포들은 인간의 정신
을 뒤흔들어 놓는 꿈이었다. 기포를 접할 때마다 타인의 기억
속에 꿈이라는 형태로 내던져지니 자아를 유지할 수 있을 리가
없었다.

　그러나 형운은 진조족이 준 팔찌와 빙령의 조각 덕분에 자아
를 보호하면서 자신을 재구축할 수 있었다. 살아오면서 쌓아온
무인으로서의 기억이 그에게 현실 세계와 다름없이 확고한, 자
신이 이곳에 존재한다는 실체감을 부여했다.

　그런 상태에서 형운이 자신을 지키는 방법은, 그를 지켜보는
또 다른 존재에게는 더없이 신기해 보였다.

—그런 식으로도 기억의 거품에 휘말리는 걸 거부할 수 있군?

그는 청해용왕, 더 정확히는 역사에 초대 청해용왕이라 기록된 인물인 장무경의 잔영이었다.

영혼은 이미 사라진 지 오래다. 그러나 과거 장무경이 자신의 육신에 암해의 신을 담았을 때 그를 보호하던 신기(神氣)가 자아를 유지시키고 있었다.

그에 비해 형운은 손발을 바쁘게 움직이고 있었다.

거품이 손발이 닿는 거리에 들어오는 순간, 놀랍도록 빠르면서도 섬세한 움직임으로 그것을 비껴낸다. 정말로 기포가 다가와도 그것을 터뜨리지 않고 흘려 버릴 수 있을 것 같은 움직임이었다.

어느 정도 여유가 생기자 형운이 대답했다.

"이곳은 심상이 모든 것을 결정하는 세계니까요."

형운은 모든 것이 정보로 이루어진 세계 속에서 자신의 기억을 이용해서 실체감을 얻었다. 그리고 자신과 외부의 상호작용 역시 그 연장 선상에 두고 있었다.

기억의 거품이라는 것도 결국 형운의 인식이 정보의 파편, 격류를 그런 식으로 인식하는 것이다. 형운은 그 사실을 깨닫고 이 세계에서 일어나는 일들을 현실에서 일어났던 일들로 치환해서 받아들이는 확고한 심상을 구축해 냈다.

즉 형운은 기억의 거품을 진짜 현실에서 거품을 다루듯 흘려내고 있는 것이다.

"제가 처한 상황을 알려줘서 감사합니다, 청해용왕 대협."

—사후에 받은 칭호로 불리는 건 너무 낯간지러운걸.

"그럼 장 대협이라고 부르지요. 어쨌든 덕분에 정신을 차릴 수 있었습니다."

—내가 한 일이 뭐 있다고? 너를 지켜준 건 다른 사람들이지.

고개를 저은 장무경이 물었다.

—하지만 어쩌다가 저놈에게 몸을 내준 거지? 보아하니 고만 고만한 무인은 아니었을 듯한데…….

장무경은 아득히 오래전의 무인이다. 지금 시대에 비하면 내 공이나 무공의 완성도가 조악한 시절을 살았다.

그러나 그 시절 그는 암해의 신이 탐낼 정도로 뛰어난 육체를 지녔고, 천고의 재능으로 지고한 경지에 달한 무인이었다. 그런 만큼 한눈에 형운이 나이를 생각하면 믿을 수 없는 성취를 이루었음을 알아보았다.

형운의 표정이 어두워졌다.

"세상 일이 마음대로 되지는 않더군요. 그 과정이 완전히 기억나지는 않지만… 어쩔 도리가 없는 상황에서 선택한 것 같습니다."

순간 형운의 주변 공간이 요동치며 기억의 기포가 끓어올랐다. 형운은 그 속에서 한 사람을 보았다.

'…부디 강녕하시길.'

자신을 위해 목숨을 희생한 무일의 마지막 모습을.

울컥 치미는 눈물을 참는 형운에게 장무경이 말했다.

—나도 그랬지.

장무경도 기억의 기포를 통해서 무일의 마지막을 보았다. 아주 단편적인 기억이었지만 그것만으로도 형운이 처한 상황과 감정을 짐작해 볼 수 있었다.

─나는 신에 의해서 인간의 운명이 좌우되는 시절을 살았어.

청해군도는 잔혹한 신이 지배하는 땅이었다. 심해의 어둠에 근본을 둔 그 존재는 인간의 운명을 희롱하고 지배했다.

─정말 많은 사람이 다른 누군가에게 더 나은 미래를 주고자 자신을 희생했었지.

장무경도 그런 사람들 중 하나였다.

그는 신을 등에 업은 해루족의 폭거로 멸망당한 부족 최후의 생존자였다. 부족민들, 그리고 그들과의 우정으로 목숨의 위험을 감수해 준 사람들의 희생으로 어린 장무경은 청해군도를 탈출할 수 있었다.

─혼자는 아니었지. 우리는 모두 청해군도 바깥세상에 미래가 있다고 생각했었어. 나와 다른 부족의 아이들 몇몇이 함께 대륙으로 가게 되었지.

기억의 거품이 끓어오른다. 형운은 장무경의 주변에서 발생한 기포들을 흘려내지 않고 받아들였다.

아득히 먼 옛날의 기억들이 단편적으로 흘러들어 왔다.

장무경은 일족의 미래를 밝힐 도구로 태어났다.

아직 인간이 신의 존재를 낯설어하지 않던 시대였다. 암해의 신 말고도 수많은 신이 인간과 교류하며 살아가고 있었다.

장무경의 어머니는 일족의 염원에 따라서 신내림을 받은 자와 교합하여 그를 낳았다. 장무경은 현대에는 모방할 수 없는 과정을 통해 탄생한 신의 혈통이었다.

  '무경아, 부디 살아남으렴. 어른들이 한 말은 잊어도 된다. 복수
따윈 잊고 행복하게 살려무나.'

  그것이 장무경이 기억하는 어머니의 마지막 말이었다.

  그녀는 장무경을 도망치게 하기 위해 칼에 맞고 피를 흘리며
죽어갔다. 그러면서도 마지막까지 웃으면서 장무경의 앞날을
걱정해 주었다.

  그것은 장무경의 평생을 지배하는 기억이 되었다.

  장무경과 아이들은 어른들의 희생으로 청해군도를 탈출해 대
륙으로 향했다. 그리고 그곳에서 온갖 고난을 겪으면서 성장해
갔다.

  그 과정은 전설적이었다. 대륙을 떠돌며 힘을 기르는 과정에
서 그는 수많은 사람을 구하고, 때로는 신들의 대리인이 되어
재앙을 무찔렀다. 그 결과 신들조차 그에게 입은 은혜를 갚기
위해 힘을 빌려주기에 이르렀다.

  '굉장해……'

  형운은 혀를 내둘렀다.

  단편적인 기억의 파편들만으로도 장무경이 얼마나 초인적인
삶을 살아왔는지 알 수 있었다. 중원삼국의 초대 황제들이 그랬
던 것처럼, 장무경 역시 신화시대의 영웅이라 불리기에 부족함
이 없는 인물이었다.

  동시에 한 가지 의문이 고개를 들었다.

"그런데 어째서 암해의 신을 담는 그릇이 되셨죠?"

─그것밖에 방법이 없었으니까.

장무경과 친우들은 수많은 신의 가호를 등에 업고 청해군도로 돌아와 암해의 신과 맞섰다.

그러나 그들은 소수였고 적은 너무 많았다. 암해의 신의 가호를 받는 해루족은 죽여도 죽여도 끝이 없었다.

─당시에는 해루족을 제외한 모든 존재가 힘을 합쳤지. 아직 살아남아서 노예로 살고 있던 해루족이 아닌 사람들, 영수, 마수, 요괴까지 모두가…….

기억의 거품이 형운에게 그때의 일을 보여주었다.

실로 경이로운 일이었다. 형운은 바다 위에서 해일처럼 넘쳐 흐르는 어둠과 그를 둘러싼 온갖 존재의 연합을 보았다.

"세상에…….''

현대에는 상상조차 할 수 없는 광경이었다.

수백의 인어가 요괴들과 함께 노래한다. 강력한 힘을 담은 노래가 서로 어우러지면서 해루족과 암해의 신에게서 태어난 마물들의 움직임을 막는 음파의 결계가 된다.

영수들과 마수들, 요괴들이 바다를 질주하며 신의 혈통을 이어받은 기환술사를 중심으로 거대한 술법을 펼친다. 서로 성향이 다른 온갖 힘이 하나로 모이면서 신의 움직임을 가로막는 사슬이 되었다.

그리고 싸우는 자들이 치솟는 어둠으로 돌격한다. 날아드는 어둠의 촉수들을 쳐부수면서 어둠의 신을 상처 입힌다.

─그런데도 힘이 부족했지.

그들은 마침내 수적 열세를 극복하고 해루족의 포진을 무너뜨렸다. 암해의 신으로부터 탄생한 괴물들을 몰살시키고, 그가 휘두르는 신통력을 막아내면서 신기로 본체에 타격을 입혔다.

그러나 암해의 신에게 죽음을 선사할 수는 없었다.

—그가 현계에 드리운 그림자를 파괴할 수는 있어도 본질을 죽일 수는 없었던 거야.

과거 청해군도에는 수많은 신이 있었다. 그런데 암해의 신이 그들 모두를 무찌르고 폭군으로 군림했던 것은 그만큼 거대하고 강력했기 때문이다.

수많은 희생 끝에 승리를 거두었지만 기다리는 것은 절망뿐이었다. 그리고 장무경은 선택했다.

—인간에 대해 무한한 탐욕을 지녔다는 것, 오직 그것만이 놈에게 치명상을 입힐 수 있는 약점이었다.

그리고 기포가 끓어오르며 그 순간의 기억이 형운의 뇌리에 펼쳐졌다.

2

해루족의 움직임은 빨랐다.

그들은 암흑인을 중심으로 통합 체제를 구축하는 데 채 사흘도 소모하지 않았다. 암흑인의 신통력이 거리를 초월하여 주술사들을 복종시켰기에 가능한 움직임이었다.

하지만 그것조차도 적들에게는 충분히 찌를 수 있는 틈이었다. 그 사흘 동안 해루족의 항구 중 하나가 급습당했다.

"커억……!"

경계를 서던 해루족 전사들이 100장(약 300미터) 밖에서 날아든 화살에 쓰러졌다. 그래서 해루족이 적들의 존재를 알아차렸을 때는 이미 침입을 허용한 후였다.

"적습이다!"

뒤늦게 비상이 걸렸다. 하지만 때는 이미 늦었다.

"주술사의 위치는?"

그렇게 물은 것은 청해용왕대의 배신자 사웅이었다. 인간으로 둔갑한 요괴 술법사가 대답했다.

"저쪽, 거리는 50장쯤."

"술법을 쓰기 전에 처리하시오. 만약 내가 필요하면 신호하고."

"그러지. 이놈들아, 따라와라!"

"키익! 주술사라, 젊은 것이었으면 좋겠군!"

"늙었어도 괜찮아! 주술사는 그래도 피가 맛있으니까!"

사웅과 함께 온 것은 전원이 요괴들이었다. 본색을 드러낸 요괴들이 괴성을 지르며 해루족을 덮쳤다.

사웅은 인간을 죽이고 피와 살을 탐하는 요괴들의 끔찍한 행태에도 아무런 감정을 보이지 않았다. 보이는 적을 족족 활로 쏴서 쓰러뜨리고, 가까이서 마주한 자를 격투술로 간단하게 처리하면서 한 지점으로 나아가고 있었다.

위이이잉……!

벌레가 날갯짓하는 소리가 들려왔다. 무표정하던 사웅의 표정이 살짝 찌푸려졌다.

벌레로부터 정신파가 말의 형태로 전달되어 왔다.

—병력도 빌려줬는데 주술사 정도는 네놈이 처리해 줘야 하는 거 아닌가? 성의가 없네.

칠요군 중 한 명, 충요군이었다. 그는 자신이 지배하는 벌레를 이용해서 먼 곳을 살피고 뜻을 전달하는 게 가능한 술법사였다.

"문제가 생기면 바로 달려가겠다고 했소만. 지휘는 확실하게 하고 있소. 그리고 이놈들이 습격 목적을 파악하고 극단적인 행동에 나서면 곤란해."

사웅은 말하면서도 행동을 멈추지 않았다. 보이는 적들을 풀 베듯이 쉽게 쓰러뜨려 가면서 한 건물에 침입했다.

그곳에는 끔찍한 몰골을 한 중년 남성이 있었다. 온몸이 상처투성이인 데다 철침이 요혈 부분을 관통해서 기의 흐름을 막아버리는 잔인한 철제 구속구로 전신을 두른 인물이었다.

"해파랑 장로!"

"…사웅 공자?"

"설명은 이제부터 하겠습니다. 일단 듣기만 하시지요."

사웅은 신속하게 해파랑의 구속을 풀어주었다. 해파랑 입장에서는 어안이 벙벙했다.

사웅이 말했다.

"다행히 상처가 곪진 않았군요."

"나를 이 꼴로 만든 사람한테 듣자니 하나도 기쁘지가 않군."

"미안하다고는 하지 않겠습니다."

"그 말을 듣자 하니 딱히 개심한 것은 아닌 것 같구려. 설명이나 하시오."

"진아는 무사합니다. 가돈과 굼린 장로도 진아와 함께 움직이고 있습니다. 그리고……."

사웅은 빠르게 상황을 설명했다. 중간 과정이 많이 생략된 간결한 요약이었지만, 그것만 해도 해파랑 입장에서는 황당하기 짝이 없었다.

"그러니까 공자를 포함한 놈들이 삽질해서 발등에 불이 떨어졌고, 그래서 공자가 나한테 병 주고 약 주는 짓을 하게 되었다 이거군?"

"그렇습니다. 약도 드리지요."

"허허……."

사웅이 웃음기라는 조금도 없는 얼굴로 약을 건네주자 해파랑은 헛웃음을 흘렸다. 사웅이 말했다.

"옆방에 있는 배안도 풀어줘야 하니 잠시 동안이라도 몸을 추스르시지요."

"배안 공자도 여기에 있었소?"

"서로 존재를 알아차리지 못하도록 신경 썼습니다."

사웅은 무뚝뚝하게 대답했다. 그가 해파랑과 배안을 청해용왕대의 근거지가 아니라 이곳에 감금한 것은 이들의 처우를 자기 통제하에 두기 위해서였다. 그런데 이런 식으로 다시 구출해 가게 될 줄이야.

쾅!

사웅이 창으로 벽을 강타해서 커다란 구멍을 뚫었다.

벽 너머 구획의 끄트머리에는 한 청년이 앉은 채로 구속당해 있었다. 두꺼운 구속구를 차고 있었지만 해파랑이 찬 것에 비해 훨씬 강도가 약한, 침으로 요혈을 관통하거나 하지는 않는 물건이었다.

"사웅, 이건 또 무슨 수작이지?"

째진 눈의 청년이 사웅을 노려보았다. 그는 진본해의 넷째 제자 배안이었다. 사웅은 그의 구속구를 풀어주며 말했다.

"사정은 해파랑 장로께 설명했다. 시간 없으니 그분께 들어라."

"그래? 그럼……."

퍽!

배안은 구속구가 풀어지자마자 주먹으로 사웅의 얼굴을 후려갈겼다. 그의 주먹이 사웅의 뺨에 정통으로 들어갔다.

"……."

때린 배안이 믿을 수 없다는 표정을 지었다. 설마 맞으리라고는 생각도 하지 않았던 것이다.

사웅은 아무렇지도 않게 그의 주먹을 치우면서 말했다.

"분이 풀렸나? 시간 없으니 얼른 따라 나와라. 걸을 수는 있겠지?"

"뭐야? 너 이 자식… 지금 날 동정해서 맞아준 거야? 야!"

"좀 피곤하기는 해도 그냥 기절시켜서 들고 가는 방법도 있다."

"제기랄! 넌 늘 그런 식이지!"

배안은 으르렁거리면서도 사웅을 따라서 해파랑이 있는 곳으로 나왔다. 사웅의 어깨에 앉아 있던 충요군의 분신체가 말했다.

―사형제 간의 우애가 아주 깊으시군그래.

"바깥 상황은? 주술사는 처리했나?"

―다행히 수상한 술책 부리기 전에 처리했지. 지금 나가면 아주 신나는 만찬회를 보게 될 거야.

그 말대로였다. 밖으로 나오자 요괴들이 해루족을 뜯어 먹는 끔찍한 광경이 기다리고 있었다.

"저, 저거……."

충격적인 광경에 배안이 부들부들 떨었다. 아무리 적이라지만 요괴들에게 산 채로 뜯어 먹히는 광경이 기꺼울 리 없었다. 배안에 분개해서 사웅의 멱살을 잡았다.

"무슨 짓을 한 거야?"

"시간이 없다고 말했을 텐데. 적들의 운명을 걱정해 줄 정도로 여유가 넘친다면 두고 갈까?"

"큭……!"

사웅은 무덤덤하게 배안의 손을 치우고 앞장섰다. 그리고 항구 마을 외곽에 이르는 순간, 흠칫 놀라면서 급히 몸을 틀었다.

쾅!

섬광이 그가 있던 자리를 관통하고, 한 박자 늦게 폭음이 울렸다.

사웅이 섬광이 날아온 방향을 바라보았다. 마을 외곽과 이어진 산비탈에서 커다란 활을 든 채 그를 노려보고 있는 여성이 있었다. 푸른 기가 도는 흑발을 휘날리는 양진아였다.

"진아……."

서로 200장(약 600미터) 가까운 거리를 사이에 둔 채로 사웅과 양진아의 시선이 교차했다.

찰나지간에 수많은 기억이 스쳐 갔다. 하지만 사웅은 추억에 집착하는 것이 덧없음을 알고 있었다. 자신은 끝끝내 오래전에 등에 지워진 운명을 내려놓지 못했고, 양진아는 자신을 따르는 자들에 대한 사명감으로 사사로운 정을 끊어내었다.

사웅은 더 그녀와 대치하지 않았다. 대신 해파랑과 배안을 앞에 세워서 양진아의 사격을 차단하면서 말했다.

"그럼 여기까지군요."

"다음에 만나면 공자를 죽일 걸세."

"……."

해파랑의 말에 사웅은 대답하지 않고 그 자리를 빠져나갔다.

양진아의 저격으로 반쯤 넋이 나가 있던 배안이 퍼뜩 정신을 차리고 외쳤다.

"다음에 보면 내가 죽여 버릴 거야, 배신자 놈아!"

3

—어리석은지고. 어째서 죽음을 자처함을 미덕으로 여기는가?

암흑인은 청해용왕대의 선택을 알고는 혀를 찼다.

그는 신통력으로 청해군도 곳곳에서 벌어지는 일들을 보고 있었다. 그 결과 별의 수호자와 청해용왕대가 그가 베푼 관용을 무시하고 싸우기를 선택했음을 알았다.

어리석은 자들이었다. 특히 암흑인 입장에서 청해용왕대는 백번 찢어 죽여 마땅한 것들이다. 그런데도 그릇과의 인연을 선택해서 살길을 제시해 주었거늘 어째서 이토록 어리석은 선택을 한단 말인가?

—좋다. 권주를 마다하고 벌주를 받겠다면 바라는 대로 해주지.

암흑인은 청해용왕대의 말살을 결정지었다.

그는 그릇의 바람을 이뤄주기 위해 최선을 다했다. 이 정도로 성의를 보였으니 그릇의 마음도 그를 붙잡지 못하리라.

하지만 별의 수호자에 대해서만은 여전히 강제력이 작용하고 있었다.

별의 수호자 일행이 그에게 칼을 겨눈다 하더라도 그는 적극적으로 살수를 쓸 수 없다. 이런 상황에서도 그들을 제압해서 추방시키는 것을 우선해야 했다.

—한낱 인간의 의지 따위에 좌우된다니 굴욕적이군.

암흑인은 자신의 행동이 제약된다는 사실이 더없이 불쾌했다.

이것은 그릇의 가치가 그만큼 높기 때문에 생기는 문제였다. 형운의 육체에는 그만한 가치가 있었다.

암해의 신은 태곳적부터 존재해 온 심해의 어둠을 향한 공포로부터 비롯된 존재다.

자신의 존재 근원이라고 할 수 있는 심해에서 벗어난 영역에 영향력을 발휘하기 위해서는 현계의 존재와 연결될 필요가 있었다. 해루족 주술사들은 그 창구 역할을 하는 존재다.

그러나 그들을 통한 간섭은 어디까지나 간접적이었다. 직접적인 개입을 위해서는 그릇이 필요했다. 그리고 지금까지 얻었던 그릇들은 모두 한계치가 너무 낮아서 할 수 있는 일이 별로 없었다.

형운의 육체는 그릇으로서 격이 다르다. 암해의 신은 이 그릇을 얻음으로써 대륙 진출을 현실적인 목표로 삼을 수 있게 되었다.

해루족이 청해군도를 평정하고 나면 대륙은 새로운 신을 만나게 될 것이다.

4

대주술사 모람은 암흑인을 영접함으로써 몸 상태를 회복했다. 뿐만 아니라 암흑인의 신통력을 받아서 이전보다 훨씬 강력한 술법을 부릴 수 있게 되었다.

'큰일이군.'

그러나 그는 지금 걱정이 태산 같았다.

해루족이 체제를 개편하는 동안 적들은 매서운 공세를 펼쳤다. 이전에 서로 암묵적으로 동의하던 규칙을 무너뜨리기도 했다.

해루족 부락을 공격하기 시작한 것이다.

청해용왕대가 적이었을 때는 청해궁의 추종자들을 인질로 잡고 있기에 서로 전투원만을 상대한다는 암묵적 규칙이 성립될 수 있었다. 그러나 해루족과 요마군도—흑영신교 연합 사이에는 그런 규칙이 통하지 않았다.

결국 해루족은 각 부락을 방어하기 위해 병력을 분산 배치할 수밖에 없었다. 적의 의도를 뻔히 알면서도 끌려갈 수밖에 없는 상황이다.

해루족은 청해군도의 3대 세력 중에 구성원 숫자로는 제일이다. 적들 입장에서는 정면 대결은 엄두도 낼 수 없을 정도로 머릿수 차이가 컸다.

그런 상황에서 적이 부락을 공격해서 방어 부담을 높이고, 병력 분산을 강요하는 것은 지극히 합리적인 전략이다. 물론 비인도적이라고 비난받아 마땅하지만 요괴들과 마교도를 상대로 그만큼 공허한 외침이 어디 있겠는가?

'허허. 요괴들만이었다면 상대하기 편했을 텐데, 인간이 머리 노릇을 하니 이렇게 골치 아프게 나오는군.'

신경 쓰이는 것은 그들만이 아니다. 3대 세력에 속하지 않은 군소 세력들의 움직임 역시 신경 쓰였다. 적들은 해루족의 상황을 알리고 군소 세력을 아군으로 끌어들이고 있는 게 분명했다.

별의 수호자 일행과 청해용왕대 역시 눈을 뗄 수 없었다. 그들은 요마군도—흑영신교 연합과 합세하지는 않았지만 그들과 겹치지 않는 전장을 골라서 해루족 전투 병력을 타격하고 있었다.

'그나마 이쪽은 말이 통하니 다행이라고 해야 하나?'

적으로서는 골치 아픈 집단이다. 하지만 여전히 민간인을 공격하지 않고 전투 병력만을 상대한다는 점은 다행스러웠다.

'하지만 이들을 다 없애고 나면 과연 그분이 어떻게 하실지 모르겠군.'

원래 해루족은 청해용왕대를 치우고 난 뒤에 청해궁의 추종자들을 대륙으로 추방할 계획이었다. 인도적인 이유 때문은 아니고 이후 청해궁과의 관계를 생각해서였다.

하지만 암흑인이 어떤 선택을 할지는 모르겠다. 지금 청해궁의 추종자들을 살려두고 있는 것조차 신기해 보일 지경이었으니……

모람의 심려가 커져가는 가운데, 청해군도의 전쟁은 점점 더 격화되어 갔다.

5

가려는 칼날에 묻은 피를 정성들여 닦아냈다.

요 며칠 동안 몇 번이나 격렬한 전투를 치렀다. 정신적, 육체적 피로도 문제였지만 장비의 파손도 걱정해야 될 문제였다. 가려의 검은 별의 수호자에서 지급해 준 질 좋은 양산품에 불과했으니 더더욱 그랬다.

'공자님을 구할 때까지는 그 누구에게도 이 목숨을 줄 수 없다.'

가려는 검을 손질하는 행동을 통해서 마음을 가다듬었다.

아무리 쉽게 끝난다 하더라도 실전의 부담감은 결코 가볍지 않다. 청해궁의 영약이 육체적인 부담을 상당히 덜어주기는 했지만 그래도 피로가 쌓이는 것을 어쩔 수 없었다. 이미 별의 수호자 일행에서 두 명이 중상을 입고 전선에서 이탈했다.

이럴 때 정신이 무뎌지면 앗 하는 순간 목숨을 잃게 될 것이다. 가려는 단 한 가지 목적으로 정신을 칼날처럼 날카롭게 벼

려냈다.

"가 무사."

문득 서하령이 그녀를 불렀다.

"말씀하시지요."

"이제 와서 묻는 것도 우습지만, 자신이 생각한 방법이 성공할 거라고 확신하세요?"

"아니요."

"……."

일말의 망설임도 없는 대답이었기에 서하령은 한 방 맞은 표정을 지었다.

가려가 말을 이었다.

"확신하기 때문에 하려는 것이 아닙니다. 그저 생각나는 방법이 그것뿐이니까 하는 거지요."

"개죽음이 될 수도 있어요."

"해보지도 않고 공자님을 포기하는 것보다는 낫습니다."

서하령은 가려에게서 흔들림 없는 결의를 읽었다. 그녀는 희망적인 결과를 기대해서 목숨을 거는 것이 아니다. 설령 죽더라도 물러날 수 없는 가치가 그곳에 있기에 가는 것이다.

"당신에게 형운은 무엇인가요?"

그 물음에 가려가 검을 손질하던 손길을 멈췄다. 그녀는 잠시 허공을 올려다보며 생각하다가 말했다.

"…좀처럼 설명할 말이 떠오르지 않는군요. 하지만 공자님께서 제게 해주신 말씀이 있습니다."

"뭐라고 했죠?"

"저를 가족처럼 생각한다고 하셨지요."

"가족이라······."

서하령이 작게 중얼거렸다.

종종 형운에게서 듣던 말이었다. 그가 예은이나 가려를 대하는 태도를 보며 주변에서 의아해할 때마다 형운은 웃으면서 말하고는 했다.

그들은 단순한 아랫사람이 아니라 가족이나 다름없다고.

그리고 형운은 행동으로 그 말이 빈말이 아님을 증명해 왔다.

서하령으로서는 잘 이해하기 어려운 태도였다. 같은 조직에서 비슷한 대우를 받고 사는데도 자신의 주변과 형운의 주변은 왜 이렇게나 분위기가 다른 것일까.

'가족 같은' 시종인들은 서하령에게도 있다. 어릴 적 그녀가 이 장로의 손에 이끌려 별의 수호자에 들어올 때부터 시중들어 온 사람들이 그렇다.

하지만 역시 형운이 말하는 '가족 같다'는 것과는 분위기가 다르다. 어쩌면 서하령과 마곡정이 형운의 거처를 줄기차게 찾아갔던 것도 그 분위기에 끌려서가 아니었을까.

가려가 손질한 검을 검집에 집어넣으면서 말했다.

"사실 저는 '가족'에 대해서 별로 좋은 기억을 갖지 못했습니다."

"가족이 있었나요?"

"오래전에는."

가려는 별의 수호자에 오기 전의 과거에 대해서 형운에게도 이야기한 적이 없었다. 하지만 지금 이 순간에는 왠지 그런 사실을 의식하지 않고 자연스럽게 이야기가 나왔다.

"진짜 혈육은 아니었습니다. 절 낳아주신 분들이 누구인지는 아마 영영 모를 겁니다."

가려는 진짜 부모의 얼굴조차 기억하지 못한다. 가장 오래된 기억 속에도 그들은 존재하지 않았다.

그녀를 길러준 것은 피가 이어지지 않은 이들이었다. 그리고 가려에게 그들은 자신에게 인간의 말과 몸가짐을 가르치며 사육하는 괴물이나 다름없었고, 늘 그들의 눈에 띄지 않기 위해 필사적으로 노력해 온 것이 은신술의 재능으로 이어졌다.

"그래서 가족에 대한 이야기는 어려운 책 속의 내용이나 다름없었지요. 하지만 지금은 그게 무엇인지 조금은 알 것 같은 기분이 듭니다."

가려는 예나 지금이나 자신이 인간으로서는 결함품이라고 생각했다. 석준에게 이끌려 별의 수호자로, 아니, 정확히는 정상적인 인간들의 세상으로 나온 후부터 한 번도 스스로가 정상이라고 느낀 적이 없었다.

그래서 무서웠다. 그 속에서 살아가야 한다고 필사적이면서도, 그들이 자신을 보고 말을 걸어오는 게 두려워서 항상 눈 밖으로 피해 있었다.

하지만 형운과 이야기할 때면 그런 자각이 사라진다.

"공자님이 제 손을 잡아주셨습니다."

형운은 음지에 숨어서 떨고 있던 가려를 붙잡고 양지로 끌어내 주었다. 그녀가 무서워하지 않아도 되는 사람이 있다는 것을, 있을 자리가 있다는 것을 알려주었다.

그때부터 가려의 마음속에는 열망이 자라났다.

그녀는 늘 자신이 이방인이라고 느꼈다. 다른 사람들이 살아가는 모습에 공감할 수 없어서 먼 곳에서 일어나는 일들을 구경하듯이 바라보기만 하면서 살아간다.

단 한 사람, 형운만이 예외였다.

그가 기뻐하면 가려도 기뻤다. 그가 슬퍼하면 가려도 슬펐다.

어느 순간부터 형운은 가려의 꿈이 되었다. 그가 행복하게 살아가는 것이, 꿈을 이루는 것이 가려가 바라는 전부였다.

"하지만 저는 한 번도……."

가려는 하늘을 올려다보며 말했다.

"…공자님의 손을 잡아드리지 못했습니다."

늘 그에게 받기만 했다. 중요한 순간에는 도움이 될 수 없었다. 그 사실은 가려에게 상처로 남아 있었다.

그러니까 물러날 수 없다. 설령 그로 인해 목숨을 잃는다고 하더라도, 가려는 형운의 손을 놓지 않을 것이다.

6

양진아는 점점 지쳐가고 있었다.

연일 격전을 치르기 때문만은 아니었다. 그녀가 처한 상황이 주는 부담감 때문이었다.

어느새 그녀는 청해용왕대의 우두머리 노릇을 하고 있었다. 그녀보다 후계자에 가까웠던 가돈이 있는데도, 노회한 장로들이 있는데도 다들 자연스럽게 그녀를 수장으로 대했다.

그 이유를 한 가지로 뭉뚱그려 말할 수는 없을 것이다. 아마 그녀가 청해궁의 공주이기도 때문이기도, 진본해의 제자이기 때문이기도, 그리고 별의 수호자 일행을 아군으로 삼고 지금까지의 싸움을 주도해 온 입장 때문이기도 할 것이다.

"아가씨."

문득 해파랑이 그녀를 불렀다.

"약은 그만하시는 편이 낫지 않겠습니까?"

자연스럽게 약에 손을 가져가던 양진아의 손이 멈칫했다.

어느 순간부터 그녀는 악몽을 꾸고 있었다. 밖에서 잠깐씩 잠들 뿐인데도 지금까지 겪은 일들이, 미래에 닥쳐올 일들이 악몽의 형태로 수면을 방해했다.

청해궁에서 보내온 물자들 중에는 휴식을 위한 것들도 있었다. 짧은 시간 동안 최적의 회복력을 얻기 위한 약들이다. 양진아는 잠깐씩 잠들 때마다 그 약을 복용하고 숙면을 취하고 있었다.

하지만 아무리 영험한 약이라도 거기에 의존하는 것은 좋지 않은 일이다. 해파랑은 양진아의 정신 상태를 걱정했다. 그녀는 죽 강한 모습만 보였지만 그 이면에는 어린 나이에는 감당하기 힘든 고뇌와 부담이 있으리라.

"…몸은 좀 괜찮아?"

양진아는 그의 물음에 대꾸하는 대신 질문을 던졌다.

해파랑이 돌아왔을 때, 그녀는 왈칵 치솟는 울음을 참느라 고생했다. 이 일이 시작된 이래로 한 번도 그의 얼굴을 떠올리지 않은 날이 없었다. 그는 어린 시절부터 양진아를 돌봐준 혈육이

나 다름없는 사람이었으니까.

그를 영영 잃었다면 이 싸움에서 이겼다 한들 그녀는 평생 상처를 끌어안고 살았으리라. 지금도 종종 해파랑이 자신의 눈앞에서 살아서 숨 쉬고 있다는 사실을 믿기 어려웠다.

해파랑이 씩 웃었다.

"이제 완전히 회복했습니다. 역시 청해궁의 약은 정말 대단하군요."

"그래도 무리하지 마. 해파랑은 결정적인 순간에 활약해 줘야 하니까."

"물론입니다. 그보다 아가씨……."

"난 괜찮아. 잠깐 바람 좀 쐬고 올게."

양진아는 자신을 걱정하는 해파랑의 말을 자르며 몸을 일으켰다.

사실은 그러고 싶지 않았다. 예전에는 늘 그랬던 것처럼 힘들다고 칭얼거리면서 어리광을 부리고 싶었다.

하지만 지금 그랬다가는 겨우 지탱해 온 의지가 무너질 것만 같았다. 그 사실이 두려워서 양진아는 자신을 걱정하는 해파랑의 마음을 외면할 수밖에 없었다.

문득 노랫소리가 들려왔다.

달이 밝은 밤에, 파도 소리에 섞여서 나직한 노랫소리가 울리고 있었다. 일반인은 듣기 어려운, 무인이 정신을 집중해야 들을 수 있는 음량이었다.

그러나 파도 소리를 악기의 반주처럼 여기는 그 노래는 확실히 듣는 이에게 영향을 끼치고 있었다. 양진아는 그 음에 섞인 기운에 왠지 마음이 편안해지는 것을 느꼈다. 마치 어머니가 아이에게 불러주는 자장가처럼 위로가 되는 노랫소리다.

'서하령.'

양진아는 노랫소리의 주인이 누구인지 알 수 있었다. 자기도 모르게 발길이 그녀가 있는 곳으로 향했다.

서하령은 벼랑에 솟은 바위에 앉아서 바다를 보며 노래를 흥얼거리고 있었다.

그 모습을 보고 있자니 왠지 기시감이 들었다. 양진아의 기억 속에는 저런 모습을 한 존재가 있었다.

인어였다. 달 밝은 밤, 암초 위에 올라서서 파도와 어우러지는 노래를 부르는 것은 인어들에게는 흔한 일이다.

"왜 그래?"

문득 서하령이 노래를 멈추고 돌아보았다.

바다를 보는 데 정신이 팔린 것 같았지만 양진아가 다가오는 순간부터 알고 있었으리라. 양진아가 멍청하니 자신을 바라보고 있어서 말을 건 것이다.

양진아는 퍼뜩 정신을 차렸다.

"…부르는 사람이 너만 아니었어도 정말 좋았을 노래인데."

"어머나, 그것참 유감이네. 하지만 남의 사색을 방해한 게 고작 그렇게 비아냥거리기 위해서였다면 너무 비루하지 않아?"

"딱히 방해할 생각은 아니었거든?"

양진아는 훌쩍 뛰어서 서하령의 맞은편 바위에 올라앉았다. 잠시 그녀를 바라보던 서하령이 물었다.

"인어도 노래에 힘을 싣는 능력을 가졌다던데, 네가 노래하는 건 한 번도 못 본 것 같네."

천요군을 통해서 인어들이 청해군도의 노래하는 자들 중에서도 단연 돋보이는 능력의 소유자라는 사실을 알았다. 종종 바다 위에 울려 퍼지는 그들의 노래는 청해군도의 선원들에게는 축복이며 동시에 미혹이라고 한다.

하지만 양진아는 서하령 앞에서는 한 번도 노래한 적이 없다. 심지어 서하령이 구사하는 음공에도 관심을 보이지 않았다.

양진아가 못마땅한 표정으로 투덜거렸다.

"인어의 혈통을 이어받았으니 노래하는 힘을 가져야 한다니, 편견이야."

"즉 너는 그 능력을 이어받지 못했다는 거구나."

"부, 불만 있어?"

양진아가 얼굴을 붉혔다.

서하령이 지적한 대로였다. 어린 시절, 어머니가 인어의 노래를 가르치려다가 그녀에게 재능이 없다는 사실을 깨닫고 한탄했던 것도 기억에 남아 있다.

서하령이 시큰둥하게 말했다.

"아니, 그냥 좀 아쉬웠을 뿐이야. 인어의 노래는 어떤지 궁금했거든."

"흥. 인어에게 배우면 되잖아. 왜 애꿎은 사람을 붙잡고 그런 소리를 해?"

그 말에 서하령이 그녀를 빤히 바라보았다. 양진아가 당혹스러워하며 물었다.

"왜, 왜 그래?"

"인어에 대한·거리감이 나랑 너무 달라서 곤혹스럽네. 하긴 네게는 굉장히 가까운 존재겠구나. 부러워."

"인어를 동경했어?"

"그게 아니라……."

서하령이 바다에 시선을 던지며 말했다.

"노래하는 법을 가르쳐 줄 누군가가 가까이 있다는 게 부러워. 난 그런 배움이 굉장히 귀중했거든."

노래하고 싶은 열망은 늘 서하령의 내면에 자리하고 있었다. 하지만 인간의 노래, 인간의 음악만으로는 그 열망을 충족시킬 수 없었다.

음공을 통해서 보통 인간은 듣지 못하는 영역, 다루지 못하는 영역에 발을 디뎠을 때 서하령은 왜 자신이 늘 불만족스러워했는지 깨달았다. 아버지로부터 물려받은 본능이 그것을 원하고 있었던 것이다.

하지만 주변의 그 누구도 그녀에게 제대로 된 가르침을 내려 줄 수 없었다. 별의 수호자에서 수배해 준 음공 전수자도 마찬가지였다. 그는 전해온 기술을 기록하고, 연구하며, 다음 대로 전하는 것이 고작인 사람이었다. 인간 세상에서는 고작 그만한 재능조차도 귀했다.

익히고 구사할 수 있는 자가 적으니 음공의 저변이 빈약한 것은 당연한 일이었다. 기록된 음공들은 철저하게 개인의 재능이 꽃핀 경우였다. 전문적으로 연구되고, 계승되면서 발전해 온 역사가 너무 부족했다.

그렇기에 제대로 된 음공 구사자인 혼마 한서우에게 배운 시간은 보물 같은 시간이었다. 심지어 천요군과의 만남조차도 그랬다.

"뭐야, 그런 거였어?"

양진아가 코웃음을 쳤다.

"이번 일이 끝나고 나면 그런 자리는 얼마든지 주선해 줄 수 있어. 청해궁의 노래를 얼마든지 배울 수 있을 거야."

"꼭 부탁하고 싶은걸."

"그보다 괜찮은 거야?"

"뭐가?"

양진아가 갑자기 화제를 바꾸자 서하령이 고개를 갸웃했다. 양진아가 혀를 차며 물었다.

"너희 일행. 네 결정에 불만이 많은 것 같은데 제대로 다스리고 있어?"

"흠. 내게 불만이 있다는 점은 너희도 마찬가지 아니야?"

요마군도와 협력한다는 서하령의 결정은 일행의 반감을 샀다. 아무런 불만도 표하지 않은 것은 가려뿐이다.

양진아가 마지못해 말한다는 티를 팍팍 내면서 말했다.

"개인적인 감정으로는 요괴 놈들과 협력하느니 죽고 말겠어. 하지만 지금 내 입장을 생각하면 그럴 필요성을 인정해. 그러니까 찬성한 거야."

"딱히 감사하진 않아. 알지?"

"넌 참 어쩌면 그렇게 한결같이 재수 없니?"

"어머, 마음이 잘 맞아서 짜증 나네. 나도 너를 똑같이 생각하고 있는데."

"크으……."

두 사람이 서로를 노려보았다.

먼저 물러난 것은 서하령이었다. 서하령이 코웃음을 치며 말했다.

"그럼 어리석게 돌격하다가 다 죽어야 하는 거냐 운운하진 않겠어. 어차피 바보 같은 길을 가는 것은 피차 마찬가지니까."

현명하게 처신해야 한다고 주장하고 싶다면 서하령은 애당초 여기 남아 있어서는 안 된다. 형운의 죽음을 인정하고 암흑인에게서 배를 받아서 떠나는 게 가장 좋은 선택이리라.

그래도 서하령은 기왕 목숨을 판돈으로 올려놓은 도박에 임하려면 물불 가리지 않고 승산을 높여야 한다고 생각했다.

"곡정이는 좀 토라진 거야. 속이 좁쌀만 하거든."

"…그건 좀 너무하는 거 아냐?"

양진아가 어이없어했다.

마곡정이 이번 결정에 불만을 품는 것은 당연한 일이다. 아무리 그럴싸하게 포장해도 이 협력 관계에서 흑영신교를 없는 것들로 취급할 수는 없다. 그리고 별의 수호자 일행과 흑영신교와의 관계는 증오 말고 다른 감정으로 설명하는 것이 불가능하다.

흑영신교는 별의 수호자 총단이 있는 성해를 강습해서 불태웠다. 익숙했던 도시가 불타고 파괴된 처참함을, 그 속에서 죽어간 사람들을 서하령도 마곡정도 결코 잊지 못할 것이다.

그 후로도 두 사람은 흑영신교와 여러 번 부딪쳤다. 그때마다 많은 사람이 희생되는 것을 보았으며 자신들도 목숨을 위협받아야 했다.

그런 과거가 있는데 합리적인 선택을 위해 감정을 접어두라고 하는 것은 말도 안 되는 요구다. 가슴속에 쌓인 미움이 너무나도 커서 합리적인 선택이 들어올 구석이 없었다.

그래도 서하령은 그렇게 하기를 선택했다.

"곡정이 마음은 이해해. 다른 사람들도."

서하령은 일행에게 깊이 감사하고 있었다.

마곡정은 투덜거리면서도 떠나자는 말은 한마디도 하지 않았다.

천유하는 형운을 구할 수 있다면 실낱같은 희망이라도 무시할 수 없다면서 남았다.

형운의 호위단원들도, 서하령과 마곡정의 호위무사들도 한 명도 빠지지 않고 남았다. 그들에게는 떠나지 않는다면 모든 일이 끝날 때까지 숨어 있을 것을 권했지만, 그들은 죽은 동료들의 원한을 갚겠다면서 함께할 것을 결의했다.

"그래도 우리 중 누군가는 머리를 차갑게 식히고 필요한 일을 해야겠지. 그리고 지금 그 역할을 해야 하는 것은 나야."

순간 양진아는 서하령에게서 자신의 모습을 보았다. 태연한 척하고 있지만 그녀의 눈빛에는 고뇌의 빛이 깃들어 있었다.

아무렇지도 않은 척, 강한 척하고 있지만 그녀 역시 마음속으로는 괴로워하고 있으리라. 천요군을 설득하기 위해 혈혈단신으로 나섰던 것만 해도 얼마나 큰 위험을 감수한 일이었던가?

"넌 참 짜증 나는 계집애지만……."

양진아가 피식 웃었다.

"그래도 지금은 좀 마음에 들어."

"그래? 의외네. 난 여전히 네가 짜증 나는데."

"…정정하지. 착각이었어. 역시 싫어."

양진아는 울컥해서 돌아섰다.

왠지 그날 밤에는 약을 복용하지 않았는데도 편안하게 잠들 수 있었다.

제73장
노래의 끝

성운을 먹는 자

1

형운은 아득히 먼 옛날의 기억을 보았다.

최초로 청해용왕이라 불린 남자, 장무경의 삶이 끝나는 순간을.

장무경이 그릇이 된 것은 형운과는, 아니, 암해의 신의 그릇이 되었던 그 누구와도 경우가 달랐다.

형운이 신음 섞인 목소리로 말했다.

"장 대협께서는… 스스로 암해의 신을 가두는 감옥이 되고자 하신 거군요."

─그래, 봉인 작업에는 봉인할 대상을 담아둘 그릇이 필요했으니까. 특히 천계와 이 세계 양쪽에 걸쳐 있는 신을 봉인하려

면 명확한 실체를 갖추게 하는 것이 필수적이었고, 신의 혈통을 이어받은 내 육체는 그런 그릇이 될 자격이 있었어.

암해의 신이 현세에 드리운 그림자를 파괴해 봤자 달라지는 것은 없었다. 이 세상에서 심해의 어둠을 없애 버리지 않는 한 암해의 신은 얼마든지 되살아난다.

당시에는 봉인만이 유일한 방법이었다. 장무경과 동료들은 싸움에 임하기 전에 그런 사태를 예상하고 봉인 작업을 준비해 두었다.

—신이 현계에 간섭하는 방식은 여러 가지가 있는데, 놈의 경우는 영적인 능력이 발달한 자들과의 연결을 통해서 간접적으로 개입했지.

심해의 어둠을 근원으로 둔 암해의 신은 독립적인 육체를 갖지 못했다. 그렇기에 현계에 적극적으로 간섭하려면 계약을 통해 그릇을 확보하는 번거로움을 감수해야 했던 것이다.

—놈은 인간의 그릇을 탐욕스럽게 원했어. 현계에 개입하고자 하는 욕망 때문이기도 하지만, 애당초 그의 존재가 자신에 대한 공포에 기대고 있다는 점이 컸을 거야.

현계의 존재들은 본능적으로 심해의 어둠을 두려워하며 수많은 이야기를 만들어냈다. 그리고 그것이 암해의 신의 신격을 이루는 양분이 되었다.

그래서일까? 그는 그릇을 손에 넣어서 실체로서 세상에 개입하는 데 광적으로 집착했다.

—덕분에 나를 그릇으로 삼게 꼬드기기는 쉬웠지. 문제는 그 방법 역시 완전한 해결책은 아니었다는 거지만······.

과연 봉인에 의미가 있는가?

그런 의문을 품는 자들도 있었다. 신은 불멸이며, 인간의 일생조차도 그들에게는 긴 시간이 아니다. 그리고 봉인은 인간의 입장에서는 까마득한 시간 동안 유지되겠지만 영원불멸하지는 않을 것이다.

그렇다면 자신들이 하는 일은 그저 후세로 재앙을 떠넘기는 짓이 아닐까? 후인들의 가능성을 믿는다고 하면 듣기야 좋지만 과연 그게 올바른 일인가?

—내게 도움을 준 신들은 예언했다. 신화시대가 끝나고 인간의 시대가 올 것이라고.

시간의 흐름 속에서 신들조차도 영원하지 않으리라. 시간이 흐를수록 신과 인간의 거리감이 벌어지고, 인간은 신의 존재를 낯설게 여기게 되는 날이 올 것이다.

암해의 신도 예외가 아니다. 그 역시 봉인 속에서 시간의 흐름에 마모되어 가리라.

—난 그 말에 기대를 걸고 희생했지. 어차피 달리 방법이 있는 것도 아니었으니까. 네 기억을 보니 내 희생이 헛되지는 않았던 것 같군.

장무경이 믿었던 예언대로, 이 시대는 이미 신과 인간의 연결성이 희박해져 있었다. 많은 신이 사람들의 기억 속에서 잊혀서 옛이야기의 일부가 되었고, 직접 사람들 앞에 존재를 드러내는 신은 손에 꼽힐 정도로 적어졌다.

—세상이 존재하는 한 신의 존재는 불멸. 그러나 현계에 드리운 그림자는 사정이 다르지.

신이 낯설지 않았던 옛날에는 그림자조차도 한없이 불멸에 가까웠다. 쓰러뜨려 봤자 거의 무한정 부활할 수 있었다.

그러나 이 시대에는 어떨까?

—우리는 암해의 신을 봉인하면서 그의 이름을 빼앗았다. 그 것은 그의 본질이 현계에 드리운 그림자를 마모시키기 위함이 었지.

이름에는 강력한 힘이 있다. 그러한 믿음은 고대나 현대나 똑 같았고 술법의 세계에서는 상식으로 통용되었다.

그 본질은 바로 기록과 기억이 존재를 증거한다는 것이다.

이름을 부름으로써 그 존재를 세상의 일부로 인식한다.

신도 이 점에서는 예외가 아니었다. 그 많던 신이 지금은 모 조리 잊혔다는 것이 그 사실을 증명하지 않는가?

암해의 신의 이름을 빼앗은 것은 더없이 효과적이었다. 이제 는 해루족조차도 그에 대해서 제대로 알지 못한다. 수백 년쯤 더 지나면 아예 그의 존재를 잊을지도 모른다.

—아마도 이 시대에 그의 그림자를 파괴한다면 우리 시대에 그렇게 했을 때보다 훨씬 큰 타격을 줄 수 있을 거야.

"그렇다면……."

형운은 한 가지 사실을 깨달았다.

"…누군가 제 몸을 죽인다면 암해의 신은 치명적인 타격을 입겠군요."

—그래.

형운은 이 기억의 바다 속에 갇혀 있었다. 밖에서 일어난 일들 이 대해 아는 수단은 암해의 신이 전달해 준 정보의 편린들뿐이다.

그러나 지금 이 순간에도 그의 의식 일부는 암해의 신과 이어져 있었다. 형운은 자신의 의지가 암해의 신의 행동을 구속하고 있음을 확신했다.

"누군가 저를 죽여줄 수만 있다면……."

형운은 이 상황에 대해서 변명할 수 없음을 안다.

물론 변명하려면 얼마든지 할 수 있을 것이다. 어쩔 수 없는 상황이었다. 정신이 혼미해서 제대로 된 판단이 불가능했다…….

하지만 어쨌거나 계약은 이루어졌다. 이 계약이 깨지기 위해서는 무언가 결정적인 계기가 필요했고, 그것을 바라는 것은 기적을 기대하는 것과 다를 바 없었다.

"그 순간에 도움이 되는 정도는 할 수 있겠지요."

형운은 기적을 기대하지 않았다. 어디까지나 현실 속에서 자신이 할 일을 궁리했다.

자신의 육신이 사악한 신의 야망을 위한 도구가 되는 것을 지켜보기만 하진 않을 것이다. 지금까지 암해의 신의 행동을 제약해 왔듯이, 누군가 그의 야망을 막고자 한다면 그를 돕는 내면의 검이 되리라.

─이미 죽음을 받아들였구나.

그런 형운을 보며 장무경이 혀를 내둘렀다. 형운이 이미 자신의 죽음을 확정된 사실로 받아들이고 있다는 사실이 그를 놀라게 했다.

"현실을 외면하면 아무것도 할 수 없으니까요."

받아들이기 힘들다는 이유로, 인정하면 괴로워진다는 이유로

외면해 버리면 아무것도 할 수 없다. 눈앞의 문제를 타파하려면 일단 그것을 직시해야 한다.

귀혁이 가르친 변명 없는 무인의 삶이 나락에 빠진 형운을 지탱하고 있었다.

—네 스승을 만나보고 싶군. 하지만 너는 어쩌면······.

"네?"

—아니, 지금 이야기해 봤자 의미 없겠군.

장무경은 하려던 이야기를 삼키고 고개를 저었다.

2

해루족을 장악한 암흑인은 좀처럼 움직이지 않았다.

지난 일주일 동안 그가 직접 전장에 모습을 보인 것은 단 두 번뿐이었다. 그 이전의 행보를 생각하면 이상할 정도로 느긋한 모습을 보이고 있었다.

그러나 생각해 보면 당연한 일이다.

무릇 우두머리 된 자는 경망되게 자신을 전장에 내던지지 않는 법이다. 혼자일 때라면 모를까, 해루족이라는 수족이 생겼는데 그가 전장에 나설 이유가 없지 않은가?

오히려 사흘에 한 번꼴로 전장에 나선 것을 놀라워해야 한다. 해루족이 압도적인 열세에 빠졌다면 또 모를까, 체제 개편을 완료한 해루족은 요마군도—흑영신교 연합을 상대로 확연히 우세를 점하고 있었다.

'어째서 나섰을까?'

혈귀수는 암흑인의 사고를 읽어내려고 애썼다.

아무리 봐도 암해의 신은 해루족의 희생을 조금이라도 줄이고자 전장에 나설 유형이 아니다. 그럼에도 군이 앞장서서 싸웠다면…….

'심심풀이 변덕이거나, 아니면 꼭 나설 필요가 있었거나.'

전자는 오랫동안 봉인되어 있다가 풀려났고, 일월성신이라는 그릇까지 얻었으니 써보고 싶은 욕망이 샘솟았으리라는 추측해 볼 수 있다.

후자는 연합의 움직임이 해루족의 봉인의 기둥 탐색에 방해되었기에 나섰을 거라는 추측이 가능하다.

'그렇다면 탐색대를 미끼로 이용한다.'

연합은 해루족의 봉인의 기둥 탐색을 저지해야 하는 입장이었다. 그리고 그로써 암흑인을 불러들일 수 있다면 전략적으로 활용하는 것은 당연한 일이다.

혈귀수는 별 가치 없는 요괴들을 버림패로 이용, 암흑인을 끌어내면서 다른 곳을 치는 작전을 입안했다.

"흠, 그렇군. 역시 머리가 잘 돌아가는데?"

작전 의도를 설명하자 천요군이 감탄했다. 인간 입장에서는 당연한 작전이지만 요괴 입장에서는 그렇지 않았다.

조직력이 빈약하고, 조직 구성원 대부분이 이성보다는 본능이 앞서는 요괴들은 인간들에게는 당연한 전술 전략 개념이 결여되어 있었다. 흑영신교와 같이 일해보니 그 점이 뼈저리게 다가왔다.

'그래서 요왕께서도 해루족한테 농락당했지.'

칠요군쯤 되는 고위 요괴들의 면면을 봐도 절반은 깊은 생각 따위는 하기 싫어 하는 무식한 것들이었다. 그런 놈들을 믿고 인간들과 전쟁을 벌였으니 질 수밖에.

하지만 일단 흑영신교가 두뇌 역할을 하자 요마군도의 강점이 극대화되었다. 특히 요괴들의 추적 능력과 탐색 능력, 교신 능력이 없었다면 지금까지 싸울 수도 없었으리라.

혈귀수가 말했다.

"해루족 놈들도 바보가 아닐 테니 미끼 작전을 여러 번 쓸 수는 없을 것이오. 그러니 전략적으로 큰 목적을 노려야겠지."

"삼라허상진의 와해겠군."

"밖으로 나갈 수 없다는 사실이 확인된 지금, 그 일을 해내지 못하면 우리에게 승산은 없소."

객관적으로 볼 때 연합의 상황은 좋지 않았다. 비교적 잘 싸우고는 있지만 점차 궁지에 몰리는 중이다.

그 와중에 흑영신교는 요괴들의 도움을 받아서 대륙으로 빠져나가고자 시도했다. 암흑인의 신통력으로 바깥과의 교신이 차단되었으니 상황을 알리고 구원을 청하기 위해서는 직접 나가는 수밖에 없었다.

하지만 이 시도는 처절하게 실패했다.

바다는 완전히 해루족이 장악하고 있었다. 그들에게 붙어 있던 요마군도의 요괴들은 이미 모조리 살해당한 후였다.

게다가 바다의 해루족은 요괴들의 공백을 채울 만한 전력을 보강한 후였다.

암해의 신의 봉인이 풀리면서 심해로부터 바다괴물들이 나타나기 시작했다. 그들 중 일부는 바다 밑에서 청해궁과 바다영수들, 바다요괴들과 싸웠고 나머지는 바다를 포위한 채로 통행을 차단해 버렸다.

천요군이 혀를 찼다.

"수적으로나마 우위를 점할 수 있다면 좋겠는데 이놈들이 영 협조적이질 않으니……."

청해군도에는 해루족, 요마군도, 청해궁의 추종자라는 3대 세력 말고도 무수한 군소 세력이 있다.

연합은 그들을 끌어들이고자 했지만 별로 성과를 거두지 못했다. 아직까지는 해루족이 그들을 공격하지 않는 데다가, 신뢰도의 문제가 컸다.

'해루족이 무서우니까 요마군도나 흑영신교와 손잡으라고? 미쳤냐?'

이런 반응이 주류였던 것이다.

당연한 일이었다. 적의 적이 아군이라는 법이 어디 있는가? 신뢰할 수 없는 자들을 아군으로 삼는 것은 차라리 적대하는 것보다도 더 공포스러운 일이다.

문득 천요군이 물었다.

"하지만 삼라허상진 안의 상황이 우리가 바라는 대로라는 보장은 어디에도 없지 않은가?"

"그렇소. 이건 도박이오. 최선은 진본해가 죽고 아군이 모두 살아 있는 것이고……."

최악은 아군이 모두 패해서 죽고 진본해만 살아남아 있는 경우다.

의지를 활활 불태우는 혈귀수를 보며 천요군이 생각했다.

'이놈, 그래도 상관없다고 생각하는군.'

지금까지 보인 태도로 보건대 혈귀수는 암흑인만 없앨 수 있다면 무슨 짓이든 불사할 기세다. 설령 삼라허상진 속에서 살아나오는 것이 진본해뿐이라고 할지라도 그가 암흑인을 상대로 유용한 패라는 점을 기꺼워하지 않을까?

"이판사판의 도박이라, 나쁘지 않군. 어차피 이대로 있다가는 말라 죽을 판이니."

연합은 결전을 준비하기 시작했다.

3

연합의 무차별 공격으로 해루족의 병력은 각지에 분산되었다.

하지만 해루족의 전력은 약해지지 않았다. 주술사들이 암해의 신으로부터 신통력을 받아 쓰게 되었기 때문이었다.

주술사들은 하루가 다르게 그 힘을 사용하는 데 익숙해졌다.

그들의 축복은 마르지 않는 샘처럼 해루족 전사들을 적셨다. 축복을 받은 해루족 전사들의 감각은 놀랍도록 예리해졌고, 신체 능력이 눈에 띄게 강화되었다. 또한 무기에는 강력한 기운이 깃들어서 내공 수위가 처지는 자들이라도 검기를 발하는 것에 필적하는 날카로움을 발휘할 수 있었다.

그들의 탐지 능력은 철옹성이 되었다. 사웅이 기습으로 해파랑과 배안을 탈환했을 때 이후로는 한 번도 불시의 기습을 허용하지 않았다.

지금도 마찬가지였다.

"놈들이 다가오고 있습니다."

"숫자는?"

"700을 넘습니다. 거의 다 몰려온 게 아닐지요?"

주둔지의 주변 경계를 담당하는 주술사가 모람에게 보고했다.

요마군도와 흑영신교 연합의 대규모 병력이 접근해 오고 있었다. 아직 15리(약 6킬로미터)나 떨어져 있는 상황에서 그들의 구체적인 숫자까지 알아낸 것이 주술사들의 탐지 능력이 얼마나 강해졌는지 알려주었다.

"아무래도 탐색대를 미끼로 그분을 꼬여낸 듯하군. 움직인 시점으로 보건대 우리의 탐지 범위도 파악했을지도 모르겠어."

모람이 적들의 의도를 간파했다.

아까 전, 먼 곳에서 봉인의 기둥 탐색대가 공격받자 암흑인이 나섰다. 그리고 얼마 후에 그들의 접근이 탐지되다니, 모르고 넘어가기에는 상황이 너무 척척 맞아떨어지지 않는가?

"벌써 이 정도로 우리에 대해서 파악하다니, 칭찬해 주지. 그러나……."

해루족들이 일제히 전투태세에 들어갔다.

병력이 각지로 분산되었다고는 하지만 암흑인이 거하는 이곳에는 해루족 병력의 중추가 모여 있었다. 무엇보다 삼라허상진은 이 싸움이 끝나기 전까지는 반드시 지켜내야만 하는 전략적 요충지다.

"…다 알지는 못했다. 여기가 네놈들의 무덤이 될 것이다."

연합은 거의 기병대가 질주하는 것 같은 속도로 접근해 오고 있었다. 그러나 발견된 거리가 너무 멀었다. 해루족은 여유 있게 전투준비를 마쳤다.

"역시 이렇게 되는군."

하늘을 날며 해루족의 움직임을 살핀 천요군이 짜증을 냈다.

병력의 수만으로 따지면 연합이 우위일 것이다. 해루족의 병력은 각지로 분산되었고, 저곳에 있는 해루족 주술사 중 상당수는 삼라허상진을 유지하는 데 붙잡혀 있을 테니까.

하지만 본거지에서 전투준비를 마친 적들의 방어는 견고할 것이다. 암흑인이 돌아오기 전에 삼라허상진을 파괴해야 하는 연합 입장에서는 힘든 싸움이 되리라.

곧 연합의 선두가 해루족의 전열을 덮쳤다. 전술적 지휘 따위는 아무런 의미도 없었다. 흥분한 요괴들은 눈에 뵈는 게 없었으니까.

해루족과 요괴들이 뒤엉키며 전투가 시작되었다.

처음에는 광분한 요괴들이 해루족의 전열을 꿰뚫는 것 같았다. 하지만 그건 잠시뿐이었고 곧 견고한 벽처럼 모든 움직임이 가로막히기 시작했다.

"저건 또 뭐야?"

천요군이 당황했다.

해루족 중에 뛰어난 기량을 지닌 자들이 요괴들을 쓰러뜨리는 것은 놀랄 일이 아니다. 주술사들이 발하는 저주의 술수가 요괴들을 덮치는 것 역시 마찬가지다.

그러나 그들 사이에서 괴물들이 활약하는 것은 그렇지 않았다.

혈귀수가 신음했다.

"암흑인이 해루족에게 시귀를 다루는 능력까지 주었나?"

흑회색의 피부를 지닌, 인간을 두 배쯤 불려놓은 것 같은 덩치의 괴물들이 요괴들을 쳐 죽이고 있었다. 그 수가 수십에 달하는 데다가 하나하나가 살아 있는 해루족 전사들을 능가하는 힘을 발휘하는 게 아닌가?

해루족은 죽어서도 고대에 조상들이 암해의 신과 맺은 맹약으로부터 자유롭지 못했다.

조상의 영령을 섬기는 해루족 입장에서 보면 그것은 끔찍한 모독이었어야 했다. 그러나 그리하라 명한 것은 그들의 신이었다.

신의 말씀에 의해, 그것은 죽어서도 일족을 위해 봉사하는 명예로운 헌신이 되었다.

"혈귀수! 작전대로 간다!"

"알겠소!"

혈귀수가 정신을 집중해서 술법을 발동시켰다.

그는 전쟁이 진행되는 동안 지속적으로 시귀를 제조해 왔다. 시귀를 만들기에는 상당히 열악한 환경이었지만 그는 흑영신교에서도 최고의 전문가로 불리는 인물이었다. 해루족과 요괴의 시신을 이어 붙인 기괴한 시귀들이 해루족들을 덮쳐갔다.

그런 한편, 곳곳에서 새 요괴들이 날아오르기 시작했다.

모람이 깜짝 놀랐다.

"저런 식으로 나오는가?"

일제히 날아오른 30마리의 새 요괴가 다른 아군을 들고 날랐다. 해루족의 방어진을 뛰어넘어서 직접 삼라허상진을 공격할 셈이었다.

물론 해루족도 넋 놓고 당해주지는 않았다. 요마군도를 적으로 삼는 이상 비행 전력에 대비하는 것은 지극히 당연한 일이다.

궁수들이 활을 재고, 일부 주술사들이 저주를 준비할 때였다.

"흥!"

라아아아아아!

강력한 요기가 실린 천요군의 노래가 그들을 덮쳤다.

주술사들의 가호가 있기에 그들은 그 노래를 버텨내었다. 그러나 움직임이 멎는 것만은 어쩔 수 없었다.

그 틈을 타서 섬광을 휘감은 화살들이 연달아 날아올랐다. 높이 솟구쳤던 화살들은 어느 순간 급격한 각도로 꺾이면서 궁사들과 주술사들에게 떨어져 내렸다.

꽈과광! 꽈앙!

"크아악!"

폭음과 비명이 울려 퍼졌다. 그것을 본 해루족 용사 화군이 이를 갈았다.

"사웅!"

난전을 벌이는 이들을 사이에 두고 화군과 사웅의 시선이 교차했다.

본래 사웅이 지휘하던 해룡궁사들은 모조리 화군의 휘하에 들어와 있었다. 화군도, 그들도 해루족인 이상 암흑인을 따르는 것은 당연한 이치였다.

하지만 그들 전부를 합쳐도 사웅 하나만 못했다. 사웅은 궁사로서는 전술 병기라고 불리기에 마땅한 존재였다.

사웅은 무심하게 활을 당겼다. 그의 화살은 소름 끼치도록 정밀한 궤도로 아군의 머리 위를 넘어서 해루족 진영에 떨어졌다. 그리고 일단 떨어지면 반드시 두세 명 이상이 죽었다.

"호락호락 당해줄 것 같으냐?"

화군은 그의 표적이 되지 않도록 바쁘게 움직였다. 그러면서 활을 당겨서 하늘의 요괴들을 노렸다.

쉬이이익… 파악!

"커억!"

검은 기운을 휘감은 화군의 화살이 요괴와 그에게 매달려 있던 흑영신교도를 한 번에 관통해 버렸다.

그것을 본 천요군의 표정이 어두워졌다.

'역시 쉽지 않군!'

천요군의 노래와 사웅의 해룡시에도 불구하고 적의 대공망이 완전히 무너지지 않는다. 암흑인으로부터 신통력을 부여받는 주술사들은 이전과 비교할 수 없는 막강함을 과시하고 있었다.

'하나의 주술사가 3, 40의 해루족 전사에게 강력한 축복을 걸면서 동시에 다른 술법까지 행한다니 이 무슨 말도 안 되는 전력인가?'

왜 모람이 그토록 암해의 신의 가호를 되찾고 싶어 했는지 알 것 같았다. 고작 봉인의 기둥 두 개가 파괴되었을 뿐인데 이 정도라면, 완전히 봉인이 풀리면 대체 무슨 일이 벌어질 것인가?

'여기서 승부를 내야 한다.'

천요군이 눈을 흉흉하게 빛냈다.

암흑인은 단시간 내로 돌아오지 못할 것이다. 단순히 꾀어내기만 하는 것이 아니라 그를 붙잡아놓기 위한 만반의 준비를 갖춰두었다.

아무리 큰 희생을 치르더라도 그가 돌아오기 전에 삼라허상진을 파괴해야 한다. 그렇지 않으면 자신들에게 미래는 없다.

─영감.

충요군의 정신파가 들려왔다.

─안 되겠어. 내 벌레로는 우회가 불가능해. 수요군도 마찬가지야.

"으음……!"

천요군이 신음했다.

전투가 벌어지는 동안 충요군이 조종하는 벌레와 수요군이 조종하는 짐승, 둘로 전장을 우회해서 기습을 가하려고 시도했다. 하지만 삼라허상진을 지키는 강력한 술법은 그런 방식으로는 통과할 수가 없었다.

공중으로 해루족을 넘어서 강습하는 작전도 상태가 좋지 않았다. 화군과 주술사들의 공격을 버티지 못하고 절반 이상이 추락했다.

살아남아서 강습에 들어간 것은 불과 열두 명.

"어리석은 놈들! 요괴 주제에 우리를 바보로 보는 거냐?"

하지만 그들도 잠복하고 있던 해루족 병력에 가로막혔다. 해루족 측에서도 이런 작전을 예상하고 있었던 것이다.

상황을 전달받은 혈귀수가 말했다.

─그곳을 뚫지 못하면 승기는 없소.

전황은 팽팽했다. 연합이 아직 여력을 남겨두었다는 점을 감안하면 시간이 지날수록 유리해질 것이다.

문제는 시간이 지나면 암흑인이 돌아온다는 것이다. 연합 입장에서 그는 그야말로 일당천의 재앙이다.

혈귀수가 비장한 각오를 내비쳤다.

─천요군, 조금 도와주실 수 있겠소? 이렇게 된 이상 내가…….

"아니, 그만두게. 목적을 위해서 희생하려는 자세는 높이 사지만 자네가 없으면 우리는 저놈들을 상대로 제대로 싸울 수 없어."

천요군이 혈귀수의 말을 잘랐다. 딱히 혈귀수가 마음에 드는 것은 아니었지만 지금의 연합에 있어서 그는 귀중한 인재였다.

충요군이 못마땅한 기색으로 말했다.

─혹시나 했더니 역시나군. 영감 말대로 되네?

"나도 이렇게 되길 바라진 않았다."

천요군이 투덜거렸다.

그리고 비슷한 시점에 모람이 위험 징후를 감지했다.

"이런! 하필이면 이때에… 아니, 이놈들 설마 손을 잡은 것인가?"

격전을 벌이고 있는 와중에도 해루족은 탐지망을 유지하고 있었다. 요괴들은 머리가 나쁜 대신 무슨 짓을 할지 알 수 없었기 때문이다.

그런 그들의 탐지망에 고속으로 접근해 오는 청해용왕대가 감지되었다.

모람이 외쳤다.

"측면에 병력을 돌려라!"

해루족이 재빨리 대응했다. 격전 중이라 탐지망의 범위가 좀 줄어들었다고는 해도 7리(약 2.8킬로미터) 거리에서 포착했으니 대응할 시간은 넘쳐났다.

쉬쉬쉬쉬쉭!

그리고 연합이 몰아치는 것과는 다른, 전장의 측면에서 섬광이 연달아 날아올랐다.

사웅이 깜짝 놀랐다.

"저건……!"

양진아의 해랑청기궁이었다.

정밀 타격을 가하는 대신 500장(약 1.5킬로미터) 저편에서 곡사탄도를 날린다. 사웅이 쏘아내고 있던 것처럼, 높이 날아올랐던 섬광의 화살이 급격하게 꺾이면서 지상을 덮쳤다.

"크악!"

"으아악! 이, 이건 뭐야?"

해루족이 비명을 질렀다. 해랑청기궁의 공격은 주술사들의 방어 술법을 종잇장처럼 뚫어버리는 게 아닌가?

그리고 좀 더 거리가 줄어들자 양진아만이 아니라 다른 청해용왕대원들이 쏘아 올린 수십의 화살이 광풍을 일으키며 날아들었다. 청해궁의 기보로 무장하고, 영약으로 신체 상태를 최고

조로 끌어 올린 그들이 일제히 사격을 개시하자 그 파괴력은 경이로웠다.

그것을 본 혈귀수가 격노했다.

"천요군! 설마 저들과 거래를 한 것이오?"

"그래."

"젠장! 내게 일언반구도 없이 이럴 수가 있소?"

"목적을 위해서라면 물불 가리지 않을 줄 알았는데? 결과적으로 도움이 되지 않나?"

"크윽……!"

"이제부터는 뒤통수를 조심하도록 하게. 저쪽이 나와 협력하기로 했지만 사웅이나 자네와는 절대 그러지 않겠다고 했으니."

천요군이 껄껄 웃었다. 그리고 급속도로 다가오는 그들 사이에 있는 서하령을 보며 눈을 빛냈다.

"자, 그럼 아가씨, 약속을 지킬 시간이야."

4

시퍼런 기운을 머금은 한 자루 도(刀)가 허공을 갈랐다. 그 앞을 검은 기운을 휘감은 검이 가로막았지만…….

파학!

두 무기의 궤도는 겹치지 않았다. 도는 허무하리만치 깔끔하게 적의 몸을 가르고 지나갔다.

'어째서?'

몸이 두 동강 난 적의 눈은 불신으로 가득 차 있었다. 어째서 분명히 날아드는 도를 가로막았는데 마치 환영처럼 자신의 검을 통과해 버린 것일까?

그를 베어버린 것은 마곡정이었다. 은신술과 분신술을 조합해서 적의 감각을 흐트러뜨린 뒤 허점을 찌른 것이다.

'젠장! 이런 게 아니야!'

마곡정은 계속 짜증을 내고 있었다.

사실 지금까지의 일을 생각하면 지극히 정상적인 반응이었다. 청해군도에 들어온 후 지금까지 겪은 일들치고 마음이 가라앉을 건수가 하나도 없지 않은가?

시작부터 예기치 않은 전투에 휘말리고, 강적을 만나 죽을 뻔하고, 동료들이 하나둘씩 죽고, 적들에게 계속해서 쫓기고…….

'그러다가 이제는 형운 그 팔푼이 자식은 신 나부랭이한테 몸을 빼앗기고, 흑영신교 개자식들이랑 요괴 놈들이랑 손을 잡아? 이게 말이 되냐고!'

생각하면 생각할수록 짜증이 난다.

마곡정은 내내 누가 말 걸기도 겁나는 흉흉한 분위기를 풍기고 있었고 전투가 시작되면 미친 듯이 날뛰었다.

하지만 지나친 흥분은 언제나 독이 되는 법이다.

스팟!

창끝이 마곡정의 볼을 스치고 지나갔다.

순간 마곡정은 간담이 서늘해졌다. 죽을 뻔했다.

적은 해루족 용사였다. 창날이 두꺼운 창을 휘두르는 그를 보는 순간, 자연스럽게 화군을 떠올리며 질풍처럼 달려들었다.

적의 기량은 화군보다 한참 떨어졌다. 하지만 해루족 주술사들의 축복을 받아서 감각과 신체 능력이 눈에 띄게 향상되어 있었고, 기이한 능력까지 갖고 있었다.

그는 마곡정의 전법에 쩔쩔매면서도 용케 버텨내나 싶더니 어느 순간 비장의 패를 꺼내 들었다. 기척 없이 바닥을 타고 달려온 어둠의 촉수가 마곡정의 발목을 휘감았고, 훤히 드러난 허점을 노리고 창날이 날아들었다.

'죽었다!'

마곡정은 죽음을 직감했다.

하지만 머리 한가운데를 꿰뚫었을 일격은 볼을 스치는 데 그쳤다.

기적이 아니었다. 누군가 결정적인 순간에 끼어들어서 해루족 용사를 베어버렸기 때문이다.

"괜찮냐?"

쓰러진 마곡정의 손을 붙잡고 일으킨 것은 천유하였다. 그가 위기의 순간 해루족 용사를 베어버리면서 허공섭물로 창의 궤도를 비틀어서 마곡정을 구해냈다.

"이놈들이 휘감은 기운은 반쯤 저주나 다름없으니까 상처로 스며들지 않게 주의를……."

"젠장! 조잘조잘 가르치려고 들지 마!"

마곡정은 신경질을 내면서 몸을 일으켰다. 이미 진기를 운행해서 상처 부위로 스며들려는 기운을 물리친 후였다.

목숨을 구해주고도 욕을 먹는 상황이었지만 천유하는 화를 내는 대신 담담하게 말했다.

"잘난 척하고 싶으면 최소한 서 소저의 걱정거리는 늘리지 마라."

"뭐라고?"

"서 소저가 진짜 아무렇지도 않은 것 같은가? 나보다는 네가 그녀 마음을 잘 알 것 같은데?"

"큭……."

"정신 똑바로 차려라. 앞뒤 안 가리고 날뛰다가 죽으면 내 꿈 자리도 뒤숭숭할 것 같으니."

"이 자식이 듣자 듣자 하니까……."

마곡정이 흉흉한 기세를 뿜어냈지만 천유하는 눈 하나 깜짝하지 않았다. 그리고 말했다.

"내가 아주 좋은 것을 알려주려고 하는데 계속 그렇게 노려보고 있을 거냐?"

"무슨 개소리를……."

"저기 화군이라는 놈을 발견했다만?"

"뭐?"

순간 마곡정의 눈이 번쩍 뜨였다. 그는 시퍼런 귀기가 흐르는 눈으로 천유하가 가리킨 곳을 바라보았다.

정말로 화군이 있었다. 정신없이 활을 쏴대고 있는 그의 모습이 보였다.

"이 자식! 죽여 버린다!"

마곡정은 곧바로 달리기 시작했다. 천유하가 한숨을 쉬면서 그 뒤를 따랐다.

"후우, 서 소저 부탁만 아니었어도……."

천유하는 이번 전투에 임하기 전, 서하령과 나눈 대화를 떠올렸다.

5

"천 공자, 곡정이를 부탁해요. 지금 곡정이는 주변을 살필 여유가 없어요. 눈먼 칼에 맞아서 죽게 하고 싶진 않아요."

"서 소저의 부탁이라면 기꺼이 들어드리겠습니다만, 직접 조언하시는 게 낫지 않겠습니까?"

"조언이라는 것은 들을 준비가 된 사람에게만 의미 있는 법이에요. 그렇지 않은 사람에게는 아무 쓸데 없는 소음에 불과하죠."

"음……."

천유하는 뜨끔했다.

과거에 그는 세상에서 자기가 제일 잘났다는 자만심으로 오만방자해진 적이 있었다. 마곡정에게 목숨을 위협받고 서하령에게 조언을 들었던 것은 언제 되새겨도 뼈저린 기억이다.

"그리고 저도 지금 곡정이랑 차분하게 이야기를 나눠볼 정도로 여유 있는 상태가 아니라서요. 괜히 입바른 소리 하려다가 서로 악만 바락바락 쓰게 될 거예요."

"마곡정이라면 모를까, 서 소저는 전혀 그렇게 보이지 않습니다만."

"천 공자 눈에도 그렇게 보였으면 노력한 보람이 있네요. 하지만 그렇지 않아요. 곡정이를 두들겨 패서 정신 차리게 하는 게 하루 이틀 일은 아니지만, 그건 제가 제정신일 때만 해도 되는 일이죠. 지금은 아니에요."

꽃처럼 아름답게 웃으면서 할 소리가 아닌 것 같았지만, 천유하는 그 순간 처음으로 그녀의 내면을 본 것 같았다. 그녀의 입장을 통해 막연히 상상하는 게 아니라 손에 잡힐 듯이 생생한, 사람으로서의 면모를.

아마 그래서였으리라. 지금까지 어느 정도 거리를 두고 있던 그녀에게 진심을 물은 것은.

"서 소저는 왜 이런 선택을 하셨습니까?"

"왜 군이 목숨을 위험에 던져가면서, 승산이 희박한 싸움에 몸을 던지냐는 물음이신가요?"

"예."

"바보 같은 사람들이 있어서요."

"네?"

천유하가 눈을 크게 떴다. 서하령이 미소 지으며 말했다.

"제가 현실적으로 판단해서 포기하자고 해도 들어먹지 않을 바보 같은 사람들이 있어서요."

"가 무사님을 말씀하시는 겁니까?"

"아마 곡정이도 마찬가지일 거예요. 군이 제가 남겠다고 하지 않았어도 혼자서라도 남았을 애예요."

"⋯⋯."

"상상해 봤어요. 우리는 이 싸움에서 손을 뗀다. 형운이 죽었다고 받아들이고, 청해용왕대를 외면한 채로 자기를 신이라고 주장하는 작자가 베푸는 자비에 기대어 고향으로 돌아간다······."

조직의 일원으로서는 이곳에서 일어난 일을 알리고 대비책을 강구하는 쪽이 중요하다. 하지만 서하령은 결과를 뻔히 상상할 수 있었다.

"아마 그러면 별의 수호자에서는 이곳 일에 대해서는 아무것도 하지 않을 거예요. 이미 끝난 일이니까. 일월성신인 형운을 잃은 것은 큰 손실이지만, 복수하겠답시고 달려들어 봤자 얻을 수 있는 것이 없으니까."

조직으로서는 당연한 논리였다.

청해군도가 별의 수호자에게 있어서 중요한 곳이라면 모를까, 복수라는 명목으로 막대한 희생을 감수할 가치가 이 땅에는 없다.

"아마 귀혁 아저씨만이 움직이실 거예요. 귀혁 아저씨는 그런 사람이니까."

조직이 복수를 외면한다 해도 귀혁은 그렇지 않으리라. 세상 모두가 외면해서 혈혈단신이라 할지라도 그는 형운의 복수를 위해 이 땅에 올 것이다.

"하지만 그때는 이미 모든 것이 끝난 후겠지요. 승산은 희박하고, 설령 기적처럼 승리한다고 해도 그저 형운과 이곳에 죽어 간 동료들의 넋을 기릴 수 있을 뿐."

거기까지 상상하자 소름이 돋았다. 서하령은 자신이 결단코 그런 미래를 원하지 않는다는 사실을 깨달았다.

"바라든 바라지 않든 우리는 무인이죠. 어쩔 수 없이 목숨을 칼날 위에 올려놓고 춤춰야 한다면 지나온 길을 부끄러워하지 않는 삶을 살고 싶어요. 혼자서 똑똑한 척해 봤자 숨 쉬듯이 자연스럽게 그렇게 살아가는 바보 같은 사람들을 앞에 두면, 그래요, 나도 그런 바보가 되고 싶다고 생각하게 되는 거예요."

"그렇군요."

"천 공자도 그중 하나예요."

"네?"

"당신은 설령 우리 모두가 떠났다고 해도 남았을 거예요. 아닌가요?"

"……."

"천 공자는 우리보다 양진아와의 인연이 깊었지요. 당신은 그녀를 외면하고 떠나지 않았을 거예요."

"그건… 너무 저를 과대평가하시는 겁니다."

천유하가 쓴웃음을 지었다. 서하령은 담담하게 미소 지으며 물었다.

"그럼 왜 남으셨지요?"

"서 소저와 비슷합니다. 바보 같은 사람들 때문에 부끄러워지기 싫어서. 그리고 그중에서도 최고로 바보 같은 누군가에게 빚을 너무 많이 져버린 신세인지라……."

그 말에 서하령이 까르르 웃었다.

"그건 정말 부정할 수 없는 말이네요. 화날 정도로."

6

마곡정은 화군과 세 번이나 싸웠다. 굴욕적인 패배를 맛본 첫 전투 이후 두 번은 승부를 내지 못했고 이제 네 번째를 치를 때가 왔다.

"크르릉……!"

마곡정은 은밀하게 접근하길 포기했다. 일찌감치 영수의 힘을 개방, 냉기를 흩뿌리면서 적들을 베어 넘겼다.

뒤쫓는 천유하가 보조해 주기 때문에 가능한 기세였다. 천유하는 마곡정을 신기해하며 바라보았다.

'목표를 정하고 나니까 나에 대한 반감은 아예 잊어버렸군?'

마곡정은 천유하와 호흡을 맞추고 있다는 사실에 아무런 불만도 표하지 않았다. 오히려 적극적으로 천유하의 도움을 활용했다. 평소 마곡정이 보이는 태도를 생각하면 정말 신기하기 짝이 없었다.

'아니, 잊은 정도가 아니라…….'

천유하는 전투가 진행될수록 곤혹스러웠다.

'이 녀석, 내게 목숨을 맡기고 있다.'

마곡정은 기꺼이 자신의 등을 천유하에게 맡기고 있었다. 천유하가 자신을 지켜줄 것을 확신하는 태도였다.

'하! 이것 참…….'

묘한 기분이다. 다른 사람도 아니고 마곡정이 자신에게 이런 신뢰를 보여줄 줄이야.

둘의 협력은 상승효과가 컸다. 악을 쓰며 두 사람을 가로막던 해루족 전사들이 추풍낙엽처럼 쓰러져 갔다.

어느 순간, 마곡정이 시퍼런 안광을 뿜어내며 몸을 웅크렸다.

"화군!"

짐승처럼 울부짖는 마곡정의 몸이 폭발적인 기세로 화군을 덮쳤다. 한창 정신없이 화살을 쏘아대던 화군이 급히 몸을 돌렸다.

"이 천둥벌거숭이! 죽지도 않고 또 왔냐?"

마곡정이 내지르는 강맹한 도격을 활로 비껴 받아내면서 발차기를 날린다. 마곡정이 탄력적인 움직임으로 그것을 피하는 순간, 반대쪽에 꽂아두었던 창을 뽑아 들어서 몸통을 후려쳤다.

투학!

도와 창이 부딪치며 대지가 뒤흔들렸다.

투콰콰콰콰!

마곡정과 화군이 서로 유리한 거리를 잡기 위한 공방을 시작했다. 냉기를 휘감은 도와 광풍을 휘감은 창이 격돌하면서 폭음이 울려 퍼졌다.

그 공방 속에서 화군의 의기상인이 마곡정을 덮쳤다.

화군의 의기상인은 마치 손발을 쓰는 듯 능수능란한 경지다. 타인의 감각을 왜곡시키고, 신체 기능에 미세한 어긋남을 발생시켜서 스스로 자해하도록 유도한다.

마곡정은 의기상인의 숙련도에서는 도저히 그를 따라갈 수 없었다. 그러나 그것이 속수무책으로 당할 수밖에 없다는 의미는 아니다.

'누나에 비하면 아직 멀었다, 이 자식아!'

마곡정이 날카로운 이를 드러냈다.

서로의 움직임이 계속해서 가속해 갔다. 점점 현란한 변화를 더해가는 마곡정의 움직임에 화군은 당혹스러웠다.

'빌어먹을! 전보다 방어가 더 단단해졌잖아? 아무리 젊은 놈이라도 이렇게 빨리 실력이 느는 게 말이 돼?'

격투전의 방어 기술을 말하는 게 아니다. 의기상인을 방어하는 솜씨가 좋아졌다.

마곡정은 의기상인의 운용으로 화군을 누르기를 포기했다. 대신 의기상인의 영향을 최소화할 수 있도록 감각을 견고하게 방어하면서 격투전에서 승기를 노렸다.

"겨우 이 정도냐! 의기상인 빼면 밑천이 별로 없으셨군그래!"

마곡정의 주변에는 의기상인의 운용에서 화군을 압도하는 이들이 얼마든지 있었다. 특히 격공의 기를 터득한 서하령의 의기상인은 현란함과 세련됨 면에서 격을 달리한다.

화군의 의기상인은 인간의 감각을 어그러뜨리는 데 그친다. 그러나 서하령의 의기상인은 감각에 침투시키는 기의 형질을 뜻대로 변환할 수도 있었고, 인간뿐만 아니라 동물, 식물, 심지어 무생물에게도 영향을 끼칠 수 있었다.

그런 이들이 협력해 준 덕분에 마곡정은 화군을 상대할 전법을 확립할 수 있었다.

콰하하하하!

마곡정에게서 폭발한 냉기가 화군을 압박해 갔다. 주변의 기온이 급강하하면서 새하얀 얼음 입자가 흩날리고 있었다.

"흥! 아주 기고만장하구나, 애송이!"

화군이 이를 갈았다.

마곡정의 실력이 큰 폭으로 성장한 것은 사실이다. 내공도 그와 비등한 수준까지 증가했기에 상당히 껄끄럽다.

그러나 지금의 그에게는 주술사의 축복이 있었다. 본래는 신체 능력만큼은 마곡정이 우위를 점했지만 지금은 그마저도 비등했다.

'만전의 상태였다면 벌써 끝장을 냈겠지만……'

화군은 조금 전까지 계속 사격을 가하느라 상당한 진기를 소모했다.

그에 비해 마곡정은 만전의 상태로 전장에 난입, 천유하에게 등을 맡겨서 기력 소모를 최소화하면서 여기까지 왔다.

이 차이는 컸다.

게다가 마곡정의 주변에 버티고 있는 천유하도 문제였다. 둘의 전투에 끼어들지는 않았지만 다른 해루족 전사들을 연달아 베어 넘기면서 던지는 시선이 상당한 압박감을 주고 있었다.

그에 비해 마곡정은 오직 화군을 쓰러뜨리는 것만 생각한다. 철저하게 천유하를 믿기에 그럴 수 있었다.

'아니꼬운 놈이기는 하지만, 쓸데없이 성실하니 이럴 때는 믿을 수 있지!'

마곡정은 화군을 쓰러뜨리고자 하는 일념으로 다른 모든 집착을 버렸다.

실력의 차이는 분명하다. 그리고 자신이 약자임을 인정한다면, 강자를 쓰러뜨리는 데 갖가지 수단을 동원하는 것은 조금도 자존심 상할 일이 아니다.

"큭……!"

화군의 표정이 일그러졌다.

마곡정의 기세가 점점 더 사나워지고 있었다. 냉기 때문이다.

냉기가 그가 일으키는 광풍과 어우러지면서 주변 기온을 떨어뜨리고, 얼음 입자가 휘날리기 시작하니 은신술과 분신술을 이용하는 마곡정의 움직임에 더더욱 탄력이 붙었다.

투학!

결국 균형이 무너졌다. 화군의 창이 의도한 궤도를 이탈하면서 허점이 드러났다.

마곡정이 거침없이 그 허점을 치고 들어가는 순간이었다.

화군의 눈이 빛났다.

'걸렸다!'

허점을 보인 것은 화군이 의도한 함정이었다.

마곡정이 치고 들어오는 순간, 바닥에서 어둠의 촉수가 솟구쳤다. 화군 역시 주술사의 축복이 유지되는 동안에는 이 능력을 쓸 수 있었던 것이다.

어둠의 촉수가 허공을 관통했다.

'아니?!'

화군이 경악했다.

온몸을 내던지듯 뛰어 들어오던 마곡정이 신기루처럼 스러졌다. 뛰어 들어오는 것까지는 진짜였지만 그 직후 제동을 걸면서 분신만을 보낸 것이다.

'누굴 새대가리로 아나? 당한 지 얼마 되지도 않은 수법에 또 걸리겠냐?'

마곡정이 화군을 비웃었다. 아까 전의 경험 때문에 당연히 화군도 같은 능력을 가졌으리라 여기고 주의하고 있었던 것이다.

'내 차례다!'

마곡정의 눈이 기광을 발했다.

화군은 급히 자세를 바로잡으면서 의아함을 느꼈다. 어둠의 촉수를 간파당하는 바람에 허점이 드러났는데 마곡정이 치고 들어오지 않았다. 아니, 뛰어들려고 몸을 앞으로 기울이면서도 일부러 박자를 늦춰서 화군이 대비할 수 있는 틈을 주고 있었다.

'잔뜩 힘을 모아서 내가 허겁지겁 방어하는 순간을 노리겠다?'

그 또한 섬뜩한 노림수였다. 허술한 방어는 없느니만 못한 법이니까.

화군은 방어와 동시에 뒤로 몸을 던질 준비를 했다.

찰나의 공방에서 그의 무게중심이 변하는 것을 본 마곡정의 입가에 싸늘한 미소가 걸렸다.

"멍청이."

라아아아아!

직후 겹겹이 파도치는 듯한 노랫소리가 울려 퍼졌다. 그저 청각을 자극할 뿐만 아니라 전신의 기맥을 강타하는 소리.

서하령의 음공이었다.

'아!'

절망적인 깨달음이 화군의 뇌리를 강타했다.

'당했다!'

완벽하게 마곡정의 노림수에 넘어갔다.

일부러 움직임을 늦추고 잔뜩 힘을 모으는 듯한 자세를 보인 것은 화군을 속여 넘기기 위해서였다. 바로 이 순간, 서하령이 음공을 전개할 것을 알고 이용한 것이다.

서하령의 음공은 천요군의 노래처럼 적아를 구분하지는 못한다. 하지만 처음부터 어떤 음을 발할지 정해두고, 아군에게 그에 대한 대비책을 숙지시킴으로써 전술적인 활용이 가능해졌다.

전개 순간을 전달해 준 것은 천유하였다. 그는 마곡정에게 정신적으로 유리한 고지를 만들어주는 것에 그치지 않고 결정적인 역할을 준비하고 있었던 것이다.

'마음에 안 드는 놈이긴 하지만 나중에…….'

마곡정은 활을 당기듯 모은 힘을 단번에 폭발시켰다.

'…술 한잔 정도는 사마!'

시퍼런 냉기를 휘감은 칼날이 화군을 덮쳤다. 음공 때문에 움직임이 늦어진 화군은 자신의 목을 노리고 날아드는 칼날을 피할 수 없었다.

파학!

자신의 목에서 울린 섬뜩한 소리를 들으면서 화군은 분통을 터뜨렸다.

'내가, 사웅도 아니고 이런 애송이 놈에게……!'

눈을 부릅뜬 채 무너져 내리는 그를 지나친 마곡정이 중얼거렸다.

"…빚은 갚았다, 해루족 용사 화군."

그리고 서하령의 노랫소리에 천요군의 노랫소리가 어우러지면서 아름다운 음의 파도가 전장을 휩쓸기 시작했다.

'좋아!'

천요군은 환희에 차 몸을 떨었다.

아름다운 노랫소리가 전장의 소음을 압도하며 울려 퍼지고 있었다.

노래하는 것은 그와 서하령만이 아니다. 그의 부하 요괴 몇몇이 보조 역할로 함께 노래하고 있었다.

하지만 고작해야 열 명도 안 되는 숫자가 노래한다고는 믿을 수 없는 음량이었다. 그 안에 실린 진기와 요기가 그런 일을 가능케 하는 것이다.

천요군은 서하령과 교섭할 때 조건을 달았다.

'첫 번째 조건부터 말하지. 자네는 내게 노래를 배우게.'

당연히 서하령은 당혹감을 내비쳤다. 노래를 배우라니 대체 무슨 소린가?

'자네만 한 목소리의 소유자는 저 재수 없는 인어들 중에서도 찾기 힘들지. 그리고 나와 인어는 노래로 서로의 목숨을 노리는 것 이상의 관계가 되기 되기는 어렵고. 하지만 자네라면 달라.'

천요군은 노래에 광적으로 집착하는 요괴다. 노래는 그의 본질이며 그의 영혼이었다.

자신이 최고의 노래를 부르는 존재임을 증명하는 것, 그리고 삼라만상을 움직이는 궁극의 노래를 구현하는 것이 그가 궁구하는 바였다.

그리고 그가 추구하는 궁극의 노래에는 반드시 필요한 것이 있었다. 그것은 바로 관객과 진정한 이해자였다.

'전장이야말로 최고의 무대! 이 무대에서라면 나의 노래야말로 생사필멸을 지배하는 운명의 주인이니라!'

또한 서하령이야말로 그의 진정한 이해자가 될 수 있는 재능의 소유자였다. 그녀와 함께라면 혼자서는 도달할 수 없는 경지에 도달할 수 있을 터.

그래서 그는 서하령에게 노래를 가르쳤다. 인간의 진기와 요괴의 요기마저도 하나로 어우를 수 있는 노래를.

정상적인 사고방식으로는 도저히 이해할 수 없는 행동이다. 자신이 속한 조직의, 아니, 그 자신의 운명까지 걸려 있는 전투의 승패보다도 그 자리를 무대로 삼는 것을 더 중요시한다니?

하지만 천요군에게는 지극히 당연한 행동이었다. 궁극의 노래를 완성하기 위해서라면 그는 무엇이든 할 수 있었다.

인간을 먹고 영격을 높인 요괴는 한결같이 갈증에 시달린다. 자신이 불완전했음을, 앞으로도 계속 불완전할 것임을 아는 것은 고통이었다.

그것이 그들을 폭급하게 만들고, 인간의 영육을 탐하게 만든다. 그런 상태로 어느 정도 영격을 높여 고위 요괴가 되면 깨닫게 된다.

스스로의 존재에 뚜렷한 목적이 주어졌으며, 그것을 완성함으로써 이 고통에서 해방될 수 있음을.

천요군에게는 그것이 노래였다. 그는 자신이 노래로 더 높은 경지를 맛볼수록 영격을 높일 수 있음을, 아니, 그것을 넘어서 완전한 존재가 될 수 있음을 본능적으로 알았다.

'아아.'

천요군은 황홀감에 젖었다.

'아아아아…….'

천요군은 생애 가장 아름다운 노래를 부르며 무아지경에 빠졌다. 서하령과 함께 부르는 노래는 상상한 것 이상이었다. 더없는 충실감이 영혼을 가득 채우고 있었다.

'아아아아아아……!'

그 결과 전황이 급변하고 있었다. 전장에 있는 그 누구도 노래에서 의식을 떼어놓지 못했고, 해루족은 주술사의 가호로도 노래의 효과를 막을 수 없다는 사실에 경악했다.

노래에 반응하는 청중의 격렬한 감정이 천요군의 의식으로 쏟아져 들어왔다. 천요군의 몸이 영롱한 빛을 발하기 시작했다.

"설마 영격이 상승하는 거야?"

그 광경을 본 충요군이 어처구니없어하며 중얼거렸다.

생애 최고의 노래를 부르는 천요군의 영격이 상승하고 있었다. 그에게서 뿜어져 나오는 요기가 몇 배나 강해지면서 노래의 힘도 증폭되었다.

이대로라면 고위 요괴를 넘어 대요괴라 불리기에 마땅한 존재가 탄생하게 된다. 그것은 필시 새로운 요왕이 될 수 있는 존재이리라.

—가당찮군.

그러나 그때 찬물을 끼얹는 의념파가 울려 퍼졌다.

쿵……!

먼 곳에서 폭음이 울려 퍼졌다.

쿠웅……!

잠시 후, 좀 더 가까운 곳에서 재차 폭음이 울려 퍼졌다.

그리고…….

쫘아아아앙!

전장 한복판에 검은 유성이 내리꽂히며 대폭발이 일어났다.

뭉게뭉게 피어오르는 흙먼지 속에서 어둠이 꿈틀거렸다. 동시에 해루족 주술사들은 막대한 힘이 흘러들어 오는 것을 느꼈다.

암흑인이 왔다.

후우우우우!

검은 광풍이 휘몰아치면서 흙먼지의 장막을 찢어발겼다. 그리고 압도적인 존재감을 과시하는 암흑인이 걸어 나왔다.

충요군이 신음했다.

"벌써?"

암흑인을 붙잡아두기 위해서 천요군과 충요군, 그리고 혈귀수가 머리를 짜내서 악랄한 함정을 준비해 두었다. 술법을 내장한 시귀들을 이용해서 쉽게 빠져나올 수 없는 공간 미로를 만들어내는 함정이었다.

이 함정이라면 최소한 반 시진(1시간)은 끌 수 있으리라고 기대했는데 벌써 돌아올 줄이야.

―깜찍한 수작을 부렸더구나. 그 죗값은 목숨으로 받으마.

흑색의 광풍 속에서 암흑인이 웃었다.

순간 서하령이 외쳤다.

"모두 피해!"

천라무진경의 기감이 다음에 벌어질 일을 읽어냈다.

암흑인을 휘감고 있던 흑색 광풍이 한 지점으로 수축했다. 광풍혼을 최대 출력으로 전개하고, 그것을 한 점으로 응축시켜서 일거에 해방시키는 일련의 흐름은 형운의 기공파 중에서도 최대 규모의 파괴력을 자랑하는 광풍노격이었다.

―음?

그러나 발사 직전, 암흑인이 멈칫했다.

그가 뻗어내던 손을 급히 하늘로 옮겼다.

콰아아아아아!

극한까지 응축된 힘이 하늘로 해방되었다. 어둠이 해일처럼 뻗어 나가고 그 궤적으로부터 발생한 광풍이 지상을 강타했다.

"맙소사."

다들 경악했다.

말도 안 되는 위력이었다. 원래대로 전방에다 쏘았다면 전방에 있던 자들은 몰살당했으리라.

―지긋지긋하군.

암흑인이 으르렁거렸다. 스스로의 행동에 분노하는 기색이 역력했다.

서하령이 눈을 크게 떴다.

'형운이야.'

그녀는 왜 암흑인이 저런 행동을 했는지 꿰뚫어 보았다.

'형운이 막은 거야.'

진행 방향에 마곡정과 천유하가 있었다. 50장(약 150마터) 이상 떨어져 있었지만 저 위력으로 보건대 그대로 쏘았다면 두 사람은 무사하지 못했으리라.

─하지만 조금 더 번거로워질 뿐이다.

암흑인의 몸이 검은 연기가 되어 사라졌다.

그리고 학살이 시작되었다.

운화해서 공간을 뛰어넘는 그가 나타날 때마다 요괴, 혹은 흑영신교도가 한 명 이상 죽어나갔다.

"이런……."

충요군이 신음했다.

최악의 사태였다.

암흑인은 단신으로도 전황을 결정할 수 있는 존재다. 그가 한 발 내디딜 때마다 아군이 한 명씩 죽어나간다고 해도 과언이 아닐 정도로 피해가 엄청나다.

게다가 그가 전장에 나타나자 해루족 주술사들의 힘이 한층 강해졌다. 아마도 그와 같은 장소에 있으면 신통력을 더 많이 나눠 받을 수 있는 것 같았다.

자연히 해루족 전사들도 강해졌다. 게다가 바닥까지 떨어졌던 사기가 다시 하늘을 찌를 듯 치솟았다는 것도 두려워할 일이었다.

라아아아아아!

그때였다. 끊겼던 노래가 다시 울려 퍼지기 시작했다.

천요군이었다. 천금 같은 영격 상승의 기회를 잃고 망연자실했던 그가 노래를 재개했다.

"영감! 그만둬!"

충요군이 당황해서 외쳤지만 천요군은 들은 체도 하지 않았다. 분노로 눈이 뒤집혀 있었기 때문이다.

당연한 일이었다. 천요군 정도의 고위 요괴에게 영격 상승의 순간은 천금과도 바꿀 수 없는 기적의 순간이다. 백 년이 지난들 다시 만날 수 있을지 모를 기회를 놓쳤는데 이성을 유지할 수 있겠는가?

천요군의 노래에 격노가 실려 있었다. 듣는 자를 파멸시키는 노래가 암흑인을 뒤흔들었다.

—음?

암흑인이 놀랐다.

—제법이군. 이런 재주가 있었느냐?

막대한 요기가 실린 소리의 파도가 운화를 봉쇄했다. 그가 목표로 했던 지점과는 전혀 다른 장소에서 육화가 이루어지더니 재차 운화하려는 시도가 실패해 버렸다.

라아아아아아!

노래는 아름다웠다.

흉흉한 분노와 살의를 구현하고 있음에도, 넋을 잃고 빠져들 정도로 아름다웠다.

그 노래가 암흑인의 몸을 뒤흔든다. 그러나 그는 오랫동안 노래를 들어주지 않았다.

후우우우우!

흑색의 광풍혼이 펼쳐지며 음파를 차단했다. 그리고 검은 유성혼이 소나기처럼 난사되었다.

천요군이 즉시 회피에 들어갔다. 날개와 술법이 융합된 비행 능력은 빠르고 현란한 곡예비행을 가능케 했다. 미처 피하지 못한 공격은 방어 술법으로 비껴내면서 암흑인을 중심으로 크게 원을 그리며 돌았다.

그러면서도 노래는 멈추지 않았다. 그런데 그때였다.

쉬쉬쉬쉭!

천요군의 비행 궤도를 가로막으며 어둠의 촉수가 솟구쳤다. 천요군이 깜짝 놀라서 주춤하는 순간, 흑색 유성혼 한 발이 방어 술법을 뚫고 그를 강타했다.

퍼엉!

그 뒤를 이어 수십 발의 흑색 유성혼이 그를 난타했다.

퍼퍼퍼퍼펑!

피투성이가 되어 추락하는 천요군 앞에 암흑인이 나타났다.

'…그렇군.'

자신의 머리를 붙잡는 그를 보며 천요군은 자기도 모르게 웃었다.

'인간들이 말하는 백 년 수행이 헛되다는 것이 바로 이런 때 쓰는 말이었어.'

평소의 그는 요괴답지 않게 신중하고 생각이 깊었다. 그러나 기적처럼 손에 넣은 영격 상승의 기회를 날려 버린 것 때문에 이성을 잃고 미쳐 날뛴 것이 죽음을 부를 줄이야.

최후의 순간에 천요군의 시선이 향한 곳은 서하령이었다.

부리를 열어 무언가를 속삭이는 그의 머리통을 암흑인의 주먹이 강타했다.

퍼억!

머리 잃은 시체가 어둠에 삼켜져 산산조각 나면서 추락했다.

8

전장의 균형이 일거에 무너졌다. 해루족이 연합을 학살하고 청해용왕대와 별의 수호자를 위기로 몰아넣었다.

―그러고 보니 네놈이 있었군, 혈귀수.

수십의 요괴와 흑영신교도를 학살한 암흑인이 한 사람에게 눈길을 주었다.

그의 눈길을 받은 인물, 혈귀수가 전율했다.

'역시 흉왕의 제자의 기억이 이어지고 있는 건가?'

쓰는 무공을 보고 그러리라 짐작하고는 있었다. 하지만 자신을 콕 집어서 말을 걸어오자 두려움이 밀려들었다.

―기쁘구나. 밀린 약속을 또 하나 처리할 수 있게 되었어.

암흑인이 느긋하게 걸어오기 시작했다. 혈귀수는 자기도 모르게 뒷걸음질 쳤다.

그러나 그것이 무의미한 행위임은 잘 알고 있었다.

'도망칠 수 있을까?'

최대한 공포를 배제하고 냉정하게 생각해 보았다. 과연 이 자리에서 도망칠 수 있는가? 시귀들을 동원해서 시간을 벌고, 술법을 펼쳐서 운화를 봉쇄한다면 몸을 빼서 다음 기회를 노릴 수 있을까?

불가능하다.

"하하하."

혈귀수는 허탈하게 웃었다.

너무 쉽게 답이 나온다. 암흑인의 능력은 형운과는 비교를 불허한다. 절대 빠져나갈 수 없으리라.

—음?

그 모습을 본 암흑인이 의아해했다.

느긋하게 다가간 것은 혈귀수에게 공포를 음미할 시간을 주기 위해서다. 그가 혈귀수를 죽이는 것은 형운이 품은 증오와 원한을 대행해 주는 행위다. 그 감정은 형운의 것이지만 동시에 그릇을 얻어 인간 흉내를 내는 암흑인의 것이기도 하다.

즉 감정의 근원이 형운일지라도 그것을 해소하는 방식은 암흑인의 선택이다.

암흑인은 혈귀수를 보는 순간 골수에 사무치는 강렬한 감정을 느꼈다. 그것을 해소하려면 쉽게 죽이는 것만으로는 부족했다. 영혼까지 유린하고 절망 속에서 숨통을 끊어줄 생각이었다.

그런데 혈귀수의 반응이 이상했다. 처음에는 공포를 느끼는 것 같더니 갑자기 초연한 모습을 보이고 있었다.

—죽음을 각오했느냐? 안이하기 짝이 없구나.

"뭐라고?"

—죽음으로써 흑영신의 품으로 갈 수 있을 것 같으냐? 네게 그런 사치가 허락된다고 믿다니 그 순진함이 경악스러울 지경이로다.

키득거리는 암흑인의 말에 혈귀수가 움찔했다.

그 말대로였다. 자신의 목숨을 이용해서 암흑인에게 타격을 줄 각오를 굳혔다. 그것이 흑영신에게 자신의 죗값을 치를 수 있는 일이라고 믿어 의심치 않았다.

그런데 암흑인은 그것을 꿰뚫어 보았다. 그리고 죽음이 끝이 아님을 속삭이고 있었다.

시귀를 만들어 타인의 죽음을 비웃어온 혈귀수에게는 지극히 현실적인 공포였다.

그도 죽은 지 얼마 안 된 시체라면 영혼조차 떠나지 못하도록 잡아둘 수 있다. 그렇게 만든 시귀야말로 다른 시귀보다 월등히 뛰어난 작품이 된다.

그 악랄한 수법으로 상대가 죽은 후에도 안식을 취하지 못하고 고통받게 만든 것이 몇 번이던가. 이제 신을 자처하는 존재가 그에게 똑같은 공포를 선사하겠노라고, 흑영신의 품으로 돌아가는 것조차 허락하지 않겠노라고 말하고 있었다.

"큭……!"

—어차피 죽을 목숨, 시험해 보는 것도 나쁘지 않을 것이다. 기꺼이 해보거라. 그것이 네 절망을 키우는 양분이 될지니.

"웃기지 마라!"

혈귀수가 격분했다. 그를 호위하는 시귀들이 움직이자 눈치를 살피고 있던 흑영신교도들이 같이 공격해 들어갔다.

일순간 눈앞의 광경이 시뻘겋게 물들었다.

흑색의 광풍이 휘몰아치면서 시귀들이 산산조각 나고, 흑영신교도들이 갈가리 찢겨 피와 육편을 흩날렸다. 허공을 날아온

핏방울을 뒤집어쓴 혈귀수가 망연자실했다.

"이, 이런……."

방금 전 움직인 시귀들은 그가 특별히 공들여 제작한, 형운을 잡기 위해 동원했던 것들이다. 강철 같은 내구도와 괴력을 지녔기에 고수라 하더라도 쉽게 상대할 수 없으며, 내장된 술법은 모이면 모일수록 상대를 압박하는 힘을 발휘한다.

그런데 암흑인 앞에서는 마치 종이 인형처럼 무력하기만 했다.

―시체를 갖고 노는 장난이 내 앞에서 통용되리라 믿었느냐? 오만하기 짝이 없군.

그 말에 혈귀수는 다리에 힘이 빠져서 휘청거렸다.

왜 시귀가 그토록 무력하게 당했는지 알 수 있었다. 암흑인이 발휘하는 신통력이 시귀를 유지하는 술법을 파괴한 것이다. 막강한 육체의 힘과 신통력이 결합되자 혈귀수 입장에서는 천적이나 다름없는 상성을 지니게 되었다.

"으으, 윽……!"

서서히 다가오는 암흑인 앞에서 혈귀수가 뒷걸음질 쳤다.

남은 시귀들이, 흑영신교도들이 그를 지키기 위해 돌격했다. 그리고 너무나도 쉽게 분쇄되어 갔다.

―참으로 애처로운 발버둥이구나. 하하하!

암흑인이 웃었다. 혈귀수를 비웃는 게 아니었다.

이 순간, 요마군도와 청해용왕대, 별의 수호자는 암흑인을 무시하고 해루족에게 맹공을 퍼붓고 있었다. 암흑인의 관심이 혈귀수에게 향하고 있는 동안 삼라허상진을 파괴하려는 속셈이

뻔히 보인다.

하지만 해루족은 강했다. 암흑인은 느긋하게 혈귀수를 죽이는 데 전념할 수 있었다.

"으아아……."

뒷걸음질 치던 혈귀수가 주춤했다. 바닥에서 솟아난 어둠의 촉수가 그의 발목을 휘감고 있었다.

마지막으로 남은 시귀 셋이 돌진했다. 암흑인이 코웃음을 치며 주먹을 날려서 첫 번째 시귀를 분쇄했다. 이어서 뻗은 발차기가 두 번째 시귀의 몸통을 날려 버렸다.

그리고 마지막 시귀에게 내리꽂히던 관수가 주춤했다.

퍼억!

시귀의 손이 암흑인을 강타했다. 주춤거리며 물러나는 암흑인의 모습에 다들 경악했다.

'무슨 일이 일어난 거지?'

이성이 없는 시귀는 앞뒤 가리지 않고 암흑인을 추격해 들어갔다. 암흑인이 신경질적으로 주먹을 뻗었다.

그러나 뻗었을 뿐이었다.

콱!

공방에서 정타를 먹인 것은 또다시 시귀였다.

암흑인은 시귀의 코앞에서 주먹을 멈췄고, 그보다 한참 느리게 내지른 시귀의 팔이 얼굴을 가격했다.

—이노옴……!

암흑인이 격노했다. 그 감정에 호응하듯 흑색의 광풍혼이 휘몰아쳤다.

하지만 그것조차도 시귀가 다가오자 멎어버렸다. 마치 시귀를 상처 입히지 못하는 제약이 걸리기라도 한 것처럼.

경악 속에서, 서하령이 신음했다.

"무일……!"

그 시귀는 무일이었다.

9

시귀는 엉망진창으로 망가진 몰골을 하고 있었다. 그런데도 얼굴과 옷만은 생전의 모습을 최대한 복원해서 무일을 아는 사람이라면 누구나 알아볼 수 있는 수준이었다.

그것은 우연이 아니다. 혈귀수가 의도적으로 그렇게 만들었다. 만약 형운이 살아 돌아온다면, 혹은 다른 별의 수호자 일행과 맞닥뜨리게 되면 그들에게 정신적 고통을 주기 위해서였다.

키이이이이!

하지만 시귀에게 남은 것은 겉모습뿐이고 무일이라 불렸던 인격은 흔적도 없었다. 무일의 영혼이 그 속에서 갇혀 있다 할지라도 그것은 감옥에 갇힌 채로 고문받는 것과 같은 상황이다.

그래도 암흑인은 괴성을 지르는 그 시귀에게 손을 댈 수 없었다.

─이미 죽은 놈이다! 다 썩어가는 시체 따위에 무슨 의미가 있단 말이냐!

그는 분노로 머리가 타버릴 것 같았다.

이런 시귀 따위 암흑인에게는 장난감만도 못하다. 마음만 먹으면 순식간에 소멸시킬 수 있으리라.

그런데 그럴 수가 없었다. 시귀의 얼굴을 보는 순간, 무시무시한 의지의 힘이 그의 행동을 구속했다.

카아아아아!

시귀가 괴성을 지르며 달려들었다.

암흑인은 시귀의 공격을 피하느라 급급했다. 몸이 마음대로 움직이지 않는다. 해를 끼치기는커녕 몸을 움직이는 것조차도 마음대로 되지 않았다.

"하……."

혈귀수의 눈에 생기가 돌아왔다. 절망으로 인한 공포가 물러난 자리를 흥분이 대신 채웠다.

"하하하하! 흉왕의 제자, 아무리 그래도 이렇게까지 어리석을 줄은 몰랐군!"

정신만을 지닌 강력한 존재가 육체를 얻었을 때, 그 육체의 주인이 지닌 기억이나 의지에 영향을 받는 것은 흔한 일이다.

그러나 청해군도에서 천 년이 넘도록 공포의 대상이 된 신조차도 그렇다는 것은 놀라웠다. 게다가 원한을 갚아주려는 행동이 이미 죽은 시체 때문에 가로막히다니 이 얼마나 우스운 짓거리인가?

혈귀수는 빠르게 술법을 준비했다. 심장이 쿵쾅거리는 흥분 속에서 수명을 대가로 바치는 악랄한 저주의 술법이 완성되어 갔다.

콱!

그러나 술법이 완성되기 직전, 그의 가슴팍을 한 자루 검이 뚫고 나왔다.

"어……?"

혈귀수가 눈을 부릅떴다.

경악한 그의 몸에서 검이 스르르 빠져나가나 싶더니, 칼끝이
내장을 헤집었다. 격통이 전신을 타고 달려 나갔다.

"아, 아아아악……!"

그저 몸 안을 헤집는 것만이 아니었다. 칼을 타고 전달된 미
미한 침투경이 격통을 발생시키고 있었다.

혈귀수는 비명조차 지르지 못하고 몸을 떨었다.

"…무일의 복수다."

싸늘하게 내뱉은 것은 가려였다.

그녀는 암흑인이 나타난 순간부터 다른 적들에게는 관심을
두지 않았다. 소란 속에서 기척을 감춘 채 암흑인에게 다가가는
것에만 전념했다.

그러다가 시귀가 된 무일과 그 때문에 주춤하는 암흑인을 보
자 전후 사정이 머릿속에 그려졌다. 구체적인 사정은 모르지만
혈귀수가 이 모든 사태에 큰 원인을 제공했으리라는 것은 쉽게
추측할 수 있었다.

'이놈이 무일을 저런 꼴로 만들었다.'

그렇다면 형운이 저런 꼴을 당한 것도 이놈이 원흉이리라.

사고가 거기에 도달하자 믿을 수 없을 정도로 격렬한 감정이
끓어올랐다.

'용서 못 해.'

가려는 처음으로 누군가에 대한 증오에 사로잡혔다.

혈귀수는 당장에라도 죽고 싶은 고통에 유린당했다. 머릿속이 새빨개져서 아무것도 생각나지 않았다. 그의 사고가 이어진 것은 어느 순간 그의 몸속을 헤집던 가려의 검이 주춤했기 때문이었다.

'누나.'

가려는 자신을 부르는 목소리에 움찔했다.

그러나 곧 그녀는 그것이 환청이었음을 깨달았다. 지금 형운의 목소리가 들려올 리가 없지 않은가?

"하, 이, 이년… 죽어서도, 구원받지 못할……."

혈귀수가 가려를 올려다보며 쏟아내던 저주의 말은 끝까지 이어지지 못했다. 가려가 그를 쳐다보지도 않고 목을 베어버린 다음 일장을 내질렀기 때문이다.

폭음을 뒤로 한 채 가려는 암흑인을 향해 질주했다.

'공자님!'

방금 전에 들은 것은 환청이었으리라.

그러나 가려는 왠지 그것이 형운의 목소리였다는 확신에 사로잡혔다.

'공자님이 나를 일깨워 주신 거야.'

그녀에게 암흑인의 모습이 보였다. 시귀가 된 무일에게 쫓기던 암흑인의 움직임이 조금씩 회복되어 가고 있었다.

'기회야.'

그렇게 생각한 것은 가려만이 아니었다. 서하령도 무시무시한 속도로 전장을 가로질러 오고 있었다.

먼저 도착한 쪽은 가려였다. 그러나 순간 예상치 못한 일이 벌어졌다.

구우우우웅⋯⋯!

둔중한 소리가 울려 퍼졌다.

그리고 그를 중심으로 반경 수십 장 안에 있던 이들은 무시무시한 압력을 느끼며 무릎을 꿇었다. 가려와 서하령도 예외가 될 수 없었다.

'중압진⋯⋯!'

압력만을 따지자면 귀혁의 중압진조차도 초월하는 위력이었다. 중압진이 펼쳐진 범위 안에서는 뭍으로 나온 물고기처럼, 움직이기는커녕 숨 쉬는 것조차 버거웠다.

그 틈에 바닥에서 일어난 어둠의 촉수가 가려와 서하령, 무일을 붙잡았다. 꼼짝도 못 하게 구속된 셋의 몸이 허공으로 떠올랐다.

─어리석은 것들. 그대들의 목숨은 귀중하다. 왜 내가 베푼 관용을 거부하고 귀한 목숨을 버리려고 하는 것이냐?

"어, 리석은, 것은⋯⋯."

숨쉬기도 힘든 압력 속에서 서하령이 입을 열었다.

암흑인이 애처롭다는 듯 웃었다. 동시에 중압진이 거두어지면서 전신을 짓누르던 압력이 사라졌다.

"허억⋯⋯."

서하령이 말을 잇지 못하고 신음을 토했다. 숨을 몰아쉬는 그녀에게 암흑인이 말했다.

―말해보거라. 들어줄 테니.

중압진이 해제되자 주변의 요괴들이 괴성을 지르며 달려들었다.

"키에엑! 이 자식!"

"죽여 버린다! 먹어버리겠어!"

하지만 흑색의 광풍이 휘몰아치며 그들을 찢어발기고, 흩뿌려지는 피와 육편을 피하듯 운화로 위치를 바꾼 암흑인이 말했다.

―아서라. 수작이 너무 어설퍼서 눈물이 날 것 같구나.

그가 귀찮다는 듯 손을 털자 한 발의 흑색 유성혼이 허공을 가로질렀다.

콰아아앙!

기공파의 크기로는 상상할 수 없는 대폭발이 터졌다.

아슬아슬하게 그것을 피해 몸을 날린 것은 사웅이었다. 전장의 혼란 속에서 최대한 은밀하게 심상경의 절예를 준비하고 있던 그가 이를 갈았다.

암흑인이 그를 비웃으며 서하령을 바라보았다. 여전히 어둠의 촉수에 구속당한 채로 그녀가 말했다.

"…어리석은 것은 너야, 오만한 신."

―흐음, 무엇을 믿고 그렇게…….

암흑인이 움찔했다. 그의 시선이 삼라허상진 쪽으로 향했다가 다시 서하령에게로 돌아갔다.

―무슨 짓을 한 것이냐?

그의 얼굴을 본 서하령이 만족스럽게 웃었다.

"직접 확인해."

쿠구구구궁……!

그리고 지축을 뒤흔드는 진동과 함께 삼라허상진이 붕괴하기 시작했다.

제74장
신의 약속, 인간의 약속

성운을 먹는 자

1

사웅과 일전을 치른 후, 일행이 형운과 무일 두 사람과 합류하지 못했던 그때의 일이다.

앞으로의 계획을 이야기해 준 양진아에게 서하령은 한 가지 요구를 했다.

"납득했어. 그리고 요구할 게 있어."

"뭔데?"

"도박이야. 시간에 맞출 수 있을지, 아니, 이곳에서 의미가 있을지 모르겠지만… 너도 함께 판돈을 걸어줘야겠어."

서하령은 품에서 한 가지 물건을 꺼내서 보여주었다. 그것을 본 양진아가 물었다.

"이건 뭐야?"

붉은 가죽끈이었다. 안쪽에서 풍겨나는 은은한 기운이 일종의 기물임을 알려주고 있었다.

서하령이 말했다.

"암야살예(暗夜殺藝) 자혼에게 일을 의뢰할 수 있는 증표야."

"팔객인 암야살예를 말하는 거야?"

"그래, 이런 상황에서 와줄지는 알 수 없지만… 손해 볼 건 없는 도박이지."

확실한 것은 아무것도 없었다.

이 머나먼 청해군도에서 이 증표를 쓴다 한들 자혼에게 부름이 전해지기는 할까?

그리고 설령 전해진다 한들 자혼이 여기까지 올 수 있을까? 온다면 시간이 얼마나 걸릴까?

한 번도 사용해 본 적이 없으니 판단할 수 있는 근거가 없었다. 그렇기에 서하령은 큰 기대를 품지 않았다. 되면 기적이고 안 되면 어쩔 수 없다, 그 정도의 마음가짐이었다.

2

"어쩌다가 이런 곳까지 오게 된 거니?"

달이 밝은 밤이었다.

파도 소리를 들으며 노래를 흥얼거리고 있던 서하령은 갑자기 들려온 목소리에 흠칫 놀랐다.

막 양진아가 툴툴거리며 자리를 떠나간 참이었다. 아무런 기척도 없이 다가와서 말을 걸어오는 목소리가 있었다.

'이 목소리는······.'

목소리의 정체를 깨달은 서하령은 자신이 상대의 기척을 느끼지 못했다는 사실보다도 더 큰 충격을 받았다.

서하령 자신의 목소리와 똑같은 목소리였다.

상대가 우아한 걸음걸이로 다가와서 서하령의 맞은편 바위에 걸터앉았다. 자신을 바라보는 황백색 눈동자를 본 서하령이 숨을 삼켰다.

마치 거울을 바라보는 것처럼 그녀와 똑같은 존재가 그곳에 있었다.

나른한 웃음을 지은 또 한 명의 그녀는 턱을 괸 채로 대답을 기다렸다. 굳은 표정으로 그녀를 바라보던 서하령은 겨우 정신을 추스르고 입을 열었다.

"···짓궂으시네요, 암야살에."

"흐응, 눈치가 빠르네. 이럴 때는 좀 호들갑을 떨면서 놀라야 귀여운 맛이 있지."

빙긋 웃는 상대의 모습이 거짓말처럼 변화해 갔다. 마치 빛이 비추는 방향에 따라서 그림자가 변하듯이 모습이 변해가는 과정은 기괴하기 짝이 없었다.

곧 자혼은 몸에 착 달라붙는, 몸을 빈틈없이 가리는 새카만 가죽옷을 입은 장신의 여성으로 변했다. 얼굴에 쓴 여우 가면을 벗자 애교 많은 인상의 미녀가 드러났다.

"여기까지 오느라 많이 힘들었거든. 멀리 있기도 했고, 오다 보니까 여기 상황이 워낙 엉망진창이더라? 바다에 눈을 시퍼렇

게 뜨고 있는 놈들은 그렇다 치고 어느 시점에서 신호가 끊기던
걸?'

두 번째 봉인의 기둥이 파괴된 직후, 암흑인은 신통력으로 청
해군도와 외부의 통신을 차단해 버렸다. 자혼의 증표가 발하던
신호 역시 예외가 될 수 없었다.

"얼마나 놀랐는지 몰라. 웬만한 결계나 기환진으로는 차단되
는 게 아니거든."

다행히 자혼은 대략적인 방향과 거리를 파악하고 있었다. 문
제는 정상적인 방법으로는 청해군도로 들어오는 게 불가능했다
는 것이다.

"바다에 해적들이 눈을 부릅뜨고 감시망을 펼쳐놨고, 배를
따라서 괴물들이 득시글거리더라. 어디 잠입하면서 이렇게 고
생해 본 것도 오랜만이야."

"그래서 솔직히 별로 기대하지 않았어요. 정말 와주셨군요."

"의뢰인의 부름에는 최대한 충실하려고 노력한단다. 그러지
않으면 고객 관리가 안 되거든."

"부름이 있을 때 다른 일을 하고 계실 경우에는 어떻게 하
죠?"

"대리인을 보내지. 꼭 인간만 쓰는 것은 아니지만."

자혼은 자신이 휘하 조직을 가졌음을 암시했다. 직접적으로
조직을 소유하지는 않았더라도 최소한 연계되어 있는 협력자들
을 모으면 꽤나 큰 규모이리라.

하긴 그녀는 중원삼국 전체를 무대로 엄선한 고객들로부터
의뢰를 받아가면서 활약한다. 아무리 뛰어난 능력을 지녔어도

혈혈단신으로는 불가능한 일이다.

서하령은 거기까지 생각이 미쳤지만 굳이 말하지는 않았다. 지금 중요한 사실이 아니었으니까.

"그렇군요. 직접 와주셔서 기뻐요."

"아무리 반액이라도 이번 의뢰금은 비쌀 거야. 그 점은 각오하도록 해."

"다른 사람도 아니고 명성 높은 암야살예를 싼값에 쓸 생각은 하지도 않았어요."

"좋은 마음가짐이네. 그럼 의뢰를 들어볼까? 아, 그 전에 사정부터 설명해 줘."

"그러죠."

서하령은 현재 자신들이 처한 상황을 자혼에게 설명해 주었다. 이야기를 들을수록 자혼의 표정도 심각해졌다.

"요즘 계속 혼마 그 작자의 의뢰에 시달려서 이번에는 좀 쉬는 기분으로 왔더니 여기는 더하네?"

자혼은 요즘 계속 한서우의 의뢰로 흑영신교와 광세천교와 충돌하고 있었다. 그런데 이곳의 상황은 한층 더 지독하지 않은가?

"내게 원하는 게 뭐지? 난 자객이야. 두루뭉술하게 도와달라는 의뢰는 받지 않아."

"부탁드리고 싶은 것은……."

서하령은 고민할 것 없이 가장 중요한 사항을 부탁했다.

3

대주술사 모람은 경악과 불신으로 눈앞의 사태를 바라보았다.

그들은 분명 삼라허상진을 완벽하게 지키고 있었다.

삼라허상진을 와해시키기 위해서는 끔찍한 인신공양으로 만들어낸 일곱 개의 쐐기를 파괴하고, 진을 유지하고 있는 44명의 주술사 중 절반을 없애야 한다.

이 조건을 달성하지 못하면 삼라허상진은 비축된 자원이 바닥나기 전까지 유지된다. 그리고 유지되는 동안에는 얼마든지 손실을 보충할 수 있었다.

그런데 놀랍게도 모람이 손쓸 틈도 없이 이 조건이 달성되었다.

"용사 군다람! 네가 어째서 이런 짓을?"

범인은 해루족 용사 군다람이었다.

그는 암흑인이 해루족을 통합한 후에 합류한 인물이었다. 묵묵하게 자기 할 일을 하는 성실성을 높이 사서 삼라허상진 경비를 맡겼거늘 이렇게 배신할 줄이야?

믿어지지 않는다. 그가 배신했다는 사실이 믿어지지 않는 게 아니라, 그가 그런 일을 할 수 있었다는 사실이.

"후우, 역시 고대의 신쯤 되니까 속여 넘기기도 빡빡하네. 행동을 개시하는 시점에서 들켜 버렸으니. 직접 눈앞에 들이댔으면 바로 들켰겠는걸?"

근육질의 거구를 지닌 군다람의 입에서 나른한 여성의 목소리가 흘러나왔다.

그리고 모람이 보는 앞에서 그의 모습이 변하기 시작했다. 곧 군다람은 사라지고 대신 여우 가면을 쓰고 몸에 착 달라붙는, 몸을 빈틈없이 가리는 새카만 가죽옷을 입은 아담한 키의 여성이 나타났다.

모람이 신음했다.

"너는 누구냐?"

"자혼."

옷에 달린 붉은 천장이 살아 있는 것처럼 나풀거리는 가운데, 자혼이 허리춤에서 단도를 뽑아 들었다.

"대륙에서는 암야살예라고 불리지. 여기서는 아무런 의미 없는 허명이지만."

모람은 오싹함을 느꼈다. 암해의 신으로부터 신통력을 나눠 받고 있는 지금도 자혼의 실체를 꿰뚫어 볼 수가 없었다. 인간인지 요괴인지, 그도 아니면 영수인지 전혀 감이 잡히지 않는다.

분명한 것은 그녀가 무시무시한 존재라는 것이다.

그녀 스스로 말한 대로 군다람의 모습으로 행동을 개시한 시점에서 모람은 이상을 알아차렸다. 하지만 모람이 상황을 파악하고 대응책을 지시하기도 전에 주술사들이 추풍낙엽처럼 죽어나가고 쐐기가 하나씩 하나씩 파괴되어 갔다.

쿠구구구구⋯⋯!

삼라허상진이 붕괴하면서 막대한 기운이 폭풍처럼 휘몰아쳤다. 지축이 뒤흔들리고 숲이 뒤집어진다.

자혼은 그 속에서 붉은 천 장식을 휘날리면서 중얼거렸다.

"청해용왕, 이 아저씨는 살아 있을까나?"

"이놈……!"

모람의 황금색 눈동자에서 살기가 뿜어져 나왔다. 암해의 신으로부터 부여받은 힘이 자혼에게 향했다.

"어머나."

자혼이 짐짓 놀란 척 몸을 움츠렸다.

파학!

다음 순간 울려 퍼진 소리에 모람이 눈을 부릅떴다.

뒤에서 날아든 단도가 통째로 그의 가슴을 관통했다. 단도가 살아 있는 것처럼 피를 털어내면서 자혼의 손으로 돌아가는 것을 본 모람이 울컥 피를 토했다.

"어, 어느새……."

단도를 뽑는 것은 봤지만 날리는 것은 전혀 눈치채지 못했다.

자혼은 무너져 내리는 모람에게서 몸을 돌렸다. 삼라허상진이 완전히 붕괴하면서 그 속에 있던 자들이 모습을 드러내고 있었다.

곧 자혼이 여우 가면을 벗으며 당혹감을 내비쳤다.

"어라, 이러면 곤란한데?"

4

"후우……."

엉망진창으로 뒤집어진 숲 한복판에서 긴 숨을 토하는 거구의 남자가 있었다. 전신에서 피를 흘리는 그의 한 손에는 흑색

의 삼지창이 들려 있었고, 등에는 웬만한 사람은 당길 엄두도
내지 못할 대궁이 매여 있었다.

〈으음! 결국 진이 한계에 달했는가?〉

그 앞에서 해골 위에 바짝 마른 회색 피부가 달라붙어 있는,
안구 전체가 새빨간 눈을 지닌 강시가 음산한 목소리로 말했다.

"뭔가 이상합니다."

그 옆에서 말한 것은 시체처럼 창백한 얼굴에 긴 검은 머리칼
을 지닌 중년 남성이었다.

─셋 다 거기서 피해!

자욱한 흙먼지를 뚫고 다급한 경고의 전음이 날아들었다.

흠칫 놀란 셋은 그 진위를 가릴 새도 없이 몸을 날렸다. 그리
고 한 박자 늦게 그 자리에 검은 유성이 내리꽂혔다.

꽈과과과광!

무시무시한 폭발이 그 자리를 집어삼켰다.

한 발로 끝나지도 않았다. 하늘 높은 곳으로 치솟은 검은 궤
적이 포물선을 그리며 소나기처럼 그 자리를 강타했다.

꽈아앙! 콰콰콰콰쾅!

숲이 멀쩡했더라도 순식간에 초토화되었을 파괴의 향연이었
다.

셋은 정신없이 폭격을 피해 질주했다. 셋 다 적수를 찾기 힘
든 고수들이었지만 자연재해와도 같은 기공파의 폭격 앞에서는
피하는 것 말고는 도리가 없었다.

흑색의 삼지창을 지닌 7척 거구의 남자, 청해용왕 진본해가
전음을 날렸다.

―누구냐?

―어머, 아저씨. 벌써 날 잊어버렸어? 자혼이야.

―암야살예? 네가 왜 여기에 있지?

진본해와 자혼은 예전에 진야 사건 때 같은 편에서 싸운 적이 있었다. 하지만 그 이후로는 첫 재회였다.

곧바로 진본해가 말을 이었다.

―아니, 이 질문은 나중으로 미뤄두지. 왜 저놈들까지 구했지?

자혼은 진본해만이 아니라 두 명의 적에게도 몸을 피하도록 경고했다. 그러지 않았다면 둘은 갑작스러운 폭격에 휩쓸려 죽거나, 최소한 큰 부상을 입었으리라.

자혼이 대답했다.

―마교 놈들이라도 필요한 상황이니까.

―그게 어떤 상황인지 도무지 짐작이 안 가는군. 핵심만 요약하도록.

―아주 상전 다 되셨네. 뭐 좋아. 내 의뢰비는 청해용왕대가 낸다고 하니까 그 정도 덤은 얹어주지. 일단 해루족이 암해의 신이라는 것을 부활시켰어.

자혼은 간략하게 요점을 전달했다. 그동안의 사정은 배제하고 지금 이 전장에서 행동을 결정하기 위해서 필요한 정보만을.

그리고 덧붙였다.

―그런데 내가 보기에는 깜짝 선물 상자의 내용물이 영 시원찮은 것 같은데.

진본해를 죽이기 위해 삼라허상진에 들어간 전력은 막대했다. 그러나 지금 살아 나온 것은 진본해와 흑영신교의 두 명뿐이다.

게다가 이들도 상태가 영 안 좋다. 보름 동안이나 삼라허상진 속에 갇혀서 치고받았으니 당연한 일이었다. 그나마 마계와 이어져 있었으니 망정이지 먹을 것도 마실 것도 없는 환경이었다면 훨씬 심각했으리라.

진본해는 빠르게 판단했다.

—의뢰를 받아줄 수 있겠나?

—미안하지만 거절. 아직 먼저 받은 의뢰들이 밀려 있어. 그리고 어차피 당신이 하려는 의뢰와 내용이 겹칠걸.

그러는 동안 폭력이 잦아들었다. 대신 일어 오른 흙먼지 저편에서 굉음이 울려 퍼지기 시작했다.

진본해는 숨을 골랐다.

'마교 놈들하고 보름 동안 치고받다 나왔더니 이번에는 암해의 신이라. 가지가지 하는군.'

삼라허상진 안에서의 싸움은 처절했다.

전반 일주일 동안은 계속해서 쫓겨 다니는 상황이었다. 진 안의 환경은 적들에게 유리하게 변화했다. 마계의 존재들이 시도 때도 없이 진본해만을 노렸고, 적들은 때때로 공간을 뛰어넘거나 심신을 만전의 상태로 회복한 다음 기습해 왔다.

이런 상황에서는 제아무리 진본해라도 어쩔 도리가 없었다. 야금야금 깎여 나가는 기력을 최대한 보전하면서 기회를 엿보는 게 고작이었다.

하지만 어느 시점부터 상황이 변했다.

진본해는 몰랐지만 그것은 진 바깥에서 암흑인이 해루족을 장악하고, 삼라허상진을 해루족 주술사만으로 유지하기 시작한 시점이었다.

적들은 더 이상 특혜를 받지 못하게 되었다. 두서없이 출현하는 마계의 존재들이 진본해만이 아니라 그들도 노렸다. 진본해의 위치를 파악하는 능력도 떨어지고, 공간을 제 맘대로 뛰어넘지도 못했으며, 무엇보다 심신을 극적으로 회복시켜 주던 힘이 사라졌다.

이렇게 되자 균형이 뒤집어지기 시작했다.

진본해는 며칠 간격으로 적을 약한 놈부터 하나씩 하나씩 사냥해 나갔다.

수가 줄어들수록 적들은 초조해졌다. 그리고 초조한 마음에 무리수를 두다가 더욱 큰 피해를 입었다.

물론 진본해 역시 무사하지는 못했다. 잠도 거의 자지 못했고, 많은 부상을 입었으며 당연히 기력은 바닥을 보였다.

그러나 그 대가는 컸다. 결국 적들 중에 살아남은 것은 단 두 명, 흑영신교의 불사령과 흑운령뿐이었다.

'상황이 이리될 줄 알았다면 좀 더 살려둘 것을.'

진본해는 부질없는 생각을 하면서 흙먼지를 뚫고 전장으로 나섰다. 그리고 나서자마자 흑색의 삼지창을 내질렀다.

―해룡노격(海龍怒擊)!

심창(心槍)이 펼쳐지면서 흑색의 삼지창이 빛으로 화했다.

―크억……!

그리고 빛의 궤적이 가돈과 해파랑, 굼린 세 사람과 격전을 벌이던 암흑인을 관통했다.

5

사웅은 하얗게 질려 있었다.

그는 삼라허상진을 파괴해야 한다는 사실에 동의하면서도 마음속 깊은 곳에서는 이 순간이 오지 않기를 바라고 있었다.

그것은 그가 저지른 죄를 직시해야 하는 순간이기 때문이다. 오래전부터 그에게 부과된, 끝끝내 거부하지 못했던 운명의 결과가 모습을 드러냈다.

'사부님……'

기륭은 삼라허상진 속에서 나오지 않았다. 그 사실이 의미하는 바는 분명했다.

진본해가 승리하고, 기륭은 패해서 죽었다.

자신이 청해용왕으로 선택받지 못했음에 원망을 품고 반역을 일으켰던 남자. 흑영신교와 손을 잡고 복수를 꿈꿨던 기륭은 결국 야망을 이루지 못하고 청해의 이슬이 되었다.

그리고 이제 사웅은 갈 길을 잃었다.

자신의 운명을 결정한 은인을 위해서 가족으로 여겼던 자들을 배신했다. 그것이 옳지 못한 일임을, 그 끝에 기다리는 것이 죄악감과 파멸뿐임을 알면서도 저지르고 말았다.

하지만 기륭은 실패했고, 사웅은 홀로 남겨졌다.

"하하하……"

사웅은 공허하게 웃었다.

마음속 한구석으로는 이런 상황을 상상하고 있었지만 실제로 닥치고 보니 막막하다. 만감이 교차해야 할 것 같은데, 시커먼 절망에 사로잡혀야 할 것 같은데 가슴속이 텅 빈 듯 아무것도 느껴지지 않는 것은 어째서일까?

그는 그 답을 알아내기를 포기했다. 대신 창을 들고 전장으로 뛰어들었다.

—큭……!

암흑인이 신음했다.

—조용하다 싶었더니 수괴가 돌아오길 기다리고 있었느냐?

암흑인은 그 신체 능력만으로도 움직이는 재해나 다름없는 존재다. 기교의 차이와 상성을 무색하게 하는 힘과 속도 앞에서는 공방을 벌이는 것 자체가 불가능에 가까웠다.

공방을 벌일 수 없다는 것은 허점을 찾아서 공략하는 것도 할 수 없다는 뜻이다. 일단 공방이 이어져야 뭘 해볼 것 아닌가?

이제까지 암흑인 앞에 선 모든 존재가 추풍낙엽처럼 쓸려 나간 이유가 바로 여기에 있었다.

그러나 가돈과 해파랑은 심상경에 도달한 무인들이다. 그리고 굼린은 심상경의 절예를 구사하지는 못하지만 방어는 가능한 묘한 경지를 이룬 무인이었다.

이들이라면 암흑인과 공방을 벌이는 게 가능하다. 그리고 그런 자들 셋이 모이니 암흑인도 경시할 수 없었다.

"이제야 알았느냐?"

해파랑이 코웃음을 쳤다.

그들이 지금까지 암흑인과 대적하지 않고 숨죽이고 있던 것

은 이 순간을 위해서였다. 자혼이 삼라허상진을 파괴할 때까지
는 힘을 아낄 심산이었던 것이다.

콰콰콰콰콰!

의기상인이 흑색의 광풍혼을 마모시키고, 광풍을 동반한 푸
른 검기가 흐름을 끊는다. 그리고 반요의 모습까지 드러내면서
전력을 끌어낸 가돈의 창격이 암흑인을 강타했다.

―이놈! 기고만장했구나!

하지만 암흑인은 거짓말처럼 가속해서 그것을 튕겨내며 뒤로
물러났다.

먹물처럼 번져가던 그의 윤곽이 어느 순간 제 모습을 되찾았
다. 그 즉시 그가 운화로 위치를 바꾼다.

투학!

흑색 광풍혼을 휘감은 일권이 해파랑의 검격과 충돌, 그를 뒤
로 날려 버렸다.

쾅!

서로를 향해 쏘아낸 격공의 기가 허공에서 충돌하고, 채찍처
럼 휘어지는 발차기가 굼린의 방어 위를 쳐서 무릎을 꺾어놓았
다.

"쿨럭……!"

주저앉는 굼린의 발밑이 꺼지면서 땅이 원형으로 깨져 나갔
다. 그 역시 8심의 내공을 이룬 자이거늘, 암흑인의 일격에 담긴
힘은 산도 부술 거력이라 받아서 흘려낸 뒤의 여파만으로도 기
맥이 진탕했다.

"크아아앗!"

가돈은 암흑인이 발차기를 날린 직후의 틈을 노렸다. 의기상인과 허공섭물, 그리고 격공의 기가 복합적으로 암흑인의 움직임을 견제하면서 광풍을 휘감은 창이 쏘아져 나갔다.

투콰콰콰콰콰!

암흑인이 연속 발차기로만 그것을 받아내더니 운화로 위치를 바꾼다. 가돈을 공격하기 위해서가 아니었다. 잠시 상태를 정비한 진본해가 재차 심상경의 절예를 펼치는 것을 피하기 위해서였다.

번쩍!

그러나 다른 지점에서 날아든 섬광이 그를 관통했다.

—이노오옴······!

사웅이었다. 그가 최대한 은밀하게 심창을 전개해서 암흑인을 저격한 것이다.

"사웅!"

가돈이 그를 보며 외쳤다.

한마디로 정의할 수 없는 복잡한 감정이 실린 외침이었다. 죽여 마땅한 배신자였지만 지금 이 순간에는 그가 참전하는 것을 거부할 수 없다. 암흑인과 공방이 가능한 사람 하나가 아쉬운 판국이었으니까.

사웅은 대꾸하지 않았다. 대신 암흑인에게 말했다.

"셋까지는 상대할 만한 것 같군. 하지만 넷이라면 어떤가, 오만한 신."

—죽음을 재촉하는구나.

암흑인이 으르렁거렸다.

사웅은 내심 등골이 서늘해졌다.

'심상경에 격중당한 여파를 해소하는 시간이 전보다 훨씬 짧아졌다.'

이전에 싸웠을 때보다 심상경의 절예가 발휘하는 효력이 적다. 두 번째 기둥이 파괴되면서 신통력이 강해졌기 때문인 것 같았다.

'우리 넷은 공방을 벌이면서 틈을 만드는 게 최선이군.'

사웅은 빠르게 판단했다.

그도, 해파랑도, 가돈도 심상경에 도달하기는 했지만 그뿐이다. 그저 절대적인 파괴의 심상을 구현하는 게 한계였다.

암흑인은 그것으로는 쓰러뜨릴 수 없는 적이다.

보다 심오한 경지, 심상경 안에서 다채로운 기술을 발휘할 수 있어야 제대로 타격을 입힐 수 있으리라. 그리고 진본해는 그럴 수 있는 인물이었다.

'그러나 사부님의 기력도 바닥. 기회는 극히 한정될 것이다.'

아무리 진본해라고 해도 기력이 바닥난 상황에서 할 수 있는 일은 한정된다. 지금 이 순간에도 그는 암흑인을 주시하면서 한 방울이라도 진기를 회복하려고 애쓰고 있었다.

─가소로운 것들. 희망에 부풀어서 입이 찢어지나 보구나. 어디 그 희망이 언제까지 유지되는가 보자.

심상경에 도달한 청해용왕대 최강의 무인 셋, 그리고 그 경지에 한 발 걸친 무인이 또 하나, 거기에 기력이 쇠했다고는 하나 청해용왕 진본해가 기맥을 다스리며 기회를 엿보고 있는 상황이다.

그런데도 암흑인을 압도할 수가 없었다. 같은 무공을 익히며 같은 집단으로 지내온 자들답게 손발이 척척 맞는데도 그랬다.

기술적으로 보면 분명 압도적인 격차가 있다.

암흑인의 기술 하나하나는 형운의 그것과 똑같이 탁월한 완성도를 보였다. 그러나 무인의 기량은 기술 하나의 완성도가 아니라 그것을 어떻게 운용하느냐로 결정되는 것이다. 그런 시각으로 볼 때 암흑인의 기량은 미숙하기 짝이 없다.

그런데…….

'그저 빠르고 강하다, 그것만으로 이렇게나 무서운 존재라니…….'

힘과 속도, 두 가지가 그 격차를 무색하게 만든다.

또한 암흑인이 형운이 쌓아온 무공을 사용한다는 것도 문제였다.

기술 하나하나를 조합해서 활용하는 기량은 형운보다 훨씬 조악하다. 대신 신체 능력과 진기의 힘은 형운을 압도한다.

콰콰콰콰콰!

흑색의 광풍이 휘몰아쳤다.

다들 기감을 극한까지 연마한 자들이라 어떻게든 위험한 기술이 발휘되는 것을 막고 있었다. 특히 중압진은 암흑인이 한번 보여줬기 때문에 무슨 수를 써서라도 발동을 저지해 왔다.

그러나 광풍혼이 확장되는 것은 막지 못했다.

막대한 압력이 주변을 휩쓸자 넷은 자연체를 취하거나 유연한 방어 기술을 발휘해서 그것을 받아넘겼다. 그래도 원래 위치에서 밀려났기에 잠시 암흑인이 자유로워지는 것만은 어쩔 수 없었다.

투두두두두두!

그리고 암흑인에게서 쏘아져 나간 흑색의 유성혼이 확장된 광풍혼에 충돌하더니 불규칙한 궤도로 튀어 다니기 시작했다.

유성혼과 광풍혼을 연계해서 공간을 장악하는 기술, 유성우였다.

"이런……!"

청해용왕대 넷의 안색이 창백해졌다.

당했다. 확장된 광풍혼이 퇴로를 차단한 상황에서 불규칙하게 쏟아지는 유성혼을 비껴내고, 폭발로부터 몸을 피하는 것은 암흑인이 넷을 각개격파하기에 최상의 상황이었다.

〈음! 이토록 빌어먹을 상황은 처음이로군!〉

순간 음산한 목소리가 울려 퍼지며 확장된 광풍혼이 찢어졌다.

굉음이 울려 퍼지며 연쇄적으로 일어난 폭발이 그 자리를 초토화시켰다. 정신없이 그 폭발을 피해서 질주하던 사웅은 그 너머에서 두 명의 기운이 암흑인과 충돌하는 것을 감지했다.

—흑영신의 주구, 감히 내 앞에서 죽음을 농락해 보겠다는 것이냐?

〈팔푼이 신 주제에 감히 위대한 그분의 이름을 망령되게 부르지 말라.〉

노기를 드러낸 것은 흑영신교의 불사령이었다.

그리고 그 옆에서 자혼이 모습을 드러냈다.

"살다 보니 이런 상황이 다 오네?"

여우 가면을 쓴 그녀가 재미있다는 듯 중얼거렸다. 그녀도 제법 긴 시간을 살아왔지만 마교와 연합 전선을 펼치는 것은 처음이었다.

〈이미 죽은 목숨, 임무는 실패했지만 그분의 적을 제거하는 데 쓸 수 있다면 그 또한 의미 있는 일일 터.〉

전투에 참가하는 것은 불사령뿐이다. 현역 팔대호법인 흑운령은 이탈했다.

'누군가는 살아남아서 이곳에서 일어난 일을, 그리고 죽은 암서령의 유산을 본 교에 전해야 한다. 그러니 흑운령을 보내달라.'

그것이 불사령이 내건 협력 조건이었다. 자혼은 그것을 받아들이고 진본해에게도 승낙을 받아냈다.

—후……

그때였다. 서서히 가라앉은 흙먼지 속에서 암흑인의 웃음소리가 흘러나왔다.

—후후후후후후…….

"음?"

다들 의아해하며 그를 바라보았다. 암흑인이 자신과 대적할 일곱 명을 휘둘러본 뒤 말했다.

—아주 기고만장했구나. 일곱이 모이면 나를 쓰러뜨릴 수 있을 것 같으냐?

"할 수 있을 것 같은데?"

—인간과 영수가 섞인 존재여, 오만이 지나치군. 하지만 내가

지금까지 못난 모습을 보인 것은 인정하마.

암흑인은 이상하리만치 차분한 모습이었다. 여유 넘치는 그 태도에 모두들 불길함을 느꼈다.

쿠구구구구……!

그리고 대지가 진동하기 시작했다.

제일 먼저 반응한 것은 자혼과 불사령이었다. 순수한 무인이 아닌 그들은 영적 감각이 뛰어났다. 그들은 서쪽을 바라보며 신음했다.

"이걸 기다리고 있었나?"

삼라허상진의 파괴 때문에 이 권역에는 막대한 기파가 휘몰아치고 있었다. 그래서 뛰어난 감각을 지닌 이들도 그 너머에서 벌어지는 일을 감지하지 못했다.

하지만 지금, 하늘과 대지를 따라서 암흑인에게 막대한 영적 기운이 흘러들어 오고 있었다.

─인간들은 극적인 상황을 연출하는 것을 좋아하더구나.

암흑인이 휘감은 영적 기류가 무시무시한 기세로 팽창해 간다.

─그래서 나도 인간의 취향에 맞춰봤느니라. 그럴싸했느냐?

세 번째 기둥이 파괴되었다.

사실 해루족 탐색대는 이미 이틀 전에 세 번째 기둥을 발견했다. 그저 암흑인이 극적인 순간을 기다리며 파괴를 대기시켰을 뿐.

연합이 집요하게 탐색대를 공격하기는 했지만 해루족의 영역에서는 그 활동이 제약적이었다. 그리고 해루족 온건파까지 통합한 암흑인은 탐색대를 막대한 규모로 운용하고 있었으니 기둥이 발견되는 것은 시간문제였다.

자혼이 투덜거렸다.

"하여튼 요즘 들어서 쉽게 풀리는 일이 없네."

그리고 신과 일곱 무인의 격돌이 시작되었다.

6

한 사람을 다수가 상대할 때, 동시에 연수합격을 펼칠 수 있는 인원은 제약된다.

일곱 명 모두 그 사실을 잘 알고 있었다. 근접전으로 상대할 수 있는 것은 많아봤자 네 명, 그 이상이 달라붙어 봤자 방해만 된다. 나머지는 뒤로 빠져서 원호 사격을 하면서 긴급 시에 교대하는 게 나았다.

"그럼⋯⋯."

선두에서 질주한 해파랑의 검기가 암흑인의 방어에 가로막히는 순간, 자혼이 공격을 개시했다. 단도를 던지면서 공간에 녹아들듯이 자취를 감춘다.

─신의 눈앞에서 그런 잔재주가 통할 것 같으냐?

암흑인이 코웃음을 치는 순간이었다.

던져진 단도가 빛으로 화해 그를 관통했다.

─이건⋯⋯!

심검(心劍)이었다.

이어 투명한 궤적이 그를 관통했다. 자혼이 맨손으로 펼친 무극의 권이었다.

시간 차로 심검과 무극의 권을 펼쳐 암흑인이 그 여파를 해소할 틈을 주지 않고 상태를 악화시킨 것이다.

콰콰콰콰콰……!

열풍이 휘몰아쳤다. 자혼이 펼치는 심검과 무극의 권은 그저 절대적인 파괴의 심상만을 구현하지 않았다. 물리적인 여파를 제외하고 의식과 영체를 파괴, 혹은 다른 것으로 변질시켜 버리는 다채로운 심상을 구현하고 있었다.

─큭, 이런 잔재주를……!

암흑인의 모습이 물에 번진 물감처럼 번지며 일렁거렸다. 그가 휘감고 있던 흑색의 기운이 빛과 불꽃으로 변질되어 사방으로 흩어져 간다.

이 틈에 해파랑과 굼린, 불사령이 공세를 펼쳤다. 광포한 공격이 사방에서 암흑인을 노렸다.

꽈과과광!

그러나 어둠이 간헐천처럼 터져 나오면서 그들 모두를 튕겨냈다.

"뭐야?"

깜짝 놀라는 그들에게 어둠 속에서 무수한 촉수가 날아들었다.

쉬쉬쉬쉬쉬!

다들 그것을 방어하면서 물러났다. 그리고 그들이 다시 거리를 좁히기 전에 어둠의 중심에서 천둥 벼락 같은 포효가 터졌다.

─벌레들이여! 신의 위엄 앞에 무릎을 꿇어라!

신의 언령이 실린 어둠이 구형으로 공간을 휩쓸었다. 광포한 기운이 반경 100장을 휘감고 무시무시한 기세로 휘몰아쳤다.

콰콰콰콰콰!

혼백마저 박살 낼 것 같은 어둠의 격랑 앞에 일곱 명 모두들 자기 몸을 지키는 데 급급했다. 사웅이 이를 악물었다.

'심상경의 여파를 해소하는 시간이 더 짧아졌다. 그리고 그동안에도 신통력을 쓸 수 있게 됐어.'

사웅은 첫 번째 기둥이 파괴되었을 때부터 지금까지, 순차적으로 강해지는 암흑인의 힘을 모두 경험해 본 유일한 인물이었다.

형운의 몸으로부터 비롯되는 신체 능력이나 무공의 위력은 별반 달라지지 않았다. 그러나 암해의 신 본연의 힘인 신통력은 엄청난 격차를 보여주고 있었다.

쉬쉬쉬쉬쉭!

어둠의 격랑이 그치자 촉수들이 바닥을 타고 질주, 사방팔방에서 솟아나면서 그들을 노렸다.

사방팔방에서 수백 개의 채찍이 날아드는 것 같았다. 피할 곳은 없다. 그저 닥치는 대로 쳐부수면서 공간을 확보하는 수밖에.

이 공간 속에서 자유자재로 움직이는 것은 단 한 명뿐이었다.

정신없이 손발을 놀리는 불사령 앞에 암흑인이 불쑥 나타났다.

─아직도 오만할 수 있느냐?

〈이놈! 변방의 이름 없는 신 주제에!〉

불사령이 격노해서 쌍장을 펼쳤다. 그러나 암흑인은 광풍혼으로 그것을 받아내면서 주먹을 날렸다.

폭음이 울리고, 불사령의 왼팔이 날아가 버렸다.

하지만 불사령도 그냥 당하지 않았다. 주먹이 쌍장을 관통해 오는 순간, 방어를 도외시하고 발차기를 날렸다. 몸통에 발차기를 맞은 암흑인이 비틀거렸다.

─음……!

〈쉽게 쓰러져 줄 것 같더냐?〉

통증을 모르는 강시이기에 가능한 반격이었다. 불사령은 몸에서 술법의 힘이 줄줄 흘러 나가는데도 개의치 않고 남은 한 팔로 공격했다.

그러나 팔이 움직이지 않았다.

〈뭐, 뭐야?〉

─자신이 죽은 자인 것을 한탄하거라.

꼼짝도 못 하게 된 불사령을 암흑인이 비웃었다.

세 번째 기둥이 파괴된 지금, 그의 신통력이 상승하면서 죽음을 갖고 노는 권능도 비약적으로 상승했다. 불사령은 일반 시귀들과 달리 스스로의 힘으로 술법의 정수를 지킬 수 있었지만, 팔이 날아간 틈으로 어둠의 촉수가 파고들자 대책 없이 잠식당해 버렸다.

쾅!

폭음이 울리고, 상반신을 통째로 잃은 불사령이 무너져 내렸다.

"이런. 굳이 협약을 맺은 보람이 없잖아?"

자혼이 투덜거렸다. 온통 어둠의 촉수뿐이라 시야는 제약된다. 하지만 불사령 정도로 강대한 기척이 사라졌으니 쉽게 상황을 추측할 수 있었다.

암흑인의 기척이 굼린 앞에 나타나는 것을 본 자혼이 진본해에게 전음을 날렸다.

—청해용왕! 간다!

—알겠다.

직후, 자혼이 펼친 심검과 진본해가 펼친 심창이 허공에서 격돌했다.

……!

만상붕괴(萬象崩壞)가 일어났다.

절대적인 파괴의 심상을 구현하는 두 기술이 격돌한 여파였다. 상처 입은 세계가 내지르는 고통의 비명이 압도적인 의념의 충격파가 되어 주변을 휩쓸었다.

사방팔방에서 솟구치던 어둠의 촉수가 바람에 노출된 촛불처럼 흐트러졌다. 그 틈을 타서 여섯 무인이 어둠의 촉수들이 지배하는 권역 밖으로 빠져나왔다.

사웅은 경악했다.

'국지적 만상붕괴라니……!'

만상붕괴를 이런 식으로 활용하는 것은 생각도 못 해봤다.

더 놀라운 것은 그 과정이었다. 자혼과 진본해는 심상경의 절예를 펼치면서 그 위력을 극소 범위에만 적용되도록 줄였다. 그 결과 만상붕괴의 영향도 이들의 전투 범위 밖에서 지켜보고 있는 이들에게는 미치지 않도록 축소되었다.

사웅으로서는 흉내 낼 엄두도 안 나는 경지다. 둘은 심즉동으로 심상경의 절예를 펼치는 것에 그치지 않고 온갖 형태로 기술을 구현해 내고 있었다.

─제법이로군. 하지만 일단 하나는 줄였고…….

키득거리며 웃던 암흑인이 운화했다. 고속으로 위치를 바꿔서 심상경의 절예로 자신을 노리는 것을 막고, 어둠의 촉수와 흑색의 유성혼을 폭풍처럼 쏟아낸다.

콰콰콰콰콰!

주변이 초토화됐다.

이미 전장에는 적과 아군의 개념이 없었다. 여섯 무인을 제외하면 다들 휘말려들지 않도록 물러나는 데 급급했다.

"크윽……!"

그 폭풍 속에서 또 한 명이 무너져 내렸다. 굼린 장로였다.

"굼린!"

일대일 상황에서 굼린의 방어가 뚫리는 것을 본 해파랑이 달려들었다. 의기상인과 허공섭물, 격공의 기가 암흑인의 움직임을 막고 뒤이어 강맹한 검기가 날아든다.

그러나 암흑인은 그것을 가볍게 받아내면서 굼린을 걷어찼다.

쾅!

굼린이 피를 뿌리며 뒤로 날아갔다. 암흑인이 혀를 찼다.

─끈질기군.

해파랑이 잠시 숨통을 틔워준 덕분에 굼린은 공격을 흘려보낼 수 있었다.

그러나 어디까지나 즉사만 피했다뿐이다. 굼린은 기혈이 진탕하는 것을 느끼며 주저앉았다.

─이제 다섯 명. 얼마나 버틸 수 있겠느냐?

암흑인이 운화로 계속 위치를 바꾸면서 이죽거렸다.

폭풍처럼 휘몰아치는 기공파와 어둠의 촉수를 피하면서 자혼이 투덜거렸다.

"신이라고 잘난 척하려면 촐싹거리지 말고 오만방자하게 한자리에 버티고 서서 신통력이나 사방팔방으로 뿌려댈 것이지."

"확실히 이 시점에서의 신통력은 진야보다 못한데 상대하기는 더 까다롭군. 저 무공이 저놈 본연의 실력은 아니겠고, 그릇이 문제일 텐데… 어째서 귀혁의 무공을 쓰지?"

진본해가 물었다. 자혼이 대답했다.

"귀혁의 제자니까."

"그랬군. 진아가 초대한 풍혼권이라는 아이인가?"

"맞아."

"혹시 자네의 공격에 살의가 없는 것도 그런 이유인가? 먼저 받은 의뢰 내용이 뭐지?"

"저 아이를 암해의 신이라는 작자로부터 구할 것."

자혼이 서하령에게 받은 또 다른 의뢰의 내용을 말해주었다.

진본해가 물었다.

"…그게 가능할 것 같은가?"

"솔직히 모르겠어. 신통력 때문에 심상경 효과도 별로고, 저놈이 의외로 머리를 잘 굴려서 이러다 각개격파당할지도?"

암흑인은 제법 전술적으로 행동하고 있었다. 막대한 진기와 신통력을 이용, 광범위한 공격으로 적을 분산시키고 그 틈에 하나씩 하나씩 쓰러뜨려 간다.

진본해가 끄응 하고 신음했다.

"태평하게 말할 내용이 아니구먼."

"뭐, 되는 데까지는 해보는 거지. 저 아이한테는 빚을 졌거든."

"그렇군. 미안하지만 난 그 목표에는 협력할 수 없다."

"강요하진 않아. 이건 내가 맡은 일이니까."

코웃음을 친 자혼이 허공섭물을 전개, 허리춤에 꽂아두었던 비수들 중 세 개를 뽑아서 몸 주변에 띄웠다. 그리고 전음으로 말했다.

─틈을 만들게. 내가 들어가면 한 호흡 버티고 나서 몰아쳐.

그 말에 모두들 공세를 준비했다.

다음 순간 자혼이 띄워둔 세 개의 비수가 빛으로 화해 암흑인을 덮쳤다.

─삼극붕괴진(三極崩壞陣)!

세 자루의 비수로 동시에 펼쳐진 심검은 각자 다른 심상을 구현하면서 아주 미세한 시간 차를 두고 한 점을 관통했다.

─하! 질리지도 않고 몇 번이나 이런 수작을……!

자혼을 비웃던 암흑인의 얼굴이 굳었다. 전혀 상상도 못 한 일이 벌어지고 있었다.

서로 다른 세 개의 심상을 구현하는 세 번의 심검, 그것이 시간 차를 두고 겹쳐진 결과 만상붕괴가 발생했다. 바로 표적이 존재하는 그 지점에서.

—만극화(萬極華)!

그리고 만상붕괴가 발생하는 그 순간, 자혼이 신검합일을 펼쳐 같은 지점을 관통했다.

기적적인 정밀함으로 이어진 연계기는 상상도 못 한 결과를 불렀다. 만상붕괴가 마지막 신검합일에 붙잡히듯 한 점으로 수렴하면서 붉은 섬광의 꽃을 피우는 게 아닌가?

우우우우우우!

그러나 만상붕괴의 여파가 완벽하게 한 점으로 수렴한 것은 아니었다. 다들 한차례 의념의 충격파를 버텨내야만 했다.

이것으로 장애물은 깔끔하게 청소되었다. 의념의 충격파가 암흑인이 쏟아낸 흑색 폭풍을 날려 버리고, 암흑인에게 결정적인 허점을 만들어냈다.

—감히, 벌레, 주, 제에……!

암흑인의 모습이 폭발적으로 확장되었다. 아지랑이 너머의 풍경처럼 일그러진 그 모습은 누가 봐도 불안정하기 짝이 없었다.

"이런 상황에서도 입은 살아계시군!"

그런 암흑인에게 자혼이 공세를 퍼부었다. 일시적으로 사람의 형상을 잃은 암흑인은 자혼의 공격을 피하지 못하고 모조리 얻어맞았다.

'역시 신, 이걸 맞고도 분리되지 않다니.'

자혼이 속으로 혀를 찼다.

이 싸움이 시작된 이후, 그녀가 암흑인에게 격중시킨 심상경의 절에는 모두 형운을 구하는 데 목적이 있었다. 신통력을 무해한 기운으로 변화시키고, 육체와 정신의 연결 고리를 끊고, 암해의 신의 영혼을 직접적으로 공격했다.

그런데도 암흑인이 형운의 몸에서 분리될 기미가 보이지 않는다.

"하! 원래대로라면 이런 의뢰는 안 받는데……."

아무리 생각해도 성공률이 절망적인 의뢰였다. 자객을 생업으로 삼는 자라면 이런 의뢰는 거절해야 한다.

하지만 자혼은 억울한 자에게는 진심 어린 눈물만을 대가로 받고 의뢰를 수행해 왔다. 그럴 때는 아무리 힘들고 위험한 일일지라도 거절하지 않았다.

'이 아이라면 목숨을 걸 가치가 있지!'

형운이 허용빈의 유언을 전해주었을 때, 자혼은 그에게 한 번은 목숨을 걸고 의뢰를 수행하겠노라고 맹세했다. 비록 형운이 그때 준 표식을 쓰지는 못했지만, 지금이야말로 맹세를 지킬 때다.

"지금이다!"

자혼의 뒤를 따라 돌진해 온 네 명이 맹공을 퍼부었다.

암흑인은 제대로 방어도 못하고 난타당했다. 검은 피가 튀고 엉망진창으로 확장된 육체가 부서져 나갔다.

"하아아아아!"

진본해가 남은 힘을 모조리 끌어내서 창격을 날렸다. 푸른 광풍을 휘감은 창격이 명중할 때마다 암흑인의 몸이 격하게 터져 나갔다.

—크, 으으으, 으아아아……!

암흑인이 비명을 질렀다.

기화의 여파를 해소하기도 전에 그릇이 파괴될 위기였다. 어떻게든 신통력으로 파손을 재생하고 있지만 그것도 한계에 달하고 있었다.

그런데 그때였다.

우우우우우!

암흑인에게 검은 연기 같은 기운이 흘러들어 오면서 신통력이 증폭되었다.

퍼어엉!

검은 파동이 폭발했다. 네 명은 뒤로 날아가고, 자혼만이 제자리에 버티고 선 채로 연속적으로 공격을 날렸다.

"하아아아아!"

술법의 힘이 깃든 침투경이 연속적으로 암흑인을 강타했다. 그리고 어느 순간, 자혼의 몸이 투명한 빛으로 화해 암흑인을 관통하고 뒤에 나타난다.

—으, 아아, 아아아……!

암흑인의 몸이 한층 더 폭발적으로 확장되었다. 결국 그 기세를 버티지 못하고 그중 절반 정도가 허공으로 흩어져 소멸한다.

"끈질기군! 이쯤 됐으면 포기하고 거기서 나오란 말야!"

자혼이 전신에서 피를 뿜으며 외쳤다.

영수의 술법을 침투경으로 때려 넣고, 그것을 무극의 권으로 한 번에 폭발시켜서 형운의 육체와 암흑인의 의식을 단절시키고자 했다. 영수와 인간이 하나가 된 자혼이기에 가능한, 이질적인 두 존재가 겹쳐진 상황을 완전히 이해하고 그 연결 고리를 끊기 위한 공격이었다.

그러나 암흑인의 의식이 너무 거대했다. 형운의 육체에 담겨 있던 의념 중 상당 부분을 소실했는데도 여전히 산처럼 거대한 존재감으로 그 자리에 버티고 있었다.

투아아아앙!

다시금 검은 파동이 폭발했다.

재차 달려들던 네 명이 다시 밀려나고, 자혼도 피투성이가 되어서 두 걸음 물러났다. 그러나 비틀거리던 그녀는 이를 악물고 뛰어들어서 연속적으로 술법 침투경을 날렸다.

"이야아아아아!"

암흑인의 몸이 폭발적으로 들썩였다. 그러나 그러는 사이 연이어 검은 연기 같은 기운이 암흑인에게로 이어지기 시작했다.

'아! 이렇게 된 거였나?'

여우 가면 안쪽에서 자혼의 얼굴이 굳었다.

꺼지기 전의 촛불처럼 약해졌던 암흑인의 신통력이 다시 폭증한다. 그리고 위태롭게 일그러지며 확장되었던 형상이 급속도로 제 모습을 되찾기 시작했다.

팍!

어느 순간, 암흑인의 손이 자혼의 주먹을 잡아냈다. 암흑인이 잔혹하게 웃었다.

─기특하구나, 나의 종들이여. 크게 포상할 것이다.

암흑인이 위기에 처하자 해루족 주술사들이 나섰다. 암해의 신 본체로부터 신통력을 빌려 쓰는 그들의 축복에 힘입어 극도로 불안정해졌던 암흑인이 안정을 되찾은 것이다.

"큭……!"

자혼은 암흑인의 손에 잡힌 손을 빼는 대신 그대로 무극의 권을 발하려고 했다.

그러나 그녀도 부상 때문에 움직임이 둔해져 있었다. 암흑인이 한발 빠르게 공격했다.

쾅!

운화로 거리를 좁힌 암흑인이 자혼의 몸통에 주먹을 꽂아 넣었다.

자혼은 비명조차 지르지 못했다.

이어진 공격을 맞았으면 끝장났으리라. 그러지 않은 것은 재차 달려든 진본해의 창이 암흑인을 가로막은 덕분이었다.

투학!

암흑인이 진본해의 창격을 정면으로 후려쳤다. 그리고 잠시 주춤하는 진본해에게 달려드는가 싶더니 운화, 그 뒤쪽에서 달려들던 해파랑을 찍어 눌렀다.

"크헉!"

해파랑이 신음을 토하며 주저앉았다. 암흑인은 그에게 가볍게 손을 털듯 기공파를 한 방 먹이고는 재차 운화해서 사웅의 측면을 덮쳤다.

쾅!

사웅이 창을 찔러오는 순간, 암흑인은 그러거나 말거나 전심전력으로 일격을 때려 넣었다. 사웅의 창이 암흑인의 어깨를 관통했지만 대신 주먹에서 뻗어 나간 기운이 몸통에 정통으로 들어갔다.

"크어……!"

사응이 피를 뿌리며 쓰러졌다.

암흑인은 창을 뽑는 대신 운화로 위치를 바꾸었다. 그리고 신통력으로 상처를 급속도로 재생하면서 웃었다.

─이제 끝낼 때가 된 것 같구나.

굉음이 울리며 검은 파동이 다섯 무인을 덮쳤다.

7

신과 인간들의 격전은 지극히 위태로운 균형을 이루고 있었다.

인간들은 아직 온전한 힘을 되찾지 못한 신을 상대로 우세를 점했다. 비록 신화시대의 힘은 없을지언정 천 년의 세월 동안 발전해 온 무공은 신을 궁지로 몰기에 충분한 저력을 갖고 있었다.

그러나 인간의 힘을 등에 업은 것은 인간만이 아니었다.

신을 섬기는 인간들에 의해서 간신히 유지되던 균형이 무너졌다.

"으, 으윽……."

자혼은 쓰러진 채로 신음했다.

더 이상 일어날 힘이 남지 않았다. 의식을 유지하는 것만으로도 필사적이었다.

─인정하마. 그대들은 훌륭한 적수였노라. 지고의 그릇을 얻

은 나를 위협하고 궁지로 몰아넣었으니 그 업적을 자랑스러워
해도 될 것이다.

암흑인이 웃었다.

쓰러진 것은 자혼만이 아니었다. 진본해도, 해파랑도, 가돈
도, 사웅도 모두 쓰러져 있었다.

─그러나 감히 신을 해하려고 한 죄는 마땅히 대가를 치러야
겠지. 심판의 시간이다.

암흑인이 대적자들을 사로잡기 위해 신통력을 발하려고 할
때였다.

라아아아아…….

문득 부드러운 노랫소리가 들려왔다.

암흑인이 흠칫했다. 심신을 부드럽게 어루만져 주는 기운이
실린 노랫소리였다.

신과 인간의 전장 저편에서 한 사람이 걸어오고 있었다.

─흠. 그대와 이야기하는 것도 슬슬 지겹구나. 아직도 뭔가
보여줄 게 남았느냐?

서하령이 노래하면서 걸어오고 있었다.

그녀만이 아니었다. 그 뒤를 가려와 마곡정, 천유하가 따르고
있었다.

서하령이 노래를 멈췄다. 그리고 암흑인의 바로 앞까지 다가
와서 손을 내밀었다.

─음?

암흑인은 의아해했다.

서하령의 행동 때문이 아니다. 자신이 자연스럽게 마치 그녀

와 거울을 보듯 대칭되는 자세로 손을 마주 댔기 때문이었다.

서로 손등을 대고, 내민 발을 딱 붙인 채로 몸을 낮춘 자세였
다.

"…그걸로 끝나기를 바랐어."

―무슨 소리냐?

"하지만 역시, 기적을 바란다면 직접 목숨을 걸어야 하는 거
겠지?"

서하령이 움직였다. 손목을 미미하게 움직여서 상대의 반응
을 유발하면서 자세를 절묘하게 바꿔서 균형을 바꾼다. 그로써
암흑인의 자세가 무너지자 손등을 대고 있던 손을 들어 이마를
찰싹 쳤다.

"1점이야. 9점 남았어."

―이게 무슨…….

"신이면서 그런 것도 몰라? 하지만 입은 몰라도 몸은 정직하
네."

―무슨 장난이냐!

암흑인이 격노하자 강맹한 기파가 뿜어져 나갔다. 일순 서하
령의 눈앞이 캄캄해질 정도로 사나운 기파였다.

그러나 서하령은 개의치 않는다. 그 기파를 버텨내면서 재차
손을 움직인다.

암흑인은 짜증을 내면서 뿌리치려고 했지만 뜻대로 되지 않
았다. 의식과는 별개로 몸이 너무나도 자연스럽게 그녀가 강요
한 규칙대로 수를 겨루고 있었다.

또다시 암흑인의 균형이 무너졌다. 서하령이 재차 이마를 찰

싹 쳤다.

"2점. 앞으로 8점만 더 따면 내 승리야."

―감히!

흑색의 광풍이 휘몰아쳤다. 숨이 턱 막힐 정도의 압력이 덮쳐 오면서 서하령의 머리를 묶어두고 있던 끈이 풀려 나갔다.

하지만 그녀는 멈추지 않고 계속한다.

그것은 권각술을 연마할 때 자신과 상대의 균형감을 조율하기 위한 수련법이었다. 형운과 서하령이 수천 번을 겨뤄왔던 수련이자 놀이이기도 했다.

"참고로 난 한 번도 형운 그 바보에게 진 적이 없어. 그런데 신이라는 분께서는 그보다도 훨씬 못하네?"

꽃처럼 아름답게 미소 짓는 서하령의 전신에서 땀이 비 오듯 흘러내리고 있었다.

암흑인의 육체는 충실하게 그녀가 제시한 규칙대로, 형운의 육체에 새겨진 기억에 따라서 움직인다. 그러나 신통력은 암흑인의 의지에 호응하여 의념의 충격파를 발했다. 서하령이 그것을 버텨낼 때마다 감각에 이상이 발생하고 기력이 깎여 나갔다.

그래도 서하령은 결코 미소를 지우지 않았다. 열 번의 승리를 거둘 때까지 똑같은 상황이 반복되었다.

"뭐야……."

그 광경을 보고 있던 양진아가 중얼거렸다.

다들 홀린 듯이 그 광경을 보고 있었다. 마치 꿈을 꾸는 것 같은, 비현실적인 광경이었다.

서하령이 말했다.

"10점. 역시 한 점도 못 땄네. 그럼 벌칙 정도는 받아줘야지?"

─내가 그 헛소리를 언제까지 참아줄 것 같으냐?

그녀는 암흑인이 뭐라고 하든 개의치 않았다. 허리춤에 매달 아두고 있던 팔찌를 암흑인의 손목에다 채웠다.

우우우우웅……!

그것은 천유하가 갖고 있던 진조족의 팔찌였다.

원래 형운이 차고 있던 팔찌와 새롭게 찬 팔찌가 공명하듯이 진동음을 토하기 시작했다. 그러자 암흑인이 두르고 있던 위압 적인 기운이 눈에 띄게 가라앉는다.

암흑인이 으르렁거렸다.

─고작 이런 게 너희들 최후의 희망이었…….

"다음엔 나다!"

마곡정이 암흑인의 말을 자르며 달려들었다. 그대로 덮쳐갈 것 같더니 1장 간격을 두고 서서 정중하게 양손을 겹치며 읍한 다. 암흑인이 자기도 모르게 똑같이 예를 취했다.

"일푼(一分), 오합(五合), 목격속(目擊速)."

그것은 특정한 규칙을 정해둔 대련형 수련의 규칙을 의미하 는 말이었다.

당연히 암흑인은 그 말뜻을 모른다. 하지만 마곡정이 움직이 기 시작하자 몸이 절로 움직였다.

타격은 1푼(약 0.3센티) 앞에서 멈춘다. 공방은 다섯 합에 한 번씩 바뀐다. 신체의 움직임은 무공을 모르는 일반인이 알아볼 수 있을 정도로 제약한다.

─이런 광대놀음을 내게 시키다니! 네놈들, 언제까지 그 방자

함을 참아줘야 하느냐?

기이하기 짝이 없는 광경이었다.

입으로는 분노를 토하면서도 암흑인은 마곡정이 제시한 규칙을 충실하게 따르고 있었다. 그저 그의 분노에 호응한 신통력만이 무시무시한 압력으로 마곡정을 짓누를 뿐이다. 서로 약속된 수 싸움을 하면서도 마곡정은 마치 폭풍 속을 헤쳐 나가는 착각에 사로잡혔다.

"누나도 참, 이런 짓을 제일 먼저 나서서 했단 말이지?"

마곡정이 투덜거렸다.

치직…….

눈앞이 캄캄해진다. 시각이 이상을 일으키고 있다.

치지지직…….

아주 잠깐 의식이 끊어진 것 같다. 호흡이 극도로 흐트러져 있다.

치지지지지직……!

주변의 소리가 제대로 들리지 않는다. 모든 소리가 듣기 싫은 잡음으로 변질되고 있었다.

그래도 마곡정은 움직임을 멈추지 않았다. 혼백이 나가도록 혹독한 수련으로 신체에 각인한 무공이 목적한 행동을 이어가고 있었다.

'형운 이 자식, 나중에 정신 차리면 좀 맞자. 네놈도 양심이 있으면 얌전히 맞아줄 거지?'

마곡정은 뇌리가 타 들어가는 것 같은 감각 속에서 웃었다.

더 이상 의지로도 지탱할 수 없는 한계에 도달한 그의 몸이

실 끊어진 인형처럼 무너져 내렸다.

　―장난은 여기까지다!

　마곡정이 쓰러지자 격분한 암흑인이 노성을 질렀다. 마곡정을 지나쳐서 달려들던 서하령의 움직임이 어둠의 촉수에 가로막혔다.

　"으윽……!"

　―끝까지 나를 화나게 하는구나. 이렇게까지 나를 우습게 만든 인간은 네년이 처음이다.

　"한 가지, 잊은 게 있지 않아……?"

　서하령이 고통스러워하면서도 웃었다. 암흑인이 짜증을 냈다.

　―세 치 혀로 또 무슨 궤변을 늘어놓을 셈이냐?

　"너, 무일을 어떻게 했지……?"

　―……!

　암흑인이 움찔했다.

　두근!

　순간 심장이 크게 고동쳤다.

　암흑인은 자신이 큰 실수를 저질렀다는 사실을 깨달았다.

　삼라허상진이 파괴되기 전, 그는 시귀가 된 무일을 어둠의 촉수로 붙잡아놓았다. 형운의 의식이 그것을 해하는 것을 허락하지 않았기에 추후에 신통력으로 되살려 낼 생각이었다. 물론 그 부활의 형태는 형운이 아닌 그의 해석에 따르게 되겠지만…….

　그러나 자혼을 비롯한 일곱 무인과의 싸움은 그에게서 뒷일을 생각할 여유를 앗아 갔다.

—이런…….

암흑인이 비틀거리며 뒤로 물러났다. 신통력이 곧바로 무일의 행방을 찾아내었다.

그는 이미 일곱 무인과의 격전에 휘말려 처참한 몰골이 되어 있었다.

—으윽, 아, 아니다. 아직 나는 약속을 어기지 않았다!

암흑인이 가슴을 쥐어뜯으며 고통스러워했다.

그는 약해져 있었다. 일곱 무인은 패배했을지언정 그에게 크나큰 타격을 입혔고, 그 상황에서 서하령과 마곡정이 목숨을 걸고 육체의 기억을 끌어내자 형운의 의지를 누르던 억지력이 흔들리기 시작했다.

스으으으…….

동시에 그의 가슴에서 차가운 빛이 흘러나오기 시작했다. 어둠으로 이루어진 몸을 뚫고 새하얀 빛이 흘러나오는 얼음조각이 모습을 드러냈다.

'빙령의 조각!'

서하령은 그것이 형운이 갖고 있던 빙령의 조각임을 알아보았다.

—나는, 아직 충분히 약속을……!

"아직 제가 남았습니다."

어떻게든 상태를 바로잡으려는 암흑인 앞에 가려가 나타났다.

"122번 훈련입니다, 공자님."

가려는 귀혁이 고안한 훈련 번호를 말하면서 형운에게 뛰어들었다.

동시에 암흑인이 눈을 감았다.

'뭐냐?'

암흑인은 당혹스러워했다. 고작 눈꺼풀이 닫히는 것만으로 신의 눈이 닫힐 리 없다. 그러나 이 순간 완벽한 어둠이 그의 시야를 지배했다.

육체의 기억으로부터 비롯된 현상이었다. 122번 훈련은 시각을 잃은 상황에서 72가지 방식으로 공격해 오는 상대를 죽이지 않고 제압하는 훈련이었다.

쉭!

소리 없이 뒤로 돌아간 가려가 검을 찔러온다. 암흑인은 뒤도 돌아보지 않고 그것을 옆구리에 끼면서 발차기를 날리고, 가려가 그것을 피하자 기다렸다는 듯 몸을 돌리면서 그녀의 어깨를 감아 치는 듯한 발차기로 넘어뜨렸다. 그리고 얼굴 위에 주먹을 꽂아 넣는 시늉을 한 다음 다시 풀어준다.

가려는 몸을 튕겨서 일어난 다음 재차 검을 들고 공격해 들어갔다.

72가지 방식 중 어떤 방식으로 공격할지는 순전히 공격자인 가려의 선택이다. 형운은 철저하게 그 방식에 맞춘 최적의 형태로 대응해야 했다.

—이놈들, 이러고도 무사하기를 바라느냐?

끝없이 이어지는 모욕에 암흑인이 격노했다. 그의 분노에 호응한 의념의 충격파가 격렬한 파도처럼 가려를 덮쳤다.

'이제 그 보기 싫은 모습이 보이지 않는군요. 괜찮습니다. 공

자님의 모습은 똑똑히 기억하고 있으니.'

가려는 시야가 깜빡깜빡거리다가 완전히 캄캄해진 상황에서 웃었다. 아무것도 보이지 않지만 그녀의 심상에서는 형운과 함께하던 훈련의 시간이 완벽하게 그려지고 있었다.

'이제 그 듣기 싫은 목소리가 들리지 않는군요. 괜찮습니다. 이런 상황 따위, 마르고 닳도록 훈련하지 않았습니까.'

청각이 고장 나서 잡음이 온갖 소리를 잡아먹었다. 그래도 상관없다. 시각과 청각을 잃는 상황 따위는 지긋지긋할 정도로 훈련해 왔다.

이어서 후각이 고장 났다. 아무런 냄새도 맡을 수 없다.

다음으로 미각이 망가졌다. 입안에서 아무런 맛도 느껴지지 않았다.

마침내 통각마저 흐트러지기 시작했다. 보통 사람이라면 싸우기는커녕 자신이 움직이고 있는지, 숨은 쉬고 있는 것인지조차 의심스러울 상황이었지만 가려의 움직임은 소름 끼치도록 정밀했다.

지금 이 순간, 그녀는 자신의 몸이 움직이는 감각을 믿지 않았다. 그저 마음속에 떠올린 기억을 완벽하게 재현해 내고 있었다.

'누나!'

…잠시 의식이 아찔해졌다.

가려는 형운이 자신을 부르는 환청을 들었다.

몇 번이나 들어온, 그때마다 그 속에 담긴 절박함에 안타까워했던 목소리였다.

'공자님.'

가려는 미소 지었다.

'이번에야말로 제가⋯⋯.'

그녀는 오감을 잃어 자신이 존재한다는 실감조차 흐릿해진 채로 마지막 공격에 들어갔다. 기억 속의 71번을 똑같이 재현했지만 72번째만은 달랐다.

암흑인이, 아니, 형운의 육체가 어떻게 반응할지 예상하고 움직임을 비틀었다.

'⋯공자님의 손을 잡아드리겠습니다.'

일부러 뻔히 보이는 궤도로 허공을 쳐서 상대방을 자신이 원하는 방향으로 회피하도록 유도한다. 그런 의도로 찌른 암흑인의 왼손 관수 앞에 가려가 자신의 몸을 던졌다.

"안 돼!"

서하령이 비명을 질렀다.

그녀는 처음부터 가려가 목숨을 희생할 생각이었음을 깨달았다. 목숨을 걸 각오가 아니다. 암흑인이 약속을 깨게 하기 위해, 그로써 형운을 각성시키기 위해 희생할 것을 결정해 두고 있었던 것이다.

콱!

관수가 가려의 가슴에 꽂히며 피가 튀었다.

8

마치 눈을 깜빡거리듯이 의식이 끊어졌다 이어졌다 한다.

세상이 끝장나 버리기라도 한 것처럼 완전히 단절되었던 정보가 의식으로 흘러들어 오기 시작했다.

제일 먼저 입안을 채운 비릿한 피 맛이, 다음으로 땀과 피가 섞인 악취가, 그리고 누군가 내지르는 알 수 없는 절규가 치직거리는 잡음과 함께 의식을 엄습해 왔다.

마지막으로 눈이 트인다.

캄캄한 어둠뿐이었던 시야가 흐릿한 풍경을 붙잡아냈다.

'그렇군.'

가려는 흐릿한 시야 속에서 한 사람을 발견하고 웃었다.

'공자님, 부디…….'

자신을 바라보며 절규하는 형운이었다.

'…강녕하시길.'

그녀는 멀어져 가는 의식 속에서 환하게 웃었다. 더없이 만족스러운 미소였다.

"누나! 안 돼!"

피투성이가 되어 무너져 내리는 그녀 앞에서 형운이 절규했다.

인간의 모습을 되찾은 오른손이 암흑인의 왼팔을 부러져라 잡고 있었다.

가려의 몸을 통째로 관통했어야 했을 관수는 깊숙한 상처를 입히는 것에 그쳤다. 하지만 그것만으로도 목숨이 위중한 중상이었다.

"으아아아아아!"

형운의 모습이 변하기 시작했다. 몸 곳곳을 휘감고 있던 어둠이 흐트러지면서 그 속에서 형운의 모습이 나타난다.

하지만 그 변화는 일방적이지 않았다. 어떤 부분이 형운으로 변하면 어떤 부분은 다시 암흑인으로 돌아갔다.

—아직이다! 계약은 깨지지 않았다!

"너는 약속을 어겼어!"

형운의 입이 육성과 의념 두 가지 말을 동시에 토해냈다.

—부조리하다! 불가항력이지 않느냐?

"웃기지 마!"

형운이 노성을 질렀다.

"신을 자처하는 자라면 기적을 일으켜야지! 고작 이런 일 때문에 약속조차 지키지 못하면서 무슨 신이냐!"

—이노오오옴……!

형운과 암해의 신의 의지가 격렬하게 부딪쳤다. 그의 모습이 격렬하게 변해가는 가운데, 가슴 위로 떠오른 빙령의 조각이 강렬한 빛을 발하고 양팔에 채워진 진조족의 팔찌가 부서질 듯이 격렬하게 진동했다.

쩌적……!

아니, 실제로 표면에 금이 가며 부서질 조짐을 보이기 시작했다.

"으, 으으윽……!"

형운의 안색이 창백해졌다. 저것이 깨져 버리면 암해의 신에게 저항할 수 없다.

―혐오스러운 신물에 기대어 궤변을 주장하는 것도 여기까지다! 나는 약속을 지킬 것이다! 설령 저들이 모조리 죽을지라도! 그대가 바라는 대로 기적을 일으켜 약속을 지켜 보이마!

형운의 뇌리에 암해의 신의 생각이 스쳐 갔다.

그의 분노를 산 자들, 형운이 지키고자 했던 자들을 모조리 죽인다. 그리고 죽은 그들의 시체를 일으키고 그 속에 영혼을 구속한 채, 신통력에 종속되어 세세토록 살아가는 인형으로 만든다.

거기까지 알게 되자 지독한 혐오감이 밀려왔다.

―그들의 영혼은 그대와 같은 심상 세계 속에 살도록 해주지. 바라는 것은 무엇이든 이룰 수 있는 낙원이다. 완벽하지 않은가?

"그따위 협잡에 넘어갈 것 같으냐!"

격노한 형운이 가려에게서 뒤로 물러나며 자신의 몸을 붙잡았다. 그리고 하늘을 올려다보며 외쳤다.

"누구든 좋다! 누구든지 제발 나를 죽여!"

―네놈, 무슨 짓을 하려는 거냐?

"지금뿐이야! 지금이라면 이놈도 같이 죽일 수 있어!"

―해루족이여, 이 몸을 지켜라!

둘의 목소리와 의념이 동시에 울려 퍼졌다.

혼란 속에서 한 사람이 움직였다. 모두가 쓰러지고, 어둠의 촉수에서 풀려난 서하령도 손끝 하나 움직이기 힘들었지만 한 사람만은 달랐다.

"형운!"

상황을 지켜보고 있던 천유하가 검을 들고 형운에게 달려들었다.

—이놈! 오지 마라!

암흑인이 다급하게 신통력을 움직였다. 형운의 의지 때문에 힘의 운용이 원활하지 않은 상황에서도 무수한 어둠의 촉수가 천유하를 덮쳤다.

그러나 소용없었다. 천유하는 현란한 검술로 어둠의 촉수를 갈라 버리면서 쇄도해 왔다.

두 사람의 시선이 맞닿았다.

천유하는 형운의 의지를 읽었다. 자신을 향해 씩 웃어 보이는 형운의 모습에 이를 악물며 검을 찔렀다.

"왜……."

형운의 표정이 일그러졌다.

"…왜 멈춘 거야, 이 바보야!"

천유하는 마지막 순간에 검을 멈추었다. 천유하가 울 것 같은 표정으로 대꾸하려는 순간이었다.

암해의 신이 지배하고 있던 형운의 왼 다리가 벼락처럼 발차기를 날렸다. 검을 찌르던 자세 그대로 멈춰 있던 천유하는 미처 피하지 못하고 정통으로 맞아버렸다.

"커억……!"

천유하가 피를 뿌리며 날아갔다.

—하하하하하하!

암해의 신이 미친 듯이 웃었다. 그사이 해루족 주술사들의 축복이 날아들면서 형운의 의지를 짓눌렀고, 청해용왕대보다 한

발 빨리 해루족 전사들이 다가오고 있었다.

"아, 안 돼……."

형운이 절망했다. 잔뜩 균열이 생긴 팔찌가 마침내 쪼개지고 있었다.

퍼억!

순간 섬뜩한 소리가 울려 퍼졌다.

"어……?"

형운이 눈을 크게 떴다.

한 줄기 푸른 섬광이 가슴을 관통하고 지나갔다.

시선이 섬광이 날아온 곳으로 향했다. 그곳에는 해랑청기궁을 든 양진아가 있었다.

그녀는 두 번째 사격을 준비하면서 뭐라고 입을 뻥긋거렸다. 형운은 입 모양으로 그녀가 중얼거린 말을 알아들었다.

―이, 이 가증스러운 청해궁의 주구가 끝까지…….

암해의 신이 당황했다.

파학!

그러나 그가 미처 뭔가 해볼 틈도 없이 두 번째 섬광이 형운의 심장을 관통하고 지나갔다.

형운이 피를 뿌리며 무너져 내렸다. 형운은 나오지 않는 목소리 대신 마음속으로 양진아에게 말했다.

'미안해하지 않아도 돼. 고마워.'

그리고 형운의 의식이 어둠으로 떨어졌다.

제75장
탐욕의 끝

1

정적이 그 자리를 지배했다.

하지만 그것은 잠시였다. 피를 뿌리며 쓰러진 형운에게서 어둠이 간헐천처럼 솟아오르기 시작했다.

쿠구구구구……!

안개 같은 어둠이 형운의 모습을 집어삼키고 자라났다. 거센 기파의 폭풍이 휘몰아쳤다.

"부상자는 물러나! 움직일 수 있는 사람은 사람들을 구해!"

양진아가 단호하게 지시를 내리고 앞장서서 달려갔다. 무슨 일이 벌어지는 것인지 모른다. 그러나 주변에 쓰러져 있는 자들이 휘말리지 않도록 구해야 했다.

하지만 그녀가 해파랑에게 다가갔을 때, 다급한 전음이 들려왔다.

―진아야, 피해!

섬뜩한 살기가 감각을 스치고 지나갔다. 진아는 그게 누구의 전음인지 인식하기도 전에 몸을 날렸다.

그 직후 어둠의 궤적이 그녀의 어깨를 가르고 지나갔다.

'아!'

양진아는 솟구친 어둠 속에서 폭발하듯 팽창하는 살의를 보았다. 그 살의는 자신을 향하고 있었다.

'죽는구나.'

암해의 신이 그녀를 분풀이 대상으로 정했다. 비틀거리며 몸을 바로잡은 양진아는 다음 공격을 피할 수 없음을 직감했다.

하지만 그때였다. 돌풍을 휘감고 날아간 한 자루 창이 어둠에 꽂혔다.

후우우우우!

양진아를 후려치려던 어둠이 흩어지며 틈이 생겼다. 양진아는 한 박자 늦게 창을 던진 장본인을 알아보고 놀랐다.

"사웅!"

쓰러져 있던 사웅이 힘을 쥐어짜 내어 투창으로 양진아를 구한 것이다.

양진아가 해파랑을 짊어지고 물러나는 동안 사웅이 비틀거리며 몸을 일으켰다. 그는 양진아를 돌아보지 않았다.

사웅은 다시금 살의와 함께 부풀어 오르는 어둠을 멍하니 응시하며 중얼거렸다.

"이 정도면 내게는 과분한 마지막이군."

의념의 폭풍이 그를 덮친다. 알아들을 수 있는 언어는 없었다. 그저 원초적인 분노와 살의만이 활화산 같은 기세로 폭발하고 있었다.

그것을 바라보던 사웅은 한 가지, 어처구니없는 사실을 읽어 냈다. 그는 자기도 모르게 웃음을 터뜨렸다.

"하하하. 뭐야, 뒈져서 도망치지 말고 제대로 비참하게 죽으라 이건가?"

사웅을 후려치려던 어둠이 주춤했다. 그리고…….

쏴아아아아!

어둠을 뚫고 얼음처럼 차가운 빛이 솟구치기 시작했다.

2

형운은 어딘지 모를 곳에 있었다. 모든 것이 아스라하고 불분명한 세계. 세상을 이루는 온갖 것이 존재하지만, 동시에 그 모든 것이 형운이 아는 무언가가 되기 전의 상태에 불과한 곳.

'공자님.'

누군가 말을 걸어왔다. 형운에게는 익숙한 목소리였다.

'무일?'

여우 같은 인상의 청년, 무일이 형운을 바라보고 있었다. 그를 본 형운이 물었다.

'여긴 저승인가?'

'아닐 겁니다. 저도 잘은 모르겠지만…….'

무일이 주변을 둘러보며 말했다. 문득 형운은 한 가지 사실을 깨달았다.

'난 여기 와본 적이 있어.'

'네?'

'여긴 경계 너머야.'

형운은 자신이 언제 여기 와봤었는지 깨달았다. 운강 사건 때, 흑서령이 발한 심상경의 절예에 맞고 기화했을 때였다.

'역시 난 죽었나 보군.'

마지막 순간의 기억이 떠올랐다.

진조족의 팔찌마저 부서지고 암해의 신이 자신의 의지를 짓누르던 순간, 양진아가 활로 자신을 쐈다. 미안하다고 읊조리는 그녀의 결단 덕분에 자신은 사람으로서 죽을 수 있었다.

'아니.'

고개를 저으며 대꾸한 것은 무일이 아니었다. 형운은 목소리의 주인을 보며 깜짝 놀랐다.

'유설 님!'

희미하게 잿빛을 띤 백발에 불그스름한 갈색 눈동자를 지닌 소녀가 있었다. 머리 위에는 동근 동물의 귀가 쫑긋 서 있고, 뒤쪽에는 하얗고 도톰한 꼬리가 살랑거리는 그 모습은 형운이 기억하고 있는 것과 똑같았다.

'넌 죽지 않았어, 형운.'

그녀가 형운의 가슴팍을 가리켰다. 그곳에는 빙령의 조각이 떠서 차가운 빛을 발하고 있었다.

'아……'

'그리고 아직 네가 할 일이 남았어.'

그러자 그저 모든 것이 아스라하기만 하던 주변이 변화하며 한 가지 사실을 보여주었다.

그것을 본 형운은 한 가지 비밀을 알 수 있었다. 암해의 신이 자신에게 약속한 것 중 가장 어려워 보였던 것, 유설을 되살리는 일을 어떤 방식으로 처리하려고 했었는지.

형운의 표정이 일그러졌다. 당장에라도 울음을 터뜨릴 것 같은 표정이었다.

그런 형운의 눈가에 유설의 손이 와 닿았다. 그녀가 말했다.

'울지 마, 형운.'

'미안해요, 유설 님. 제가 조금만 잘했으면 유설 님은 다시⋯⋯.'

'아니야. 그건 이뤄져서는 안 되는 일인걸.'

유설이 고개를 저었다.

암해의 신은 신통력으로 형운을 이루는 기운 일부를 분리해서 유설을 담고자 했다. 그랬다면 형운과 합일한 유설은 다시금 되살아날 수 있었을 것이다.

하지만 그것은 온전한 유설이 아니었으리라. 왜냐하면 유설의 영혼은 이미 운룡족에 의해 형운에게서 분리되어 빙령에게 돌아갔으므로.

'넌 올바른 일을 했어, 형운.'

'⋯⋯.'

'전에도 말했지?'

유설은 형운의 가슴에 손을 얹으며 말했다.

'난 네 안에 있어. 나는 네 일부가 되어 살아가는 거야.'

유설이 활짝 웃으며 물었다.

'저런 나쁜 신한테 지지 마. 할 수 있지, 형운?'

'…네.'

형운은 눈물을 닦으며 웃었다. 그런 그에게 무일이 말했다.

'공자님, 저는…….'

'고마웠어, 무일.'

형운은 그의 말을 자르며 말했다. 어색하게 자신을 바라보는 그에게 형운이 말을 이었다.

'난 네가 어떤 사람이었는지, 무슨 일을 해왔는지 상관없어. 나는 네가 내게 보여준 모습을 기억하고, 네가 해준 일들을 알아. 중요한 것은 그것뿐이야. 고마워.'

그 말에 무일은 잠시 동안 형운을 바라보았다. 그리고 하려던 말을 모두 접어두고 양손을 모은 채 정중하게 예를 표했다.

'감사합니다. 마지막으로 한 가지만 부탁드려도 되겠습니까?'

'무엇이든지.'

'전 공자님을 구할 수 있었던 것을 자랑스럽게 생각합니다. 부디 사람들에게 꿈을 줄 수 있는 인물이 되어주시길.'

그 말에 형운은 잠시 동안 말없이 그를 바라보다가, 힘차게 고개를 끄덕였다.

'응. 반드시.'

그리고 서로의 미소 속에서 형운의 의식이 빛으로 향했다.

3

어둠을 뚫고 차가운 빛이 솟구쳤다.

퍼져 나가던 어둠마저 얼려 버릴 것 같은 무시무시한 한기가
한 점으로 수렴해 간다. 그리고 그 속에서 그것이 점차 사람의
모습으로 변해가기 시작했다.

서하령이 믿을 수 없다는 표정으로 중얼거렸다.

"형운⋯⋯."

형운이 어둠을 밀어내며 걸어 나오고 있었다. 너덜너덜해진
옷자락을 찢어서 던져 버린 형운이 어둠을 노려보며 외쳤다.

"이제 끝을 보자, 신 나부랭이."

─이놈, 어여쁘게 봐주었더니 방자함이 끝이 없구나!

광포한 의념이 울려 퍼지면서 어둠이 한 점으로 수렴해 갔다.
그리고 그 한가운데서 형운을 검게 물들인 것 같은 암흑인의 모
습이 나타났다.

형운이 노기에 찬 목소리로 말했다.

"끝까지 반성도 후회도 없군. 그 와중에도 남의 몸 일부를 훔
쳐 가서 큰소리인가?"

─곧 자신의 입놀림을 후회하게 될 것이다.

암흑인이 으르렁거렸다.

형운의 생명이 꺼져갈 때, 암해의 신은 신통력으로 그 몸을
기화시켰다. 그리고 다시 육화하는 과정에서 일월성신의 기운
일부를 강탈해서 이 육신을 구현한 것이다.

다른 육신이었다면 결코 불가능한 일이었다. 오로지 한없이

원기에 가까운 기운으로 구성된 일월성신이기에 그럴 수 있었다.

형운이 말했다.

"반쪽짜리 몸을 가지니까 세상 다 가진 것 같은가 보군. 얼마나 큰 착각을 하고 있는지 알려주지."

―아직은 아니지.

암흑인이 스산하게 말했다.

―너를 죽이고 나머지를 취하겠다.

그가 형운의 육신에서 강탈한 부분은 채 절반도 안 된다. 부족한 부분은 신통력으로 메우고 있었다. 하지만 형운을 죽이고 나머지를 집어삼키면 다시 완벽한 육신을 갖게 되리라.

"그건 네 몸이 아니라……."

동시에 형운의 모습이 사라졌다. 운화로 단번에 공간을 뛰어넘은 형운의 주먹이 암흑인을 강타했다.

쾅!

폭음이 울리며 암흑인의 몸이 허공으로 솟구쳤다. 지상의 형운이 재차 운화, 단번에 그를 추격하며 공세를 퍼부었다.

"…감옥이다!"

―뭐라고?

암흑인이 흠칫했다. 형운은 설명해 주지 않고 공격을 퍼부었다.

―큭!

정신없이 밀리던 암흑인이 신통력으로 암흑의 파동을 발했다. 그러나 그 순간 형운이 빙설의 파동을 발해서 받아쳤다.

콰아아아아!

—이놈! 내 신통력을 훔쳐 쓰다니!

형운은 대답하지 않고 공격을 이어갔다.

힘이 넘친다. 일권으로 산을 부수고 발걸음 한 번으로 지진을 일으킬 경천동지할 권능이 전신을 채우고 있었다.

신통력 때문이었다. 암해의 신의 신통력이 형운에게도 막대한 힘을 주고 있었다.

지금 이 순간, 형운과 암흑인은 서로 연결되어 있었으며, 동시에 서로를 구속하고 있었다. 암해의 신이 형운의 육신을 통째로 취하려고 욕심을 부렸다가 실패했기 때문이었다.

"남의 몸을 차지할 욕심을 내다가 봉인까지 당한 놈이 하나도 정신 못 차렸군."

하긴 자신의 욕심이 이런 사태를 부를 줄은 꿈에도 몰랐으리라.

우우우우우!

사무치는 냉기가 깃든 청색의 광풍혼이 형운의 몸을 휘감고 가속했다. 공기 중의 수분이 급속도로 얼어붙으면서 주변에 설풍이 휘몰아치기 시작했다.

체내에서 아홉 개의 기심이 고동친다.

지금 형운의 내공은 9심에 도달해 있었다. 암흑인의 신통력으로 기화했다가 육화하는 과정에서 유설의 의지가 작용했기 때문이다.

빙령의 조각이 형운과 융합하면서 두 번째 빙백기심이 형성되었다.

쾅!

형운과 암흑인의 주먹이 격돌했다. 서로가 휘감은 청색 광풍혼과 흑색 광풍혼이 맞물리는 순간이었다.

후우우우…….

흑색 광풍혼이 꺼지듯이 사그라졌다. 예전, 괴령의 유적에서 서하령이 형운을 상대로 보여줬던 광풍혼 봉쇄법이었다.

―아니?

그리고 형운의 가차 없는 일권이 암흑인의 안면에 꽂혔다. 폭음이 울려 퍼지며 암흑인의 몸이 검은 유성처럼 지상에 추락했다.

형운은 그마저도 그냥 두지 않았다.

"하아!"

운화로 암흑인을 앞질러 간 형운이 그의 등판을 후려쳤다. 암흑인은 아슬아슬하게 몸을 비틀어 맞았지만 날아가는 기세가 한층 가속되는 건 어쩔 수 없었다.

그러나 땅에 닿기 직전, 그의 모습이 검은 연기가 되어 사라진다. 그리고 형운의 뒤를 잡고 공격을 퍼부었다.

―아니?!

암흑인이 당황했다.

전광석화 같은 기습을 형운이 운화 감극도로 잡아낸다. 첫수가 부딪치는 순간 폭음이 울려 퍼지고, 그 폭음이 가시기도 전에 두 번째, 세 번째 격돌이 이어졌다.

하지만 공방은 잠시였다. 첫 번째 격돌은 형운이 방어하는 입장이었고, 두 번째 격돌은 서로 공격과 방어를 교환하는 형국이었다. 그리고 세 번째 격돌에서는 형운이 일방적으로 공격을, 네 번째 격돌에서는 암흑인의 방어를 뚫고 정타를 꽂아 넣었다.

—크어……!

폭음이 울리며 암흑인의 등판에서 검은 피가 폭포수처럼 일어났다. 그리고 뒤따라온 광풍혼의 냉기가 침투하면서 그의 몸을 빙결시킨다.

—이노오오오옴!

암흑인이 신통력으로 그것을 뿌리치면서 공세를 가해왔다.

하지만 결과는 변하지 않는다. 허공에서 격공의 기가 서로 충돌하고, 서로의 몸이 맞닿는 순간 암흑인이 일으킨 흑색 광풍혼이 형운의 청색 광풍혼에 먹혀서 꺼져 버렸다.

그 뒤로 이어진 공방은 형운이 압도했다. 너무나도 쉽게 방어를 열고 소나기처럼 권격을 퍼부었다.

콰콰콰콰쾅!

때릴 때마다 냉기가 폭발하면서 거대한 얼음이 얼어붙고, 이어지는 일격으로 터져 나가면서 주변의 기온이 급강하했다.

—어째서…….

암흑인이 납득할 수 없다는 듯 광분했다.

—어째서냐!

힘과 속도는 대등했다. 움직임 하나하나의 완성도도 똑같았다.

그런데 실제로 격돌하면 거짓말처럼 형운이 그를 압도한다. 몇 번을 해도 암흑인은 제대로 힘을 발휘하지도 못하고 두들겨 맞기만 했다.

"아직도 모르겠나?"

형운이 섬뜩한 분노를 내비치며 말했다. 어느새 크기가 수십 장에 달하는 거대한 빙산에 처박힌 꼴이 된 암흑인에게 혼신의 일권이 꽂혔다.

"무공이 뭔지도 모르는 놈이 남의 지식만 갖고 어설프게 흉내 내니까 그런 거잖아!"

천둥소리 같은 폭음이 울려 퍼졌다.

수십 장 크기의 빙산이 일거에 깨져 나가면서 암흑인의 몸이 하늘로 날아갔다. 반쯤 분리되어서 흩어지는 몸을 신통력이 억지로 붙잡아두고 있었다.

—크어어……!

격통이 암흑인의 뇌리를 꿰뚫었다.

형운이 그를 보며 숨을 골랐다.

"지긋지긋할 정도로 끈질기군."

인간이었으면 수천 번도 넘게 죽었을 타격이었다. 그러나 막대한 신통력이 거듭 파괴된 암흑인의 육신을 되살리고 있었다.

똑같이 신통력을 쓰고 있다고 해도 형운은 할 수 없는 일이었다. 형운은 신통력으로 부여받은 힘을 무공을 쓰는 것의 연장선에서만 쓰고 있었다.

—죽음?

문득 암흑인이 떨리는 의념을 발했다.

—설마… 내 일부가 죽는다는 것인가?

그는 뒤늦게 형운이 말한 의미를 깨달았다.

형운은 이 육신을 가리켜 감옥이라고 했다. 그때는 무슨 말인

지 몰랐지만 몇 번이나 죽음에 이르는 타격을 입다 보니 이해가
되기 시작했다.

이 육신이 죽으면, 여기에 담긴 그의 일부가 죽는다.

현계에 드리운 그림자가 다시 되살아난다 한들, 이렇게 죽는
부분만은 영영 잃어버린 채이리라. 암흑인은 본능적으로 그 사
실을 깨닫고 전율했다.

─말도 안 돼! 인간이 어찌 신의 본질을 해한단 말인가?

"네가 자초한 거야."

그가 처한 위험은 인간의 몸에 대한 욕망이 부른 결과였다.

끝까지 형운의 몸에 집착했기 때문에 그가 신통력을 훔쳐 쓰
는 것을 막지 못하게 되었다.

"분명 인간의 힘으로는 신의 본질을 해할 수 없지. 하지만 넌
내게 신의 힘을 주었다."

형운은 이미 괴령을 상대할 때 운룡족의 신기(神氣)를 다뤄본
적이 있었다.

비록 구현되는 방식은 다르지만 암해의 신의 신통력 역시 신
기로 발휘된다는 점은 똑같았다. 그저 명하는 것만으로도 자연
의 섭리를 복종시킬 수 있는 기적의 힘. 지금 그 힘이 형운의 전
신에 충만했다.

─으, 으윽…….

암흑인이 몸을 떨었다. 그의 마음속에 기나긴 세월 동안 한
번도 느껴본 적 없는 감정이 발생하고 있었다.

그것은 공포였다.

─그럴 수는 없다.

암흑인이 떨리는 의념을 발했다.

―신이 인간에게 죽는다니, 그런 일은 있을 수 없노라!

그의 몸이 꺼지듯이 운화했다. 하지만 공격을 위한 것이 아니었다.

그는 도망치듯 형운에게서 거리를 벌렸다.

"넌 이미 너와 나를 묶어놓았어. 도망칠 수 없다."

그 말대로였다. 형운에게서 도망치던 암흑인은 어느 순간, 자석이 반대 극에 이끌리듯이 움직임이 더뎌지는 것을 느꼈다.

그런 그를 형운이 유유히 추격해 왔다.

―이놈…….

암흑인이 형운을 보며 이를 갈았다. 지상에서 무수한 어둠의 촉수가 일어나서 형운을 덮쳤다.

실로 무의미한 짓이었다. 형운이 느릿하게 움직인다 싶은 순간, 청백색 광풍이 휘몰아치며 주변의 모든 것이 한순간에 얼어붙었다가 산산이 깨져 나갔다.

쿠구구구구……!

그러나 흩어지는 얼음조각들 너머에서 불길한 광경이 눈에 들어왔다. 암흑인을 중심으로 어둠의 기류가 휘몰아치면서 산처럼 거대한 어둠의 구체를 만들어내고 있었다.

―네놈이 아끼는 것들과 함께 없어져라!

형운이 흠칫했다.

그가 어둠의 기운을 쏘아내는 궤도 저편에는 가려와 서하령, 마곡정과 천유하가 있었다. 수백 장도 넘게 떨어져 있었지만 저 정도 기운이라면 분명 그곳까지 집어삼켜 버릴 것이다.

"끝까지 추잡하군."

형운은 피할 생각을 버리고 자세를 잡았다. 청색 광풍이 휘몰아치며 주변을 새하얗게 얼려 버리기 시작했다.

―죽어라!

암흑인이 거대한 어둠의 기운을 발했다. 응집된 기운이 날뛰는 용처럼 광포한 궤적을 그리며 형운에게 날아갔다.

그리고 동시에 형운도 움직였다.

새하얀 광륜이 지상을 따라 달려 나갔다. 그리고…….

―뭐냐?

암흑인이 경악했다.

지상을 채찍처럼 후려치던 어둠의 기운이 산산이 흩어지고 있었다.

동시에 암흑인은 무언가가 자신을 관통하고 지나갔다는 것을 깨달았다. 그를 이루고 있는 기운이 무시무시한 기세로 흩어지고 있었다.

―크, 아악……! 네, 네놈도 이 기술을……!

어느새 형운이 그의 뒤쪽으로 이동해 있었다.

무극의 권이었다.

암해의 신에 의해 기화했다가 육화하는 과정에서 형운의 의식이 심상경에 도달했다.

그 경험만으로 가능한 일이 아니었다. 운강에서 기영준이 보여준 조화의 심상에 의해 육화했던 일, 암흑인에게 지배당하는 동안 경천동지할 고수들이 발한 무수한 심상경의 절예에 맞은 기억, 그리고 신통력으로만 가능한, 인간의 한계를 초월한 경험들이 형운을 궁극의 영역으로 이끌었다.

불에다가 기름을 부은 것처럼 거세게 부풀어 오른 암흑인을 보며 형운이 중얼거렸다.

"이제 끝내자."

형운의 몸이 다시금 빛을 발하기 시작했다. 위기감을 느낀 암흑인이 급하게 어둠의 파동을 발했다.

—큭, 이놈! 뜻대로 둘 것 같으냐?

"안 통한다."

형운이 빙설의 파동으로 어둠의 파동을 상쇄했다. 그리고 격공의 기를 소나기처럼 날려서 불안정해진 암흑인을 난타했다.

—그, 그만둬라! 그만!

"죽어라."

형운이 눈을 감았다. 심상경에 닿은 의식이 방금 전과는 다른 심상을 구현, 무극의 권으로 펼쳐졌다.

허공에 그려진 순백의 궤적이 암흑인을 관통하면서 하늘과 땅을 연결했다. 그리고…….

콰직……!

부풀어 올랐던 암흑인의 몸을 뚫고 날카로운 얼음조각이 튀어나왔다.

—크아아악……!

뒤이어 암흑인의 비명을 집어삼키면서 냉기가 폭발했다.

하늘과 땅을 잇는 궤적을 따라 거대한 얼음기둥이 생성, 일거에 깨져 나가면서 무수한 얼음조각을 흩뿌렸다. 그 광경은 마치 무수한 얼음꽃이 허공에 피었다 흩어지는 것 같았다.

"유설 님……."

지상에 내려선 형운은 유설의 이름을 중얼거리며 소멸해 가는 암흑인을 바라보았다. 그리고 그의 존재가 완전히 사라진 것을 확인하고는 한 줄기 안개가 되어 공간을 뛰어넘었다.

4

전장은 난장판이 되어 있었다. 전투는 멈춘 지 오래였다. 암흑인과 일곱 무인이 격돌하는 시점부터 이미 전장은 그들의 것이 아니었다.

모두가 형운과 암흑인의 싸움이 끝나기만을 기다렸다. 그러나 그 와중에도 청해용왕대와 별의 수호자는 부상자를 수습하고 응급처치를 하느라 여념이 없었다.

"가 무사, 이대로 죽으면 용서 안 할 거예요."

서하령이 가려에게 진기를 불어넣으며 말했다.

가려의 상태는 위중했다. 암흑인과 맞서는 동안 기력이 바닥까지 떨어지면서 몸이 쇠약해졌고, 그런 상태에서 관수에 가슴을 깊숙이 뚫리는 중상을 입었으니 살아 있는 것이 기적이었다.

숨이 이어지고 있는 것은 청해용왕대의 영약과 서하령의 응급처치 덕분이었다. 서하령은 자신이 연마해 온 의기상인과 허공섭물을 총동원해서 가려의 숨을 붙여놓고 있었다.

그런 그녀의 머리 위로 불쑥 그림자가 드리워졌다.

"누나!"

뒤이어 들려온 다급한 목소리에 서하령은 움찔했다. 너무나

도 익숙한, 하지만 자신의 귀로 들으면서도 믿기 어려운 목소리
였다.

"하령아, 누나는?"

형운이 그녀의 옆에 앉으며 물었다. 무슨 일이 벌어졌던 것인
지, 싸움의 결말이 어떻게 났는지는 말할 경황도 없어 보였다.

"…아직 숨은 붙어 있어."

서하령은 자신이 백일몽을 꾸는 게 아닐까 의심하며 그를 바
라보았다.

형운이 초조한 듯 입술을 깨물었다.

일월성신의 눈이 가려의 신체 기운을 꿰뚫어 보았다. 기의 운
행이 완전히 엉망진창으로 헝클어져 있다. 서하령이 자신의 기
운을 불어넣으면서 의기상인으로 조정하지 않았다면 금방이라
도 다시 출혈이 시작되면서 죽음에 이르러도 이상하지 않았다.

'어떻게 해야 하지?'

지금의 형운에게는 신이라 불리기에 충분한 힘이 있었다. 암
흑인이 죽은 시점에서 형운의 몸에서도 서서히 신기가 빠져나
가고 있었지만 아직까지는 충분한 힘이 남았다.

그러나 그 힘은 가려를 살리는 데는 도움이 되지 않는다. 스
스로의 몸을 재생할 수는 있어도 타인을 살리는 법을 모른다.

암흑인이 무공에 문외한이었듯, 형운도 신통력에 문외한이었
다. 이토록 위대한 힘을 손에 넣고도 무공의 형태로밖에 쓸 줄
몰랐다.

"젠장!"

형운이 무력함에 몸을 떨었다.

무인들이 궁구하는 심상경을 깨달았지만, 그는 여전히 무인으로서 너무나도 미숙했다. 누군가의 기운을 조율하는 것은 풍부한 상상력과 감각적인 활용으로 빚어내는 섬세한 작업이다. 형운은 타인에게 막대한 진기를 공급해 줄 수 있을지언정 그런 작업을 해낼 능력이 없다.

서하령이 차갑게 말했다.

"주절거리고 있지 말고 내게 네 기운을 불어넣어. 네 기운은 반쯤 영약이나 마찬가지니까."

"아, 알았어."

형운은 퍼뜩 정신을 차리고 서하령의 말에 따랐다. 그의 기운을 받은 서하령이 조금씩 가려의 기맥이 흘려 넣는 기운을 변화시켰다.

"하아, 하아……."

하지만 그런 노력도 부질없이 가려의 숨이 점점 가빠지기 시작했다. 형운과 서하령의 표정이 다급해졌다.

"누나!"

형운이 울먹이며 말했다.

"죽으면 안 돼요. 이렇게 죽어버리면 나는, 나는……."

그녀가 이대로 죽어버린다면 형운은 스스로를 용서할 수 없을 것이다. 형운은 그녀의 손을 잡은 채 눈물을 흘렸다. 이 손으로 신을 죽였지만, 지금 이 순간만큼은 신의 기적을 갈구하고 싶었다.

"형운, 비켜봐."

그때 한 사람이 둘 사이로 끼어들었다. 형운이 놀라서 그를 바라보았다.

안색이 창백한 천유하가 뭔가를 들고 있었다.

"서 소저, 이제부터 가 무사님께 이걸 먹일 겁니다. 뒷일은 부탁드리겠습니다."

"그건 뭐죠?"

"이분을 살릴 수 있는 약입니다."

천유하는 얼음처럼 투명한 재질로 만든 작은 병을 열었다. 그 병 안에서는 액체 대신 새하얀 구름 같은 기운이 일렁이고 있었다.

'아.'

형운은 곧바로 저 약의 정체를 깨달았다.

괴령 사건 이후 운룡족에게 불려 갔을 때, 천유하가 운룡족에게 보상으로 받은 기사회생의 묘약이었다. 아직 숨이 이어지고 있다면 어떤 상황에서도 사람을 구할 수 있다고 했었다.

천유하가 약병을 기울이자 구름 같은 기운이 가려의 입속으로 흡입되었다. 그리고 놀라운 변화가 일어나기 시작했다.

"세상에……."

필사적으로 그녀의 숨을 붙여놓고 있던 서하령이 경탄했다.

약을 쓰자마자 가려의 상태가 극적으로 좋아지고 있었다.

기맥이 바로잡히고 혈류가 안정되며, 지혈하고 약을 붙여두었던 상처 부위가 아물고 새살이 돋는다. 직접 두 눈으로 보면서도 믿을 수 없는 변화였다.

곧 편안한 숨소리를 내는 그녀를 보며 천유하가 미소 지었다.

"다행이다……."

그리고 그대로 쓰러졌다.

"어? 유하?"

형운이 놀라서 그를 바라보았다. 그는 안색이 창백해진 채로 숨을 몰아쉬고 있었다.

서하령이 급히 그에게 달라붙었다.

"천 공자도 중상이야! 형운, 다시 진기를 줘!"

그리고 형운과 서하령은 천유하의 상태가 안정될 때까지 정신없이 응급처치를 했다.

제76장
현계의 용궁

성운을 먹는 자

1

암흑인이 쓰러지자 청해군도의 상황은 급변했다.

전장에 있던 해루족 주술사들은 전원 혼절해 버렸다. 조상의 영 대신 암해의 신과 교감하던 그들의 정신이 갑자기 찾아온 거대한 공허를 버티지 못했던 것이다.

해루족 배들과 함께 바다를 봉쇄했던 괴물들은 바닷물에 녹아버리듯이 자취를 감추었다. 청해궁의 인어들과 바다영수들은 갑자기 싸울 적이 사라지자 어리둥절해했다.

청해용왕대는 곧바로 본거지를 탈환했다.

주술사들이 쓰러졌다고 해서 해루족 병력이 전부 무력화된 것은 아니다. 여전히 그들에게는 많은 전사가 있었고, 바다에는 수많은 배가 있었다.

그러나 눈앞에서 섬기던 신이 패퇴하는 것을 본 해루족의 사기는 바닥까지 떨어져 있었다. 형운이 나서서 물러갈 것을 권하니 일단은 평화롭게 물러나 주었다.

정신없는 하루가 지나가고, 밤이 되었다.

2

가려는 사람들이 바쁘게 돌아다니는 소리를 들으며 눈을 떴다.

어둑어둑한 방이었다. 살짝 열린 창문 틈으로 여러 가지 소리가 들려오고 있었다. 사람들의 발소리, 뚱땅거리면서 작업하는 소리, 그리고 해변에 밀려오는 파도 소리까지.

"여기는……?"

"어머나, 깨어나셨네!"

처음 보는 중년 여성이 화들짝 놀라더니 대답도 안 하고 방에서 뛰쳐나갔다. 어안이 벙벙해진 가려가 눈을 껌뻑거리고 있을 때, 바깥에서 누군가 무서운 기세로 달려 들어왔다.

"누나!"

가려는 잠시 멍청하니 그를 바라보았다.

청해용왕대 사람들이 준, 이국적인 복식의 옷을 입은 형운이 거기 서 있었다. 형운은 잠시 동안 가려를 바라보다가 성큼성큼 다가왔다.

그리고 그녀를 격하게 끌어안았다.

"……."

가려는 순간 숨이 턱 막혔다. 뭔가 마구 생각이 날 듯하다가 머리가 완전히 정지해 버렸다.

"다행이다……."

귓가에 울먹이는 목소리가 들려왔다.

"정말 다행이다……."

형운은 울고 있었다. 가려는 잠시 동안 그의 체온을 느끼며 그대로 있었다.

잠시 후, 형운이 갑자기 화들짝 놀라서 그녀를 떼어놓았다. 그리고 부끄러움으로 얼굴을 붉히며 눈길을 피했다.

"미, 미안해요. 누나. 경황이 없어서 그만……."

"다행입니다."

가려는 가슴을 쓸어내리며 말했다. 최대한 아무렇지도 않은 척하려고 했지만 목소리가 좀 어색하게 나온 것 같아서 신경 쓰였다.

"…꿈이 아니었군요."

의식을 잃기 전 마지막 기억은 자신을 보며 절규하는 형운의 모습이었다. 그때 자신은 죽음을 받아들였다.

하지만 다시 눈을 떠보니 멀쩡히 살아서 숨을 쉬고 있고, 눈 앞에는 형운이 있다. 방금 전까지 그와 직접 맞닿아서 체온을, 숨소리를, 기파를 느꼈는데도 현실감이 없었다.

문득 형운이 말했다.

"다시는 그러지 마세요."

"뭘 말입니까?"

"그런 위험한 짓 하지 말라고요! 자칫하면 내 손으로 누나를……!"

"그건 공자님의 손이 아니었습니다."

가려는 낮고 단호한 목소리로 형운의 말을 잘랐다. 그리고 형운이 뭐라고 말하기 전에 재빨리 말을 이었다.

"그리고 다른 사람이라면 모를까, 공자님께서는 제게 그런 말씀을 하시면 안 됩니다."

"무슨……."

"절 구하겠다고 목숨을 던지셨으니까요."

"아니, 그건……."

"무엇보다 전 공자님의 호위무사입니다. 절 쓸모없는 사람으로 만들고 싶으신 겁니까?"

"그러니까, 누나……."

"만약 그렇다면 저는 이제 공자님의 호위무사를 그만두겠습니다. 절 필요로 하는 곳을 찾아서 이적 신청을……."

"아, 좀! 나도 말 좀 하자고요!"

형운이 버럭 소리를 질렀다. 흥분으로 씩씩거리며 가려를 바라보던 그가 숨을 가라앉히고 말했다.

"일단, 미안해요. 누나가 그렇게 생각하는 줄은……."

"이제 와서 몰랐다고 하시면 저는 더 화가 날 것 같군요. 이 문제로 우리가 몇 번이나 대화를 나눈 것 같습니다만."

"…익히 알고 있었죠. 그렇고말고요."

몰랐다고 말하려던 형운이 잽싸게 말을 바꿨다.

"하지만 그래도 직접 닥치니까 너무 당황스럽고 화가 나서 그렇게 말했어요. 미안해요. 그리고 절 구해줘서 고마워요."

"저도……."

가려가 살짝 열린 창문으로 시선을 피하며 말했다.

"…마찬가지였습니다."

"네?"

"공자님이 항상 위험으로 뛰어들어 가셔서 화가 났습니다."

"……."

"호위무사인 저를 구하겠다고 자신을 위험에 빠뜨려서 화가 났습니다."

"그건, 그러니까……."

형운이 당황했다. 가려가 다시 그를 바라보며 말했다.

"하지만 괜찮습니다. 이렇게 무사히 살아서 돌아오셨으니까요."

"…그래요."

잠시 두 사람은 침묵 속에서 서로를 바라보고 있었다.

문득 가려가 휘청거렸다. 깨어나자마자 감정이 격해져서 대화를 나눴더니 무리가 온 것 같았다.

형운이 깜짝 놀라서 그녀를 붙잡았다. 그리고 조심스럽게 진기를 불어넣어 주었다.

"일단은 좀 더 쉬어요. 그동안의 이야기는 나중에 다시 해줄게요."

"네."

이렇게 된 사정이 궁금해할 만도 하련만, 그녀는 잠자코 고개를 끄덕였다.

'공자님이 무사하시다. 그것만으로도 충분해.'

그녀에게는 정말로 그것 말고 더 중요한 것이 없었다.

방에서 나가려던 형운이 가려를 돌아보았다.

"아 참. 그렇지. 누나."

"네."

"그게… 음. 그러니까……."

형운이 쉽게 말을 못하고 머뭇거렸다. 가려가 고개를 갸웃하며 빤히 바라보자 겨우겨우 입을 열었다.

"다른 곳으로 이적하지 말아주세요."

"……."

"그냥 앞으로도 계속 제 호위무사로, 호위단장으로 있어주셨으면 좋겠어요. 이번 일을 포함해서 보상도 건의할 거니까……."

"알겠습니다."

"제 말 때문에 맘이 상했다면… 네?"

"알겠다고 했습니다."

"……."

형운은 잠시 동안 그녀를 바라보다가 부드럽게 웃었다.

"고마워요. 푹 쉬어요. 이따 다시 올게요."

그가 나가고 나자 가려는 한숨을 쉬며 양손으로 얼굴을 감싸쥐었다. 애써서 평소 같은 목소리로 말했지만 얼굴이 뜨겁게 달아올라 있었다.

"다행이다……."

그것이 형운이 살아 돌아와서 다행이라는 것인지, 아니면 어두컴컴해서 낯빛을 들키지 않아서 그랬다는 것인지는 그녀 자신도 몰랐다.

3

며칠 동안 형운은 청해군도 곳곳을 돌아다녔다. 민감한 시기에 청해용왕대의 영역을 떠난 것에는 이유가 있었다.

형운은 한 번 나갈 때마다 꼭 하나 이상의 검은 짐을 지고 돌아왔다. 돌아온 그를 기다리고 있던 서하령이 물었다.

"이번이 마지막이야?"

"응. 이제 모든 시신을 회수했어."

암흑인을 쓰러뜨리고 전투를 끝냈을 때, 형운은 해루족과 요마군도에 물러날 것을 권고하면서 몇 가지 요구를 했다. 둘 다 형운의 신위를 보고 혼비백산한 상태라 거절은 생각도 못 하고 받아들였다.

그 요구 중에는 청해군도에서 희생된 별의 수호자 무인들의 시신을 찾아서 인도해 달라는 것이 있었다.

해루족과 요마군도는 이 요구에 응했다. 시신을 찾을 때마다 연락이 왔고, 형운은 매일같이 그들의 영역에 드나들었다.

처음 바다 위에서 희생된 형운의 호위단원, 도규의 시신은 뭍으로 올라왔을 때 매장했다. 형운은 굳이 그 자리를 찾아가서 땅을 다시 파서 도규의 시신을 되찾아 왔다.

적어도 그들의 시신을 제대로 수습해서 장례를 치러주고 싶었다. 가족에게 인도하거나, 가족이 없는 이들은 그들이 살던

곳에 묻어주기라도 하리라.

문득 서하령이 말했다.

"미안해."

"뭐가?"

"네게만 맡겨서. 내게도 책임이 있는데……."

죽은 사람 중에는 서하령과 마곡정의 호위무사들도 있었으며, 그녀가 지휘하는 동안 죽은 이들도 있었다. 서하령도 그들의 죽음에 책임을 느꼈다.

형운이 고개를 저었다.

"나 혼자 하는 편이 나은 일이었는걸. 그리고 이번 일의 책임자는 나잖아."

해루족도 요마군도도 형운을 두려워하기에 함부로 하지 못한다. 그리고 형운의 이동 능력은 다른 이들과는 비교도 안 되었기에 연락만 오면 어디든 한달음에 갈 수 있었다.

형운이 시신을 옮기며 말했다.

"아무것도 해주지 못했어. 나만 따라오면 다 잘될 거라는 듯이 말해놓고서는 이런 먼 타향에서 쓸쓸하게 죽어가게 하다니……."

"건방진 소리는 하지 마."

서하령이 쏘아붙였다. 형운이 바라보자 그녀가 말을 이었다.

"너는 최선을 다했어. 그리고 다른 사람들도 다 마찬가지였지. 미안해하고 슬퍼할지언정, 할 수 없었던 일을 할 수 있었다고 여기면서 자책해서는 안 돼. 그럼 다음번에도 같은 실수를 반복하게 될 거야."

"…그렇군."

"너를 지키고 죽은 무일도 분명 후회하지 않았을 거야."

"……"

그 말에 형운이 하늘로 시선을 던졌다.

무일의 진실에 대해서는 아무에게도 이야기하지 않았다. 그저 그가 자신을 구해주었노라고, 기꺼이 목숨을 희생했노라고만 이야기했다.

'무일……'

경계 너머에서 겪은 일은 지금도 현실인지, 아니면 자신의 심상에 묻어두었던 바람이 형상화되었던 것뿐인지 확신할 수 없다.

하지만 무일이 남긴 마지막 부탁만은 진심이라 믿고 싶다.

'지켜봐 줘.'

반드시 그 믿음에 보답할 것이다. 형운은 결의를 가슴에 새겼다.

4

양진아는 감옥에 갇힌 사웅과 마주하고 있었다.

암흑인과의 싸움으로 만신창이가 된 그는 제대로 치료도 받지 못했다. 죽지 않을 정도의 치료만 받았으면서도 온몸을 철제 구속구로 결박당한 채였다.

"물어볼까 말까 고민을 많이 했는데……"

그를 가만히 바라보던 양진아가 운을 뗐다.

"…왜 그랬어?"

"뭐가 말이지?"

사웅이 물었다.

그는 며칠 동안 거의 방치된 채였다. 그동안 청해용왕대의 모두가 워낙 닥친 일들을 처리하느라 정신이 없었기 때문이다.

특히 양진아는 우두머리 노릇을 하느라 정신적 피로로 쓰러지기 직전이었다. 하지만 암흑인과의 격전에서 진본해와 가돈, 해파랑과 굼린 장로가 모조리 중상을 입어서 달리 우두머리 노릇을 할 사람이 없었다.

사실 한 사람이 있기는 했다. 양진아의 바로 위 사형인 배안이었다.

하지만 그는 지금 상황을 지휘하기에 어울리는 것은 그녀라면서 정중하게 거절했다. 양진아는 그런 그가 얄미워서 반쯤 복수하는 의미에서 막대한 일거리를 던져주었다.

그리고 잠시 숨이 트이자 지하 감옥에 가둬둔 사웅을 만나러 온 것이다.

양진아가 말했다.

"짚이는 게 많은가 봐? 그럼 차례대로 물을게. 왜 배신했어?"

"세상에는 공짜가 없지."

"뭐?"

"옛날에, 내가 청해군도에 오기 전에 내게 가장 중요한 일을 대신 해준 사람이 있었다. 그리고 나는 그 대가를 평생에 걸쳐 갚겠노라고 맹세했지. 그뿐이다."

사웅은 담담하게 이유를 설명했다. 물론 양진아 입장에서는 전혀 납득할 수 없는 설명이었다.

"어린 시절의 은혜 때문이라고? 그런 이유로 사형제를 배신하고 등을 찔러 죽였어?"

"이해하리라 기대하지 않는다. 하지만 정말로 그 이유뿐이었다."

사웅은 허공에 공허한 시선을 던졌다.

그의 마음속에는 지워지지 않는 상처가 새겨져 있었다. 평생을 끌어안고 산 그 상처는 어린 시절 가족을 잃은 슬픔과 분노의 흔적이었다.

그 상처가 사라지지 않는 한, 사웅은 어린 시절의 맹세로부터 자유로울 수 없었다.

정말로 이제 와서 어린 시절의 맹세를 지켜야 할까? 그 맹세에 수십 년 동안 동고동락해 온 가족 같은 사람들을 배신할 만한 가치가 있는가?

그렇게 번민하지 않았다면 거짓말이다. 그러나 기륭으로부터 연락이 왔을 때, 마음속 한구석에서 되살아난 기억 때문에 거절하지 못한 순간 그는 잘못된 길로 들어서고 말았다.

그때 내디딘 한 걸음은 멈출 수도, 돌이킬 수도 없는 한 걸음이었다.

"너는 정말……."

양진아가 이를 갈았다. 그녀의 감정에 호응하듯 성난 기파가 뿜어져 나왔다.

쇠약해진 사웅은 그 기파를 견디지 못하고 가쁜 숨을 내쉬었다. 그 모습을 본 양진아가 퍼뜩 정신을 차리고 기파를 거두어들였다.

"네 처분은 사부님께서 깨어나시는 대로 결정될 거야."

"그렇군."

"어떤 처분을 받을지 뻔히 짐작하고 있을 텐데도 참 재수 없을 정도로 침착하네. 이제 목숨에는 미련이 없다 이거야?"

"……"

"좋아. 그럼 다음 질문. 왜 나를 구해준 거야?"

사웅이 투창으로 암해의 신을 막지 않았다면 그녀는 죽었으리라. 그녀는 그 전장에서 보인 사웅의 태도를 도저히 이해할 수 없었다.

"설마 이제 와서 공을 세우면 선처해 주겠지, 하고 기대한 것은 아닐 테고."

"그게 네가 받아들이기 쉬운 이유라면, 그렇다고 해두지."

"야!"

양진아가 화를 참지 못하고 철창을 후려쳤다. 굉음이 울리며 술법이 걸린 철창이 부러질 듯이 흔들렸다.

사웅이 눈을 감았다.

"너를 납득시킬 말은 없다. 좋을 대로 생각해 다오."

"납득하지 못해도 좋아."

양진아가 철창을 붙잡고 사웅을 노려보았다.

"개소리라도 좋으니까 짖어봐. 안 그러면 널 때려죽인다고 해도 찜찜할 것 같으니까."

"…맹세를 지킬 상대가 죽었으니, 그다음으로 중요한 것을 지켰을 뿐이다."

"……."

인생을 바치기로 맹세한 기륜이 죽었으니 가족처럼 여겼던 청해용왕대를 지키기 위해 싸웠다.

어이없게 들릴지 모르겠지만 사웅이 다른 이들과 힘을 합쳐 암흑인과 싸우고, 양진아를 구한 이유는 정말로 그뿐이었다.

양진아가 짜증을 냈다.

"…역시 이해할 수가 없어."

"이해하지 않아도 된다. 그저 이렇게 살아가는 어리석은 놈도 있다는 것만 알아둬라. 훗날 네가 청해용왕 자리를 이어받을 때 조금은 도움이 될지도 모르니."

"그건 네가 정할 일이 아냐."

양진아는 몸을 돌려 그 자리를 떠났다.

멀어져 가는 그녀의 발소리를 듣고 있던 사웅이 중얼거렸다.

"아니, 분명 그렇게 될 것이다. 내가 그런 미래를 위한 매듭이 된다면, 이 쓰레기 같은 목숨에도 조금은 가치가 생기는 셈이군."

며칠 후, 청해용왕 진본해가 의식을 회복하자 사웅의 처벌이 결정되었다.

사형이었다.

사웅은 이 처벌을 담담하게 받아들였다. 그는 사형제였던 배안의 손에 목이 날아가는 그 순간까지도 한마디 변명도, 유언도 없이 죽음을 맞이했다.

5

형운은 서하령과 함께 청해용왕대의 본거지를 빠져나왔다.

두 사람이 마을을 나가는데도 다들 별말이 없었다. 서하령 혼자였다면 모를까, 형운에게 어떤 문제가 생길 거라고는 상상조차 하기 어려웠다.

형운이 한숨을 쉬었다.

"양 소저가 귀찮게 굴 것 같은데."

마을을 빠져나오는 것은 문제없었지만 소식은 곧장 양진아에게 흘러들어 갈 것이다. 정식으로 알리지 않고 나왔다는 것 때문에 신경질을 낼 것 같았다.

서하령이 말했다.

"걱정 마. 내가 상대할 테니까. 어차피 너랑 동행했으니 별문제는 없으리라고 생각할걸."

청해용왕대는 거점을 되찾았다. 청해용왕 진본해도 돌아왔으며, 바닷속에서 벌어진 난리 통에서 자유로워진 청해궁도 지원을 시작했다.

하지만 청해용왕대의 전력은 크게 줄었으며, 해루족은 여전히 압도적인 수적 우위를 점하고 있었다. 요마군도의 동향도 문제였다. 그들은 청해용왕대와는 부딪치지 않고 있었지만 해루족과는 곳곳에서 분쟁을 계속하고 있었다.

이런 상황에서 형운과 서하령은 요마군도의 영역에 들어섰다.

형운이 물었다.

"충요군이라는 작자를 믿어도 되는 거야?"

서하령은 충요군의 초대를 받았다.

애당초 둘 사이에는 연결점이 있었다. 서하령과 손잡은 천요군이 충요군을 연락책으로 써먹었기 때문이다.

서하령이 무슨 소리를 하느냐는 듯 형운을 바라보았다.

"아니, 요괴를 어떻게 믿어?"

"야."

"너만 믿고 있어. 신조차 물리치고 스물한 살에 심상경을 깨달은 선풍권룡 대협."

"……."

"왜?"

"어디론가 도망치고 싶구만."

형운이 한숨을 푹 쉬었다. 그리고 말했다.

"분명히 말해두겠는데 너무 믿지 마. 나 지금 그때만큼 말도 안 되는 힘은 쓸 수 없으니까."

암흑인을 쓰러뜨릴 때 보여준 신위는 어디까지나 암해의 신의 신통력을 공유하는 상황이었기 때문에 보일 수 있었던 것이다. 걸음마다 지진을 일으키고, 일거에 거대한 빙산을 만들어내고 일권으로 그것을 산산조각 내던 그때의 형운은 분명 사람을 초월한 영역에 들어가 있었다.

서하령이 생긋 웃었다.

"그런 건 기대도 안 해. 하지만 요괴들은 덤비지 못하겠지. 이미 네가 증명했잖아?"

"그야 그렇겠지."

해루족도, 요마군도도 청해용왕대와 분쟁을 일으키지 않고 있는 것은 형운이 억지력으로 작용하기 때문이었다. 그만큼 그때의 신위가 각인시킨 두려움이 강렬했다. 형운이 별의 수호자 무인들의 시신을 회수하러 다니는 동안에도 아무런 말썽이 없었던 것이 그 사실을 증명하지 않는가?

과연 요마군도로 들어선 후에도 둘을 향해 덤벼드는 요괴가 없었다.

"보고 있는 놈은 한둘이 아니군."

"얼마나 돼?"

"스물여섯, 아니, 일곱. 아니, 여덟… 계속 늘어나는데?"

형운이 혀를 찼다.

덤벼들 기색은 없지만 요괴들이 우르르 몰려들어서 보고 있으니 마음이 불편하다. 서하령이 말했다.

"충요군이 요괴들을 단속하겠다고 하더니 통솔력이 있는 모양이네."

"반대로 그 통솔력으로 요괴를 잔뜩 모아서 한 번에 칠 생각으로 함정을 팠을 수도 있잖아?"

"그럴 때를 대비해서 널 데려왔잖아? 그럴 마음을 먹었더라도 네가 함께 있는 걸 보면 포기하겠지."

"…말이나 못하면."

형운이 투덜거렸다.

그러는 동안 두 사람은 목적지에 도착했다. 요마군도의 영역에서 가장 높은 산의 가장 높은 봉우리, 천요봉(天妖峰)이었다.

높이만도 1,000장(약 3킬로미터)에 달하는 봉우리였기에 위쪽에는 새하얀 구름을 휘감고 있었다.

"가까이서 보니까 굉장히 높군."

"나 혼자였으면 올라가는 동안 날이 저물었을 거야. 형운, 도와줘."

"어떻게?"

"광풍혼 연쇄를 내게 걸고, 나를 위로 쏴 올려. 호흡은 내가 맞출게."

형운이 입을 떡 벌렸다.

"어떻게 하면 그런 발상을 하냐?"

"생각 못 하는 네가 바보야. 겨냥이 좀 빗나가도 나라면 어떻게든 할 수 있고, 설령 실수해도 네가 어떻게든 해줄 테니까."

"하아……."

형운이 고개를 절레절레 저었다.

쉬이이이이이!

곧 형운이 광풍혼을 일으켰다. 푸른 기류가 형운의 몸을 떠나서 서하령을 휘감자 그녀가 사뿐하게 형운의 머리 위로 뛰어올랐다.

형운이 양손으로 그녀의 발을 받쳐 들고 몸을 숙였다.

"셋을 센 다음 간다!"

"준비됐어."

형운이 셋을 센 다음 땅을 디딘 발을 비틀어 박차면서 몸을 폈다. 충격을 버티지 못한 지면이 원형으로 깨져 나가고, 형운의 손과 서하령의 발이 맞닿았던 지점에서 굉음이 울려 퍼지며 광풍이 휘몰아쳤다.

그리고 서하령이 무시무시한 기세로 하늘로 비상했다.

100장(약 300미터) 가까이 상승하다가 속도가 죽을 때쯤 허공을 박차고 산에 달라붙도록 궤도를 바꾼다. 그리고 그 여세를 빌려서 암벽을 달려 올라가는 서하령을 보면서 형운이 혀를 내둘렀다.

"그걸 또 완벽하게 맞추네."

이 투척법은 던지는 사람만이 아니라 던져지는 사람 쪽에도 고도의 기술을 필요로 한다. 짧은 거리를 던진다면 짐을 던지듯이 보호하면서 던질 수 있지만 이 정도로 멀리, 그것도 위쪽을 향해 고속으로 투척한다면 그럴 수 없기 때문이다. 던져지는 쪽에도 막대한 부하가 걸리는 것은 물론, 맨 처음 던져질 때 얼마나 반발력을 잘 살리느냐에 따라서 최종적인 비행 거리가 수십 장은 차이 날 수 있었다.

서하령은 완벽한 대응을 보여주었다. 형운은 잠시 달려 올라가는 그녀를 바라보다가 뒤따르기 시작했다.

곧 서하령 옆에 형운이 나타났다.

"……"

"왜?"

운화해서 따라온 자신을 빤히 바라보는 그녀에게 형운이 의아해하는 표정을 지었다. 서하령이 짜증 가득한 표정으로 혀를 찼다.

"최소한 달려 올라오기라도 하면 억울함이 덜했을 텐데, 정말 재수 없어."

"아니, 그게 욕먹을 짓이야?"

"시끄러워. 다시 던지기나 해."

"네네, 알아 모시겠나이다."

형운은 순순히 그녀의 말에 따랐다. 암해의 신의 지배에서 벗어날 때 그녀가 보여준 희생과 헌신을 생각하면 당분간은 무슨 말을 해도 입을 닫아야 할 판이었다.

경사에 발을 박아 넣고 하는 것이라 안정된 지면에서 할 때에 비하면 위력이 부족했지만, 또다시 서하령이 60장(약 180미터) 정도를 한 번에 날아 올라갔다. 그 일을 몇 번 반복하자 두 사람은 운무를 뚫고 천요봉 정상에 도달할 수 있었다.

형운이 혀를 내둘렀다.

"우와, 여긴 도저히 요괴의 거처로는 안 보이는군."

정상의 풍경은 한 폭의 그림 같았다. 자욱하게 흐르는 운무와 그 사이사이로 자라난 수십 그루의 나무, 그리고 그 속에서 온갖 새가 지저귀는 소리가 울려 퍼지고 있었다.

형운은 안쪽의 동굴로 이어지는 길에 강력한 진법이 자리하고 있음을 알아보았다. 천요군이 자신의 거처를 지키기 위해 펼친 진법일 것이다.

"놀랍군. 밤에나 올 줄 알았는데."

그리고 그들 사이에서 삿갓을 쓰고 전신을 누더기 같은 천으로 두른 땅딸막한 꼬마가 모습을 드러냈다. 형운과 서하령은 얼굴이 보이지 않는 그가 바로 충요군임을 알아보았다.

충요군이 서하령에게 말했다.

"역시 혼자 오진 않았군."

"당신을 그렇게까지 믿을 수는 없으니까."

"하지만 곧바로 달려온 걸 보니 역시 영감이 네게 유언을 남겼지?"

"그래. 당신에게도?"

"그 전투 전에."

천요군은 전투 전에 혹시 자신이 전사한다면 충요군에게 유언을 수행해 줄 것을 부탁했다. 서하령에게 남긴 유언은 죽음을 앞두고 즉흥적으로 떠올린 생각이 아니었던 것이다.

충요군이 물었다.

"영감이 남긴 주문은 알고 있지?"

"응."

"열어봐."

그 말에 서하령이 입을 열었다.

사방에서 지저귀던 새들이 숨을 죽였다.

갑자기 찾아든 정적 속에서 서하령의 노래만이 울려 퍼졌다. 가만히 그 소리를 듣고 있던 충요군이 삿갓을 푹 눌러쓰면서 중얼거렸다.

"…젠장. 정말 영감하고 똑같잖아."

서하령의 노래는 천요군이 설정한 진법의 해제용 주문이었다.

천요군은 암흑인에게 목숨을 잃기 전, 유언으로 서하령에게 이 노래를 전했다. 그것은 그가 서하령에게 가르친 노래들의 절묘한 조합으로 이루어져 있었다.

쿠구구구구……!

잠시 후 땅울림과 함께 진법이 해제되었다. 동굴 입구를 가리고 있던 자욱한 운무가 양옆으로 갈라지면서 길이 열렸다.

서하령이 노래를 멈추자 거짓말처럼 새들이 다시 지저귀기 시작했다.

셋이 동굴 안으로 들어가자 벽과 천장에 장치된 야명주에 불이 들어오면서 주변을 밝혔다. 서하령은 동굴 안쪽에서 산더미처럼 쌓인 서책을 발견하고 놀랐다.

"이건……."

방대한 양의 서책들은 다양한 내용을 담고 있었다. 천요군의 사적인 기록도 있었고, 역사와 생태에 대한 것도 있었으며, 술법에 대한 연구도 있었다.

하지만 가장 압도적인 양을 차지하는 것은 노래에 대한 것이었다.

천요군 자신이 작곡한 무수한 노래들과 그 효과에 대한 연구, 노래로 싸우는 전술 등등이 방대한 기록으로 남아 있었다.

잠시 그것을 살펴보던 서하령이 충요군을 돌아보며 말했다.

"천요군은 자기 말고 다른 요괴에게 노래를 가르칠 목적으로 이론을 확립하고 있었구나."

"하나의 소리만으로 이룰 수 있는 것에는 한계가 있다. 더 많은 아름다움을 이루기 위해서 다양한 목소리가 필요하다. 영감은 늘 그렇게 말했지."

요괴들은 각자 제멋대로 존재하는 자들이다. 그들은 자연 발생하며, 다른 무언가를 근본으로 삼는다. 짐승도, 벌레도, 요괴도, 식물도, 암석이나 광맥 같은 자연 지물도, 심지어 인간조차도 요괴가 될 수 있다.

그러니 요괴는 인간을 비롯해 영격이 높은 존재의 영육을 먹고 영격이 상승한다는 것 말고는 일관성이 없었다. 생식 능력을 지닌 개체 자체가 희귀하기에 혈통으로 종족이 이어지는 경우도 드물었다.

그들은 인간을 동경해서 인간의 모습을 취하고, 인간처럼 행동하는 경우가 흔했지만 사고방식은 인간과는 근본적으로 달랐다. 자신이 이룩한 것을 후대에게 물려준다거나, 어린 존재들을 교육시키는 것은 요괴에게는 실로 해괴망측한 개념이었다.

"정말이지 괴짜 영감이었지. 요왕이 있을 때부터 그랬어. 인간처럼 왕국을 세우고자 한다면 법과 제도가 있어야 하며, 지식을 공유하고 어린 요괴들을 보호해서 왕국을 위한 존재로 육성해야 한다는 소리를 하지 않나. 그 후에도 싹수가 보인다면서 어린 요괴들을 데려다가 노래와 술법을 가르쳤지."

충요군이 씁쓸한 어조로 말했다. 그 역시 천요군의 제자였던 시절이 있었다. 어리고 약하던 시절, 천요군은 강한 요괴에게 잡아먹힐 뻔한 그를 구해서 제자로 삼았다. 노래에는 재주가 없어 구박도 많이 받았지만 술법을 비롯해서 많은 것을 배웠다.

"하물며 인간을 후계자로 낙점하다니. 이건 정말 요마군도 역사상 최고의 괴사로 남을 거야."

"……."

서하령은 할 말을 잃었다.

천요군이 요괴 중에서도 이상한 존재라는 것은 줄곧 느껴온 바였다. 하지만 충요군이 말하는 내용은 서하령이 요괴에 대해 갖고 있던 인식을 근본적으로 뒤흔드는 충격이었다.

충요군이 말했다.

"우리는 인간의 영육을 탐하고, 그들의 존재를 동경하여 흉내 내 왔지. 하지만 우리 중에서 정말 인간에 가까웠던 것은 인간으로는 둔갑하지 않는 영감이었던 것 같아."

"…그랬을지도 모르겠네."

"난 솔직히 영감의 생각을 잘 이해할 수 없어. 하지만 영감의 유언대로 이곳에 있는 것들은 다 네 것이야. 인간들의 영역까지 옮기는 건 내가 책임지지. 부디 영감이 바란 것처럼 이것들이 네게 보물이 될 수 있기를 바란다."

충요군은 그리 말하고 돌아섰다.

6

형운과 서하령이 천요군의 유산을 산더미처럼 가져오자 청해궁의 추종자들 사이에서 한동안 수군거림이 일었다.

하지만 그것도 오래가지는 않았다. 의심의 눈길을 보내기에는 형운 일행에게 입은 은혜가 너무 컸으니까.

정작 서하령 본인은 그런 수군거림에는 신경도 쓰지 않았다. 그녀는 자신에게 배정된 거처에 틀어박혀서 천요군이 남긴 기록을 읽는 데 집중했다.

한가해진 형운은 인적이 없는 산속에서 차분하게 수련했다. 이번 일로 얻은 것이 워낙 많아서 자기 것으로 소화해 내려면 많은 노력이 필요할 것 같았다.

그러던 중 문득 시선이 느껴졌다.

"들켰네?"

나무 뒤에 숨어 있던 서하령이 고개를 내밀었다. 형운이 시큰 둥한 표정으로 말했다.

"모습도 옷도 목소리도 기파도 똑같네요. 근데 그만두시죠?"

"정말로 들켰군. 어떻게 알았어?"

그렇게 말하는 그녀의 모습이 여우 가면을 쓴 자혼으로 변했 다. 여우 가면을 벗은 그녀는 앳된 기색이 남은 단발머리 소녀 의 얼굴이었다.

형운이 말했다.

"그냥 압니다."

"무성의한 대답이지만, 너라면 정말 그럴 수도 있겠지."

정확히는 기심의 수와 체내의 기운의 질을 보고 구별한 것이 지만, 형운은 거기까지 말할 생각은 없었다. 대신 정중하게 예 를 표했다.

"이번에는 큰 은혜를 입었습니다."

"잘 아네, 라고 생색을 내고 싶지만……."

자혼이 피식 웃었다.

순간 형운이 흠칫 놀랐다. 생각할 것도 없이 운화해서 위치를 바꾼다.

자혼이 박수를 쳤다.

"혹시나 해서 확인해 봤는데 역시나."

그녀를 바라보는 형운의 몸에서 식은땀이 흘렀다.

방금 전, 자혼은 심상경의 절예를 펼칠 준비를 하고 있었다.

마치 누군가 눈앞에서 활에 화살을 걸고 자신을 겨냥하는 것 을 보는 기분이었다. 그것은 그야말로 한순간이었고, 아마 자혼이 진짜로 공격할 생각이었다면 형운이 운화하는 것보다 더 빨랐을지도 모른다.

자혼이 단발머리 소녀의 얼굴로 애교 있게 웃었다.

"살기는 조금도 풍기지 않았는데도 알아차리는구나. 역시 그 작자의 신통력이 아니고 네가 지닌 능력이었군."

사웅에게 크게 데인 후로 암흑인은 심상경의 절예를 경계했다. 끊임없이 운화로 위치를 바꿔가면서 싸웠다.

하지만 잘 생각해 보면 이상한 일이다. 어떻게 심상경의 절예를 펼치는 것을 알아차리는가?

정면에서 대적한다면 그래도 알아볼 수 있을 것이다. 그러나 난전 중에 저격할 의도로 기척을 감추고 펼치는데도 알아낸다니 대단하지 않은가?

그것은 형운이 원래 가졌던, 시선을 감지하는 능력이 발전한 결과였다.

형운이 한숨을 쉬었다.

"장난치고는 좀 섬뜩하군요."

"지금의 너한테는 도움이 되는 장난 아니었어?"

"그렇기는 합니다만… 의외로 홍 대협을 닮으셨네요."

"음? 홍 대협이라니, 혹시 백무검룡?"

"네."

"……."

"왜 그러십니까?"

"아니, 그 작자랑 닮았다는 소리를 듣다니 반성해야 되나 싶어서."

자혼이 새침한 표정으로 투덜거렸다.

그런 그녀에게 형운이 무언가를 건넸다.

"이거, 돌려 드리겠습니다."

"그래."

자혼이 빙긋 웃었다.

그것은 이전에 자혼이 형운에게 주었던 검은 증표였다.

형운이 이 증표를 써서 부르지는 않았지만 자혼은 스스로 맹세한 바를 행했다. 그리고 형운 또한 그 사실을 알았기에 이 검은 증표가 이미 가치를 다했다 여겼다.

형운이 말했다.

"잃어버린 줄 알았는데 어느새 제 손에 돌아와 있더군요."

"그런 술법이 걸려 있거든."

암흑인이 되어 날뛰는 동안 소지품은 다 잃어버렸다. 그런데 정신이 들고 보니 자혼이 준 두 개의 증표만은 다시 돌아와 있었다.

형운은 고개를 끄덕이고는 물었다.

"떠나시는 겁니까?"

"이제 몸도 그럭저럭 괜찮아졌고, 청해용왕대에게 보수도 받았으니까. 일을 마친 자객은 신속하게 퇴장해야 하는 법이야."

"가시는 길 무탈하시길 빌겠습니다."

"너도. 귀혁에게 안부 전해주렴. 제자가 나윤극보다도 빨리 심상경에 오른 걸 알면 입이 귀에 걸리겠군."

그 말을 끝으로 자혼은 훌쩍 날아서 그 자리를 떠나갔다.

형운이 청해용왕 진본해와 대면한 것은 자혼이 떠난 다음 날이었다.

암흑인과 맞서 살아남은 여섯 명은 모두 중상자였다. 그리고 그중에서도 진본해는 가장 부상이 위중했다. 보름간이나 삼라허상진 안에서 제대로 먹지도, 자지도 못하면서 싸운 후에 다시 암흑인과 격전을 펼쳤으니 살아남은 것이 대단한 일이다.

"좀 더 일찍 인사를 했어야 할 것 같은데 늦어져서 미안하네. 소싯적에는 이 정도로는 끄떡도 없었는데 늙으니까 몸이 허해져서 원."

진본해는 그렇게 말했지만 하나도 공감할 수 없었다. 안색이 안 좋고 전신에 붕대를 칭칭 감긴 했지만 7척 거구에 바위 같은 근육질의 거구가 어디 가는 것은 아니니까. 보통 사람이라면 마주 앉아 있는 것만으로도 맹수를 마주 보고 있는 것 같은 위압감을 느낄 것이다.

형운은 좀 다른 것을 보고 감탄했다.

'과연. 사부님을 능가하는 그릇이구나.'

별의 수호자에서 공식적으로 확인한 9심 내공의 소유자는 세 명이다. 형운은 진본해와 만남으로써 이제 세 사람 모두를 일월성신의 눈으로 확인했다.

셋 중 기를 담는 그릇이라는 기준으로 볼 때 가장 뛰어난 것은 진본해였다. 단순히 그 기준으로만 보면 형운이 봐온 그 누구보다도 강대했다.

진본해가 말했다.

"내 제자에게 좋은 일로 초대받아서 왔는데 이리되어서 면목이 없군. 지금도 신세를 지고 있으니 어찌 갚아야 할지 모르겠네."

진본해는 깨어나자마자 상황을 보고받았다.

청해용왕대는 너무나 많은 피를 흘렸다. 미래를 이끌어갈 후계자로 불리던 사웅의 배신은 크나큰 상처를 남겼고, 대원의 대다수가 죽었다. 이 손실은 하루 이틀에 회복할 수 있는 것이 아니었다.

지금이야 형운의 존재가 억지력으로 작용하고 있지만 이후에는 수많은 고난이 기다리고 있을 것이다. 주변에서는 약해진 그들을 그냥 두지 않을 테니까. 향후 수십 년 동안 힘겨운 싸움을 해나가야 하리라.

"그러고 보니 귀혁은 잘 있는가? 인연이라고는 진야와 함께 싸웠던 것뿐이지만 수십 년이 지나 그 제자가 우리를 구해주다니 참으로 신비한 기분이로군."

"정정하십니다. 진 대협의 이야기도 몇 번 들려주셨지요."

"좋은 이야기였나?"

"네."

"의외로구먼. 그때는 워낙 까칠하게 굴어서 악담을 잔뜩 늘어놓았을 줄 알았더니만."

진본해가 껄껄 웃었다. 그러다가 웃음을 뚝 그치고 진지한 표정을 지으며 말했다.

"귀혁의 제자 형운, 그리고 별의 수호자의 무인들. 자네들이 보여준 희생과 헌신에, 그 협의에 감사하네. 인명의 가치를 어찌 재물로 셈할 수 있겠는가만, 우리들이 그대들에게 보상할 수 있는 방법이라고는 그것뿐이니 관대하게 받아주었으면 좋겠군."

"우리는 청해용왕대의 진심을 압니다."

"고맙네. 많은 희생을 치렀지만 덕분에 다시 내일을 위해 일할 수 있을 것 같군."

그렇게 말하는 진본해의 눈빛은 복잡한 감정을 담고 있었다.

그의 심정이 어떨지 형운은 도저히 상상할 수 없었다.

먼 옛날의 악연이 돌아와 가족처럼 여기던 사람들을 죽음으로 몰아넣었다. 아끼던 제자에게 배신당하고, 다른 제자를 잃었다. 분명 그의 마음속에는 영원히 지워지지 않을 상처가 났을 것이다.

그럼에도 진본해는 아무렇지도 않은 듯 의연하고 밝은 태도로 형운을 대했다.

"그리고 우리하고는 별도로 청해궁에서도 보답할 걸세. 인어왕께서도 이번 일로 자네에게 크게 은혜를 입었다고 생각하시는 모양이니."

"청해궁에서요?"

형운이 어리둥절해했다. 진본해가 물었다.

"자네는 이미 스스로 해낸 일이 어떤 의미를 갖는지 알고 있지 않나? 아마 나보다 잘 알고 있을 것 같네만."

"아……."

"조만간 청해궁에서 초청이 올 걸세. 기대해 보게나."

8

인간의 발길이 닿지 않는 심해로 내려가는 것은 바다영수들의 도움이 있어야만 가능한 일이었다. 청해궁에 초대받은 일행을 마중 나온 것은 한번 신세를 졌던 바다영수, 청해귀령이었다.

청해귀령의 덩치가 너무나도 컸기 때문에 육지로 곧바로 마중 나올 수는 없었다. 일행이 청해용왕대의 배를 타고 바다 한복판으로 나가자 청해귀령이 바다 위로 부상해 왔다.

쏴아아아아…….

거대한 존재가 부상하자 해면이 요동치며 격한 물살이 일었다. 물보라 한가운데서 드러나는 청해귀령의 모습을 본 형운 일행은 다들 놀람을 금치 못했다.

"와…….."

머리에 새하얀 털이 난 것만 제외하면 마치 검푸른 암석 같은 등껍질을 지닌 거북이의 모습이었다. 그러나 마치 작은 섬이 떠오르는 듯 거대한 덩치는 그 모습을 평범하다고 생각할 여지를 송두리째 앗아 갔다.

청해귀령의 정신파가 들려왔다.

―음? 공주님은 안 보이시는군.

"양 소저는 지상의 일로 정신이 없는지라 함께 오지 못했습니다."

―그랬구먼. 인어공주께서 무사한 얼굴을 보고 싶어 하셨는

데 안되었어.

그 말에 형운은 왠지 양진아가 안 온 것이 바빠서만은 아니라는 생각이 들었다.

―그럼 내 등에 올라타서 하얀 원이 있는 곳으로 가라. 바닷속에서 너희를 보호해 줄 진법이니.

일행은 그 말에 따랐다. 아직 병상에서 일어나지 못한 중상자 두 명을 제외한 여덟 명이 다 왔는데, 진법의 원은 이들이 다 들어가도 넉넉할 정도로 컸다.

―그럼 밑으로 내려갈 테니 당황하지 말게.

그리고 청해귀령이 서서히 가라앉기 시작했다. 호위무사들이 깜짝 놀랐다.

"어, 이대로 내려가는 겁니까?"

청해귀령은 대답하지 않았다. 사방에서 밀려온 바닷물이 순식간에 일행을 삼켜 버렸다.

곧 일행은 진법의 역할을 알게 되었다.

바닷물이 사방을 뒤덮었는데도 원을 중심으로 둥글게 공기가 찬 영역이 형성되어 있었다. 사방에서 바닷물이 넘실거리지만 그 영역 안으로 들어오지 않았다.

"호오, 이런 식이구나."

마곡정이 신기해하며 물의 벽에 손을 가져갔다. 찰랑거리는 바닷물이 고스란히 만져졌다.

―여유를 갖고 주변을 봐라. 진법의 힘으로 보호받는다고 해도 급격하게 내려가면 인간들은 괴로워하더군. 그래서 서서히 밑으로 내려갈 테니 한동안은 뭍에서 볼 수 없는 풍경을 즐길

수 있을 것이다.

대낮의 태양빛이 바다 밑을 비추고 있었다. 청해라는 이름이
어울리게 푸른빛을 띤 바다 밑에는 색색깔의 물고기들이 헤엄
치며 아름다운 광경을 만들어냈다.

"예쁘다……."

서하령이 중얼거렸다.

이전에 바다 밑에 내려왔을 때는 야밤에, 그것도 사방이 막힌
은신처에 들어간 채로 심해를 쏘다녔으니 아무것도 볼 수 없었
다. 하지만 지금은 햇살이 쨍한 대낮이었고 수면에 가까운 수심
인지라 환상적인 풍경을 즐길 수 있었다.

다들 한참 동안 말없이 바다 밑 풍경에 빠져들었다. 별로 감
수성이 뛰어난 이가 아니더라도 이 상황에서 보는 이 풍경은 넋
을 잃을 만했다.

천유하가 중얼거렸다.

"이젠 완전히 캄캄하군."

점점 깊은 곳으로 들어가자 환상적인 풍경은 사라지고 캄캄
한 어둠만이 남는다. 다들 얼굴에 불안이 드러나기 시작했다.

형운은 좀 다른 반응을 보였다.

"깜깜한 곳에도 물고기가 엄청 많이 사는구나."

"그러게."

서하령도 마찬가지였다. 기를 시각화해서 볼 수 있는 두 사람
은 다른 이들과는 전혀 다른 광경을 보고 있었다.

부글부글……!

얼마나 시간이 흘렀을까? 주변에 맹렬한 기포가 끓어오르기

시작했다.

"뭐, 뭐야?"

—너무 불안해하지 않아도 된다. 청해궁 쪽에서 결계를 열고 술법으로 우리를 유도하는 것이니.

청해귀령의 말과 함께 한 줄기 푸른 광선이 그들에게 와 닿았다.

마치 밤에 배들을 인도하는 등대처럼, 저 바다 깊은 곳에서 술법의 빛으로 그들을 이끄는 무언가가 있었다.

"와……."

형운은 그 빛의 출발점을 보며 홀린 듯이 중얼거렸다.

"진짜로 바다 밑에 궁전이 있어."

현계의 용궁이라 불리는 청해궁이 그들을 기다리고 있었다.

9

청해궁은 온통 석조로 건축되었다. 형운이 봐온 궁전들과 달리 화려한 색채감은 없고 돌로 궁전 형태로 지었을 뿐이지만 어떻게 그럴 수 있는지 신기할 따름이었다.

이곳이 빛이 닿지 않는 심해임을 생각하면 색채감을 신경 쓰는 쪽이 이상할 것 같다. 그러나 아니었다. 바다 밑에서도 피해 갈 수 없는 세월의 흔적이, 그리고 그 위로 해초와 산호초들이 달라붙은 것이 인위적으로는 꾸밀 수 없는 신비로운 아름다움을 자아냈다.

청해궁은 그 자태를 뽐내기라도 하려는 듯 사방에 술법으로 무수한 빛구슬을 띄워두었다. 규모 면에서는 하운국 황궁에 비할 바 못 되었지만 무수한 빛구슬이 반딧불처럼 떠다니며 드러내는 청해궁의 모습은 이 세상의 것이라고는 생각할 수 없는 아름다움이 있었다.

곧 청해귀령이 말했다.

—내 역할은 여기까지다. 그럼 뭍으로 돌아갈 때 다시 만나도록 하지.

"네?"

—곧 알게 될 거다.

청해궁에서 일행을 유도하기 위해 쏜 푸른 광선이 진법을 감싸 안았다. 그러자 진법의 구체가 청해귀령의 등에서 떨어져 나왔다.

"어, 어어어어어……!"

다들 경악했다. 방금 전까지 청해귀령의 등에 발을 딛고 있던 감각이 사라지면서 대신 기묘한 부유감이 전신을 사로잡았다.

일행이 놀라거나 말거나 진법의 구체는 푸른 광선에 이끌려 청해궁 쪽으로 향했다. 그리고 사방에 뚫려 빛이 흘러나오는 입구 중 하나로 들어갔다.

쏴아아아아……

안으로 들어서자 진법이 스러졌다. 그리고 일행은 좌우에 물이 쏟아지고 있는 넓은 공간에 서 있게 되었다.

"공기가 있어."

마곡정이 길게 숨을 들이쉬어 본 다음 말했다. 바로 뒤쪽에 바닷물이 넘실거리는 이 공간에는 지상과 다름없이 숨 쉴 수 있는 공기가 있었다.

"환영합니다, 별의 수호자 여러분."

그렇게 말한 것은 저편의 통로 쪽에서 나온 두 영수였다. 팔다리가 달려서 직립한 통통한 물고기가 사람의 옷을 입고 모자를 쓴 어인(魚人)들이었는데 한 명은 검푸른 비늘을 가졌고 한 명은 홍적색 비늘을 가졌다.

"저는 청공입니다."

"저는 홍공입니다."

"이쪽으로 오시지요. 인어들은 물이 없는 상황을 힘들어하는지라 저희가 마중 나왔습니다."

"아, 네."

일행은 홀린 듯이 둘의 뒤를 따라갔다.

형운이 중얼거렸다.

"와, 운룡궁 갔을 때도 그랬지만 여기도 꿈을 꾸고 있는 기분이네."

"정말 그렇군."

천유하도 고개를 끄덕였다.

온통 돌로 이루어진 복도는 바닥을 제외한 모든 곳에 물이 있었다. 심지어 천장에도 물이 흐르고 있었는데 어째서 떨어지지 않는지 신기할 지경이었다.

안내역을 하고 있던 어인이 말했다.

"이곳은 평소에는 물이 차 있는 곳입니다. 지금은 지상의 여러분을 맞이하기 위해서 물을 빼놓았지요. 바닥이 젖어 있으면 불쾌하실 거라 생각해서 일찌감치 물을 빼놨답니다."

"그런 게 조절 가능한 거군요."

"청해궁의 모든 구획이 그렇습니다. 인어들은 물과 공기 양쪽을 다 필요로 하기 때문에 자유자재지요."

"와……."

그 설명에 다들 혀를 내둘렀다.

얼마간 복도를 따라가자 놀라운 풍경이 기다리고 있었다.

쏴아아아아……

일행은 다들 할 말을 잃었다. 그들의 눈에는 거대한 물의 군집이 양옆으로 갈라져 길을 연 광경이 보였다.

천장까지 10장(약 30미터)은 되는 거대한 원형의 공간에, 일행이 지나는 길에 해당하는 3장여 넓이의 공간을 중심으로 좌우에는 거대한 물의 벽이 있었다. 단순히 벽만 세워진 게 아니라 그 속에는 물이 가득해서 각종 해양 생물들이 가득했다.

형운이 물었다.

"여기도 원래는 물이 다 차 있는 건가요?"

"그렇습니다. 행사장 중에 하나지요."

"세상에……."

이토록 거대한 구획에서 물을 완전히 빼는 것도 아니고 물을 좌우로 가른 중심부에 사람이 다닐 길을 만들어낸다니, 어마어마한 일이었다.

그곳을 지나서 또 복도의 갈림길을 몇 번 지나자 마침내 인어왕이 기다리고 있는 알현실에 도착할 수 있었다.

"환영하네. 지상의 여러분."

중후한 목소리가 울렸다.

알현실은 아까 전에 본 행사장만큼이나 거대한 공간이었다. 방 바닥에는 반쯤 물이 차 있었고, 중앙 부분만이 위로 돌출되어 인간이 걸어 다닐 수 있는 길 역할을 했다. 좌우에는 인어들과 어인들, 그 외에 많은 바다영수가 물에 몸을 담근 채 일행을 바라보고 있었다.

형운은 일행의 반응을 보고 좀 놀랐다.

─혹시 나 말고 다들 인어 본 적 있어?

형운만 인어들에게서 눈길을 떼지 못할 뿐, 다들 그 정도로 흥미를 드러내진 않았기 때문이다. 천유하가 대답했다.

─양 소저와 함께 행동하는 동안에 몇 번 만났어.

전쟁을 치르는 동안 청해용왕대는 청해궁에서 물자 지원을 받았다. 그때 일행들은 운송을 맡은 비전투원 인어들을 만났던 것이다.

─그랬군.

형운은 괜히 멋쩍어져서 헛기침을 했다.

길의 끝에는 직경이 10장(약 30미터)쯤 되는 원판형 공간이 있었다. 수면에 떠 있는 인어왕과 왕비, 그리고 인어공주의 자리 앞에 둥글고 반쯤 투명한 신기한 재질의 탁자가 마련되어 있었고 일행의 수에 맞춰 준비한 의자가 보였다.

"이쪽으로 앉으시지요."

청공과 홍공이 둘을 자리로 안내했다.

직접 보기 전까지 갖고 있던 인어에 대한 선입견에 부합하는 것은 인어공주뿐이었다. 청색 바탕에 은실로 문양을 수놓은 옷을 입고, 머리에는 황금과 청옥으로 만든 장신구를 하고 있는 그녀는 긴 검푸른 머리칼과 검푸른 눈동자를 가진 젊고 아름다운 인어였다.

양진아의 모친이라고 생각하고 봐서 그럴까? 차분한 분위기가 양진아와는 딴판이었지만 용모는 많이 닮아 보였다.

인어왕은 근엄한 노인의 모습과 진본해가 생각날 정도로 건장한 상반신, 그리고 비늘이 푸른 빛깔을 띤 물고기의 하반신을 지녔다. 인어왕비는 인어공주와 똑같이 검푸른 눈동자의 소유자로, 하반신을 제외하면 생김새나 차림새나 기품 있는 노부인처럼 보였다.

형운은 너무 그들을 신기한 것 구경하듯이 바라보지 않으려 애쓰며 의자에 앉았다.

일행이 착석하자 인어왕이 입을 열었다.

"난 청해궁주인 해사일세. 달리 인어왕이라고도 부르지만, 인간에게는 별 의미 없는 직위니 잊어도 좋네."

이어 왕비와 공주도 자신들을 소개했고, 별의 수호자 일행도 한 명씩 자신들을 소개했다.

인어공주가 말했다.

"제 딸인 진아를 도와주신 것에도 감사드립니다. 꼭 한번 인사를 드리고 싶었어요."

"아, 뭘요. 저희도 양 소저에게 신세를 많이 졌습니다."

"같이 왔으면 했는데, 아무래도 제 앞에 은혜 입은 분들과 함께 오는 게 쑥스러웠나 봅니다."

인어공주가 그런 딸이라 미안하다는 듯 웃었다. 그리고 형운은 아마도 그녀의 추측이 맞을 거라고 생각했다.

인어왕이 말했다.

"이곳까지 먼 발걸음을 해준 것에 감사하네. 우리 청해궁은 어땠는가? 힘들게 온 보람이 있던가?"

"참으로 진귀한 경험이었습니다. 지금도 반쯤 꿈을 꾸는 기분이군요. 초대해 주셔서 영광입니다."

형운이 정중하게 대답하자 인어왕이 수염을 쓰다듬으며 웃었다.

"그렇다니 다행일세."

"솔직히 이 자리에 대해서도 놀랐습니다. 알현실이라고 해서 좀 다른 분위기를 생각하고 있었거든요."

"아하. 인간들이 왕을 배알할 때의 격식 말인가?"

"예."

"우리도 필요할 때는 그런 격식을 지킨다네. 하지만 지금은 은혜를 입은 손님을 청하는 자리 아닌가? 무엇보다 자네들은 뭍의 사람들이고, 우리 청해궁의 질서에 속한 이들이 아니지. 그런 이들에게 거만한 태도로 무릎 꿇고 예를 표하라고 하는 것은 우리의 방식이 아닐세."

인어왕이 껄껄 웃었다. 형운은 만난 지 얼마 되지도 않은 그가 좋아지기 시작했다.

"여러분을 초대한 것은 청해궁을 보여주고 싶어서이기도 하지만, 이곳에서만 할 수 있는 인사를 하기 위해서이기도 했다네. 이 자리에는 청해궁의 궁원들 모두가 모여 있다네."

"모두라고요?"

"엄밀히 따지자면 거동이 불편한 이들과 당장 맡은 일에서 손을 뗄 수 없는 이들은 빠졌지만 그 정도는 넘어가게나."

장난 섞인 그 말에 형운이 주변을 둘러보았다. 과연 수백의 인어와 바다영수들이 자신들을 둘러싸듯이 서 있었다. 그 시선 한복판에서 인어왕과 왕비, 공주와 마주 앉아 대화를 나누는 것은 상당히 부담스러운 느낌이기는 했다.

인어공주가 꾸벅 고개를 숙이더니 자리에서 일어나서 물속으로 빠져 들어갔다. 그리고 옥좌의 뒤쪽, 넓은 물 위에 떠오르더니 입을 열어 노래하기 시작했다.

"아……."

일행 중 누군가 자기도 모르게 탄성을 흘렸다.

악기의 반주 하나 없이 울려 퍼지고 있었지만, 영수로서 지닌 영력이 실린 노래는 그 무엇보다도 또렷하게 귀에 스며들었다. 심신을 부드럽게 어루만져 주는 듯한 노래였다.

어느 순간, 그 노래에 다른 누군가의 목소리가 섞여 들었다.

다른 인어들이 하나씩 하나씩 함께 노래하기 시작한 것이다. 남녀를 가리지 않고 인어들은 더없이 아름다운 목소리로 거대한 노래를 자아내었다.

순식간에 알현실이 노래로 가득 찼다. 홀린 듯이 노래를 듣고 있던 형운은 자기도 모르게 눈물을 흘렸다. 왠지 가슴 한구석에 자리 잡은 추억을, 아픔을 부드럽게 어루만지는 것 같았다.

문득 서하령이 중얼거렸다.

"이게 천요군이 이루고 싶어 했던 것……."

그가 꿈꿨던 것이 이 자리에 있었다. 한 명의 목소리만으로는 자아낼 수 없는 아름다운 노래가.

요괴이기에 인간에게도, 인어들에게도 다가갈 수 없기에 천요군은 요괴이면서도 어린 요괴들을 가르쳐 후계자를 양성하려고 했다. 다른 목적 없이 그저 더 아름다운 노래를 이루기 위해서 인간들처럼 문화를 쌓아 올리고자 힘썼다.

결국 수백 년에 걸친 노력에도 불구하고 그 꿈은 결실을 맺지 못했다. 그리고 지금 이 순간, 서하령은 왠지 자신이 그 꿈을 이어받아야 한다는 사명감을 느꼈다.

요괴의 후계자가 되어 그의 꿈을 대신 이룬다니, 어처구니없을 정도로 우스운 생각이지만 서하령은 도저히 그가 보여준 진심을 외면할 수 없었다.

이윽고 노래가 끝났다. 한동안 모두가 여운에 취해 있었다.

침묵을 깬 것은 인어왕이었다.

"우리 모두의 마음일세. 별의 수호자의 형운, 자네 덕분에 우리가 의무를 다해야 할 세월은 500년 이상 줄어들었을 것이야. 아무리 감사를 해도 모자랄 지경이라네."

형운은 자신의 기운을 빼앗아 가 그릇을 만든 암흑인을 격파함으로써 신의 일부를 완전히 소멸시키는 위업을 달성했다.

그렇기에 봉인의 기둥 중 세 개가 파괴되었음에도 암해의 신의 봉인은 망가지지 않았다. 지상에서 보강 작업을 할 필요는 있었지만 가둬야 할 암해의 신의 힘 자체가 이전보다 훨씬 줄어들었던 것이다.

따라서 청해궁이 앞으로 그의 봉인을 지켜야 하는 시간도 극적으로 줄어들었다. 여전히 인간에게는 까마득한 세월이 남아있었지만, 그들은 의무를 다하고 신의 위협에서 벗어나는 날을 보다 가까이 여길 수 있게 되었다.

"인간들에게도 가치 있을 보상을 준비하긴 했지만 충분하다 생각하지 않네. 혹시 바라는 게 있다면 얼마든지 말하게나."

"그건 천천히 이야기해도 될 것 같습니다. 전 여러분의 성의가 부족할 것이라고는 생각하지 않⋯⋯."

"잠깐."

형운의 말을 자르고 나선 것은 서하령이었다. 모두의 시선이 쏠린 가운데 그녀가 말했다.

"저는 한 가지, 여러분만 가능한 일을 부탁드리고 싶어요."

청해궁원들은 모두 긴장한 채 서하령의 말을 기다렸다. 그녀는 말 대신 입을 열어 나직하게 노래했다.

"오호."

인어들의 눈빛이 달라졌다. 그 노래가 평범한 인간의 노래가 아니라 진기가 실린 음공임을 느꼈기 때문이었다.

노래를 마친 서하령이 말했다.

"한동안 이곳에 머무르면서 여러분의 노래를 배웠으면 합니다. 들어주실 수 있겠는지요?"

물론 인어왕은, 그리고 청해궁의 모든 인어는 기꺼이 그 부탁을 받아들였다.

제77장
열 명의 이름

1

흑영신교는 청해군도에서 대업을 이루기 위해 막대한 인적, 물적 자원을 투입했다. 아무리 대륙의 눈길이 미치지 않는 청해군도라 하나 위진국 수군의 감시망을 피해서 그만한 인력과 물자를 투입하는 데는 엄청난 수고가 들었다.

그러나 그 결과는 처절한 실패, 그들은 목적 중 단 하나도 달성하지 못했다. 뿐만 아니라 귀중한 인력도 모조리 잃고 단 한 명만이 돌아왔을 뿐이었다.

"저를 벌하여주시옵소서!"

청해군도에서 살아서 돌아온 유일한 흑영신교도이며, 팔대호법의 일원인 흑운령이 피가 나도록 바닥에 머리를 찧었다.

"그만두어라, 흑운령. 그대의 책임이 아니니라. 오히려 그대가 혼자서라도 살아 오지 못했더라면 그것이 죄였을 것이다."

교주가 지친 기색으로 말했다.

단순히 흑운령을 위로하기 위해 하는 말이 아니었다. 흑운령은 대체할 인력을 찾기 힘든 귀한 존재다. 최악의 사태였지만 그래도 살아서 돌아온 것이, 그리고 그가 죽은 자들로부터 맡은 것을 잘 운반해 온 것은 천운이었다.

"일단 충분한 휴식을 취해 심신을 회복하도록 해라. 오래 끌어봐야 좋을 게 없으니 열두 시진(24시간) 후에 의식을 치를 것이다. 그때는 그대의 힘도 필요하다."

"교주님의 관대함에 감사드리옵니다."

흑운령은 비통함을 참지 못하며 완전한 어둠이 내리깔린 알현실에서 물러났다.

"흠……."

교주가 손을 들어 이마를 짚었다. 어둠 속이라 드러나지 않았지만 그의 안색은 초췌하기 그지없었다.

〈너무 욕심을 부렸는지도 모르겠구려.〉

문득 만마박사의 목소리가 들려왔다. 그의 해골을 옆에 두고 있던 교주가 말했다.

"인정한다. 형운 그자를 얽은 것은 실수였느니. 좋은 기회라고 생각했거늘 일이 그런 식으로 꼬일 줄이야."

형운을 죽음으로 몰아넣는 것까지는 잘 풀렸다. 그런데 설마 일월성신이라는 전무후무한 그릇의 힘이 암해의 신을 부활시킬 줄이야. 봉인의 기둥이 두 개 이상 파괴되지 않으면 해루족 주술사들조차도 암해의 신의 뜻을 전해 받을 수 없거늘, 완전히 예상 밖의 사태였다.

"내 과욕으로 많은 교도를 잃었구나. 그들을 볼 낯이 없도다."

교주가 비탄에 잠겼다.

신녀는 예지하고 교주는 선택한다. 따라서 현계에서 일어난 일들의 결과를 책임지는 것은 교주의 몫이었다. 그럼에도 나쁜 결과가 나올 때마다 신녀가 자책함을 알기에 교주는 마음이 무거웠다.

만마박사가 말했다.

〈교주, 실패한 일에 대해서 책임을 통감하는 것은 필요한 일이오. 그러나 지금은 중요한 의식을 앞두고 있으니 마음을 안정시키고 활력을 되찾는 것을 우선해야 하지 않겠소?〉

"그대의 말이 옳다. 내게 자신을 바친 자들을 위해서라도……"

교주가 초췌해진 것은 이제부터 치를 의식의 앞선 단계를 거쳤기 때문이었다. 그것은 혼마 한서우가 추적하고 있는 흑영신교의 연구와도 직결되어 있었다.

2

의식은 장장 여섯 시진(12시간) 동안이나 계속되었다.

불길하고 강대한 힘이 의식의 방을 채우고 성지 전체를 미미하게 진동시켰다. 성지의 흑영신교도들은 모두 흑영신의 은혜가 교주를 가호하기를, 그리하여 의식이 무사히 끝나기를 기원했다.

"후……."

의식이 끝나자 교주가 긴 숨을 토해냈다.

알몸으로 앉아 있던 교주가 일어나는 것과 동시에 의식에 참여했던 인물들이 고통스러운 숨을 토했다.

"커헉!"

"으, 으윽……!"

그들이 주저앉는 것을 보는 교주에게 바깥에 대기하고 있던 시비들이 들어와서 정중하게 옷을 입혀주었다. 옷을 입은 교주가 말했다.

"모두들 수고하였노라. 편히 쉬어라. 곧 약과 사람을 보내 그대들을 돌보게 할 것이다."

"가, 감읍……."

"말하지 말라. 그대들의 마음을 잘 아노라."

교주는 그리 말하고 의식의 방을 나섰다. 거처로 돌아온 그를 신녀가 반겼다.

"교주!"

신녀가 뛸 듯이 기뻐하여 그의 품에 안겼다. 교주는 부드럽게 그녀의 어깨를 감싸주었다.

"마음고생을 하게 해서 미안하구나. 이제는 괜찮다. 지금의 나는 완전해졌으니."

그 말에 신녀가 흠칫 놀라서 교주를 올려다보았다.

어둠 속이지만 그녀는 대낮처럼 또렷하게 교주의 모습을 볼 수 있었다. 그녀가 아는 그대로의 모습이었다.

그러나 신안을 지닌 신녀는 교주가 달라졌음을 알았다. 그것은 작은 것 같으면서도 돌이킬 수 없는 변화였다.

불안해하는 기색이 역력한 신녀의 얼굴에 교주의 손이 닿았다. 교주가 부드러운 목소리로 말했다.

"나는 나이다. 그들을 받아들였더라도, 그로 인해 변화했더라도 나는 그대가 아는 교주일 것이다."

"교주……."

"그대에게 심려를 끼쳐 마음이 아프구나. 부디 알아다오. 나의 반려, 내가 앞으로 아무리 변하더라도 그대를 향한 내 마음은 변하지 않을 것임을."

그 말이 의미하는 바를 알아챈 신녀는 밀려오는 서글픔에 울고 싶었다. 하지만 그러는 대신 애써 미소 지어 보였다.

잠시 그녀를 바라보던 교주가 말했다.

"잠시라도 함께 보내고 싶지만, 당장 처리해야 할 일이 다가오고 있구나. 미안하지만 다녀오겠다."

"예."

신녀가 그를 끌어안고 있던 손을 놔주었다. 교주는 그녀의 이마에 입을 맞추고는 알현실로 향했다.

"내가 좋은 시간을 방해했는가?"

안에 들어서자마자 젊은 남성의, 그러나 노래하듯이 아름다운 목소리가 들려왔다.

교주가 말했다.

"괜찮다, 아버지. 오랜만이군."

상대는 장성한 교주와 흡사한 용모를 지닌, 옥을 깎아 만든 듯 잘생긴 용모에 긴 흑발을 뒤로 묶은 남성이었다. 새카만 눈동자로 교주를 바라보는 그는 인간이 아니라 흑영신교의 수호마수인 암익신조였다.

암익신조가 교주를 가만히 보더니 말했다.

"내가 필요할지도 모른다고 해서 왔더니, 괜찮아 보이는군."

"만약을 대비할 필요가 있었을 뿐이다. 의식은 성공했다."

"혼원령이라. 결국 사특한 것들의 유산까지 빌리게 될 줄이야. 굳이 그대를 내 자식으로 낳은 것은 그저 만약을 대비하기 위함이었는데……."

"만약을 대비한다는 것은, 그런 일이 일어날 수 있음을 예상했기 때문이다. 부족한 힘으로 세상과 싸우면서 수단 방법을 가리는 것은 오만을 넘어선 멍청함이지."

"확실히 그런 점이 선대와는 다르군."

"선대와 다르다는 점은 아버지도 마찬가지 아닌가?"

"이전의 나를 '선대'라고 부르기는 애매하지만, 확실히 서로 다른 인격이라는 점에서는 비슷할지도 모르지."

암익신조가 웃음기라고는 조금도 없는 얼굴로 수긍했다.

형운이 허용빈의 별의 조각을 빼앗아 감으로써 흑영신교가 추진하던 가장 중요한 계획이 파탄을 맞이했다. 교주를 그들이 해석한 '성운을 먹는 자'로 만들 수 없게 된 것이다.

그래서 흑영신교는 만약을 대비해 준비한, 교주의 탄생 때부터 고려하고 있던 차선책을 진행시켰다.

혼원교가 이루어낸 가장 놀라운 기적, 혼원령을 교주를 그릇으로 삼아 재현하는 계획이었다.

혼마 한서우가 찾아낸 비밀 연구 시설도, 귀혁과 상대한 혼원의 마수도 모두 교주를 위한 실험이었다. 그 실험에서 얻은 자료를 통해 교주는 보다 발전된 의식을 치를 수 있었다.

이 의식의 정확한 목표는 교주에게 모든 것을 바치기로 맹세한 자들, 심령이 흑영신과 통해 있는 팔대호법을 교주라는 그릇에 담아서 통합하는 것. 그로써 교주는 사람을 초월한 초인 '성운을 먹는 자'가 될 수 있으리라.

계획을 추진할 당시, 교주와 맹약을 맺은 팔대호법들이 죽으면 그들의 경험과 영적인 힘이 교주에게 전달된다. 온전한 시신에서는 마치 영수의 내단처럼 응축된 농밀한 정수를 회수하는 것도 가능하다.

청해군도에서 죽은 전대 팔대호법이었던 불사령, 그리고 또하나의 팔대호법 흑운령의 경험과 영적인 힘이 교주라는 그릇에 담겼다. 그리고 흑운령이 죽은 암서령의 정수를 가져옴으로써 통합 의식을 치를 수 있었다.

암익신조가 물었다.

"그래서, 어떤가?"

"육체적으로도, 영적으로도 믿을 수 없을 정도로 힘이 넘쳐흐른다. 하지만 정신은 혼돈의 한가운데 있군."

교주가 손으로 얼굴을 감싸 쥐며 말했다.

"정수까지 완전히 담은 것은 암서령뿐이거늘, 그런데도 이정도라니……."

내면에서 끊임없이 속삭임이 울려 퍼진다.

죽은 자들의 목소리는 아니다. 그들이 살면서 쌓아온 기억이다.

무지한 자들은 타인의 기억을 엿보는 것을 책을 읽는 것과 비슷하게 생각한다. 그러나 그 둘은 비교할 수 없는 경험이다.

인간은 똑같은 물건을 봐도 언제, 어느 때, 어디서 보느냐에 따라 달라지게 마련이다. 사람마다 느끼는 감정이 다르게 마련이다. 문장으로는 '빨간 사과'라는 표현으로 끝낼 수 있는 대상에 대한 기억조차도 주관에 의해 다량의 왜곡된 정보를 포함한다.

타인의 경험을 자신의 것처럼 느끼는 과정 자체가 자아를 위협한다. 교주는 불사령과 암서령의 잔재를 받아들인 순간부터 자신이 변해가는 것을 느꼈다. 그리고 암서령의 정수를 통합한 순간에는 돌이킬 수 없는 변화를 겪었다.

암익신조가 말했다.

"결국은 그대가 가장 중요하게 여기는 몇 가지만이 남을 것이다."

"아버지의 경험담인가?"

"지긋지긋할 정도로 되풀이해서 겪은 일이지."

암익신조는 태곳적부터 수도 없이 전생을 겪어온 대마수다. 새로운 존재로 태어날 때마다 이전의 기억을 잃고 새로운 인격을 지니게 된다. 그러나 그 인격은 각성과 함께 장대한 세월 동안 쌓여온 기억과 자아의 군집체와 통합된다.

이 과정을 겪고 나면 최근의 인격 중에 남는 것은 몇 가지 버릇이나 기호, 그리고 소중하게 생각했던 것 정도다. 나머지는 이번 생의 개인이 아닌, 암익신조라는 통합된 인격에 녹아버린다.

각성하기 전, 바로 어제까지만 해도 맛있었던 것이 별로 맛있지 않을지도 모른다.

좋아했던 노래가 시시하게 느껴질지도 모른다.

예쁘다고 생각했던 이성을 보고도 혐오감을 느낄지도 모른다.

암익신조는 그런 일을 수도 없이 겪어왔다. 그리고 그것이 그가 흑영신교주의 부친이 된 이유였다.

교주가 탄생할 때부터, 그가 혼원교의 방식을 모방하는 차선책을 택하게 될 가능성이 고려되었다. 그때부터 흑영신교는 혼원교의 흔적들을 찾아서 혼원령을 연구해 왔다. 그리고 교주는 다수의 존재를 하나로 통합할 수 있는 최적의 그릇이어야 했다.

교주에게 주어진 선택지는 모두 태어나기 전부터 결정되어 있던 것들이었다.

"중요하게 생각하는 것들이라……."

중얼거리던 교주는 문득 위화감을 느꼈다.

처음에는 그 위화감의 정체를 알 수 없었다. 하지만 곧 그것이 얼굴근육으로부터 비롯된 것임을 깨닫고 술법으로 자신의 얼굴을 비춰 보았다.

"그렇군……."

어둠 속에서 자신의 얼굴을 확인한 교주는 큭큭 웃었다.

"나는 이제 이런 식으로 웃게 되었는가?"

그는 한 번도 지어본 적 없는, 일그러진 미소를 짓고 있었다.

직접 보면서도 정말 자신이 지은 것인지 의심스러운 그런 표정이었다.

암익신조가 말했다.

"너는 나와는 좀 다를 것이다. 네가 받아들일 기억은 내 안에 쌓인 것보다는 훨씬 적을 테니. 그러나 다른 무언가로 변하는 것은 필연이겠지."

"나를 통해 이루고자 하는 것은 혼원령보다는 혼마에 가깝지. 그러니 무분별한 통합은 필요 없다. 그 영혼이 흑영신과 통해 있는 자들만이 내 안에 담길 것이다."

혼원령은 자아가 없는 거대한 영적 군집이었다. 혼원교는 거기에 만족하지 못하고 과욕을 부려서 거기에 인격을 부여하여 살아 있는 신을 만들려는 시도를 하다가 모든 것을 잃고 말았다. 그 실패작이 바로 혼마 한서우, 신이 되지 못한 초인이었다.

흑영신교가 교주를 통해 이루고자 하는 것은 한서우에 가까운 존재다. 하지만 비슷할지언정 같지는 않다. 완성된 교주는 보다 거대한 존재로 거듭나기 위한 그릇이리라.

3

서하령은 이후 한 달 가까이 청해궁에 머무르면서 인어들과 함께 노래하며 시간을 보냈다. 천요군의 유산에 인어의 노래를 더하기 위한 밑바탕을 얻기에는 충분한 시간이었다.

형운과 다른 일행들은 바다영수들의 친절로 청해궁만이 아니라 해저의 신비한 곳들을 구경할 수 있었다. 인간의 발길이 닿지 않는 심해는 상상하기 어려운 놀라움으로 가득했다.

그렇게 바다 밑에서 지내는 꿈같은 시간이 끝나고, 지상으로 돌아온 일행은 떠날 날을 잡았다. 6월 중순의 일이었다.

"결국 원래 초대한 목적은 전혀 이루지 못했네."

일행을 배웅 나온 양진아가 말했다.

도중까지는 청해용왕대가 배로 보내주기로 했다. 위진국 수군의 영역부터는 바다영수들의 도움을 받아서 가게 될 것이다.

형운이 말했다.

"그래도 여기 올 때 기대했던 것들은 청해궁에서 다 받은 느낌이야."

"그렇다니 다행이네."

양진아가 새침한 기색이었다. 형운 일행에게 고마운 것도 많고 미안한 것도 많았다. 자존심 강한 그녀는 해주는 것은 없이 받기만 한 것을, 그리고 자신으로 인해서 형운 일행이 피를 본 것을 못마땅하게 여기고 있으리라.

문득 형운이 한마디 했다.

"아, 그렇지. 말하는 걸 깜빡하고 있었어."

"뭘?"

"미안할 것 없어. 그 일은 오히려 고맙게 생각하고 있으니까."

뜬금없는 말에 양진아가 눈을 크게 떴다.

곧 그 의미를 깨달은 그녀는 울컥 치솟는 감정에 눈물이 흐를 것만 같았다.

암흑인의 지배에서 벗어나 절규하는 형운을 쏴버렸던 일은 내내 그녀의 마음속에 무거운 짐으로 남아 있었다. 이성으로는 올바른 일을 했다고, 자신은 틀리지 않았다고 믿었지만 은인의 목숨을 위협했다는 죄책감이 그녀를 짓눌렀다.

형운은 그녀의 짐을 벗겨주었다.

양진아는 눈물을 꾹 눌러 참았다. 얼굴이 새빨갛게 달아올랐다.

"무, 무슨 말 하는 건지 모르겠거든?"

형운은 더 말하는 대신 웃기만 했다. 슬쩍 고개를 돌리고 재빨리 눈을 훔친 양진아가 말했다.

"잘 가. 은혜는 잊지 않겠어. 언젠가, 그래야만 하는 날이 온다면 나는 당신들을 위해 피를 흘릴 거야."

양진아는 형편이 어려워진 청해용왕대의 명예를 이야기하는 대신 자신의 맹세를 이야기했다. 형운은 그것을 알아차렸으면서도 부드럽게 받았다.

"기억할게. 하지만 다음에는 좋은 일로 다시 만날 수 있기를, 그리고 청해용왕대의 앞날에 축복이 있길."

"얘기 끝났어?"

그때 서하령이 불쑥 끼어들었다. 형운이 물었다.

"왜?"

"곡정이가 떠나기 전에 한 대 맞아달라는데?"

"뭐?"

"양심이 있으면 닥치고 맞으래."

"……."

서하령은 굳어버린 형운의 어깨를 툭툭 쳐주고는 양진아와 마주 섰다. 양진아가 움찔해서 말했다.

"할 말 있어?"

"역시 닮았어."

"뭐가?"

"네 어머님이랑 너. 생긴 건 정말 닮았네. 근데 그분은 참 우아하고 기품이 넘치시던데 너는 어쩜⋯⋯."

서하령이 혀를 차면서 고개를 젓자 양진아의 얼굴이 붉어졌다. 그녀가 버럭 소리를 질렀다.

"야! 어쩜 이렇게 마지막까지 밉상이니?"

"그러게. 어쩜 이렇게 밉상이니. 네 어머님은 참 좋은 분이었는데 너랑은 친해지질 못하겠네."

"누가 할 소린데!"

둘이 티격태격하는 것을 보던 천유하가 중얼거렸다.

"두 달 만인가⋯⋯."

처음 이곳에 오던 때, 밀수선에 몸담았던 일이 벌써 먼 옛날의 일처럼 아득하게 느껴졌다.

그런 그의 옆에 형운이 몸을 기대었다.

"우웩, 마곡정 이 자식 진짜 인정사정없네."

형운이 배를 문지르며 투덜거렸다. 마곡정은 그의 복부에 호쾌하게 주먹을 꽂아 넣고는 신이 나서 뱃머리 쪽으로 가 있었다.

문득 형운이 자신을 바라보는 천유하의 시선을 느끼고는 물었다.

"왜? 너한테도 한 대 맞아주랴?"

"나를 마곡정하고 똑같은 수준으로 생각하다니 섭섭한데?"

천유하가 피식 웃자 형운이 불쑥 물었다.

"그런데 그때, 왜 안 찔렀어?"

"……."

기습적인 질문에 천유하가 움찔했다. 그는 청해군도 쪽을 바라보며 생각하다가 말했다.

"생각해 보면 참 절망적인 상황이었는데, 난 좀 엉뚱한 생각을 하고 있었어."

"음? 무슨 생각?"

동문서답이었지만 형운은 따지고 드는 대신 이야기의 흐름을 따라갔다. 천유하가 말했다.

"세 사람이 부럽다는 생각을. 얼마나 오랫동안 함께 수련한 기억이 있어야 저런 발상을 할 수 있는 것인지 상상도 하기 어렵더군. 이성적으로는 그게 정말 말도 안 되는 생각이라는 것을 알고 있는데도… 함께 무공을 연마하며 쌓아온 기억에 목숨을 걸고 도박을 하겠다는 각오가 눈부셔 보였어."

그때 천유하는 철저한 외부인이었다. 형운과 함께 무공을 수련한 기억은 그들만의 것이었다.

그들이 부러웠다. 그리고 분해서 참을 수가 없었다.

"널 구하기 위해서라면 나도 목숨을 걸 각오가 되어 있었는데. 그런데 지켜보는 것 말고는 할 수 있는 일이 없었지. 그게 너무나도 분했다."

"어째서야?"

"뭐가 말이지?"

"어째서 날 위해서 목숨까지 걸겠다고 생각한 거지?"

"전에는 네게 은혜를 입었기 때문이라고 생각했지."

천유하는 형운에게 많은 것을 빚졌다. 그 빚을 갚기 위해서라면 목숨을 걸 수 있다고 생각했다.

"하지만 이번 일을 겪고 나니 그것만이 아니라는 것을 깨닫게 되더군. 왜 찌르지 않았냐고?"

천유하가 빙긋 웃으며 형운을 바라보았다.

"내가 너를 친구라고 생각하기 때문이다, 형운. 설령 우리 사이에 아무런 빚이 없더라도, 친구를 위해서라면 목숨을 걸 수 있어. 그리고 이게 네 물음에 대한 답이 될 것 같아."

"어······."

그 말에 형운이 멍청한 표정을 지었다. 그러다가 곧 씩 웃으며 말했다.

"이제 우리 사이에 빚은 없는 것 같은데?"

"그런가?"

"그래. 그리고······."

형운이 주먹을 들어 보이며 말했다.

"돌아가는 길은 길어. 우리가 함께 무공을 연마할 시간도 충분할 것 같은데."

"그거 아주 좋군."

천유하가 주먹을 들어 형운의 주먹에 맞부딪쳤다.

4

바다영수들의 도움으로 비밀리에 청해성에 들어온 일행은 곧바로 별의 수호자 청해성 지부로 향했다.

청해성 지부에는 청해용왕대가 거점을 되찾은 시점에서 이미 소식을 전해두었다. 정상적인 수단으로는 불가능했지만 영수들의 조력을 얻게 되니 그리 어렵지 않았다.

청해성 지부장이 물었다.

"밀수선이 돌아오지 않았다는 말을 듣고는 가슴이 철렁했습니다. 그 후로 한동안은 밀수선이 오가는 것도 불가능했다더군요."

"그럴 만했습니다. 아마 당분간 흉흉할 겁니다."

청해군도의 분위기는 형운 일행이 떠나는 그때까지도 흉흉했다. 청해용왕대는 재건이 한창이었고, 해루족과 요마군도는 전면적인 분쟁은 멈췄지만 여전히 살벌하게 날을 세우고 있었다. 그 틈을 타고 다른 군소 세력들과의 충돌도 빈번하게 일어났다.

다른 세력의 공격을 막아주던 형운이 떠난 이상 청해용왕대도 상당히 고생스러운 나날을 보내야 하리라. 하지만 이제부터는 그들 자신이 책임져야 할 일이었다.

지부장이 물었다.

"그곳에서 있었던 일들을 들을 수 있겠습니까?"

"음. 죄송하지만 안 될 것 같습니다. 정보 공개 여부를 장로회에 심의받아야 할 민감한 사안들이 많이 있는 터라……."

"그 정도였습니까?"

"그렇습니다. 알려 드릴 수 있는 것은……."

형운은 잠시 생각을 정리하고는 말해도 상관없다고 판단한 일들을 말해주었다.

청해군도에서 가장 강력한 세 세력이 서로 싸웠다는 것, 그 싸움에 자신들이 휘말렸다는 것, 그리고 결국 청해궁과 접촉하는 데 성공했다는 것.

지부장은 세 번째에 큰 반응을 보였다.

청해궁에서 얻은 것들을 자신에게도 좀 나눠줄 수 없을까 부탁했지만, 형운은 그건 안 되겠다면서 확실하게 거절했다.

이유는 형운이 청해성 지부를 완전히 신뢰하지 못해서였다.

청해성은 위진국 수군의 영향력이 강력하고, 그들이 황실의 권력자들에게 청해군도로부터 밀수한 귀한 것들을 갖다 바치고 있다. 그리고 청해성 지부는 수군과 좋은 관계를 맺기 위해 안달이 나 있는 상황이다.

'유출이라도 되면 곤란하지.'

이 문제에 대해서는 일행과도 이미 한차례 논의를 거친 후였다.

몇 번이나 부탁하고서도 거절당한 청해성 지부장은 못마땅한 기색이었다. 하지만 형운의 태도는 단호해서 파고들 구석을 주지 않았다.

그와 대화를 마치고 자신에게 배정된 거처로 들어온 형운은 깜짝 놀랐다.

"다시 만났군요."

손님이 와 있었기 때문이다.

5

한 명은 열예닐곱 살 정도, 또 한 명은 그보다 두어 살 정도 어려 보이는 소녀들이었다. 하지만 누구나 인간이 아니라는 것을 알아볼 수 있을 정도로 이질적인 용모의 소유자들이었다.

가장 눈에 띄는 특징은 좌우의 눈색이 청백색과 황백색으로 서로 다르며 동공마저도 검지 않다는 것이다. 그리고 귀 위쪽으로 청색과 붉은색이 섞인 작은 깃털들이 자리하고 있는 것 또한 강렬한 인상을 주었다.

둘은 형운이 예전에 한번 만났던 진조족 자매, 진령과 진려였다.

형운은 두 사람을 보고도 잠깐 놀랐을 뿐, 곧 담담한 기색으로 말했다.

"찾아오실 것 같았습니다. 아, 혹시 인간의 차는 드십니까?"

"좋아해요."

"여기 차 좀 부탁드리지요."

형운은 눈에 띄게 불안해하는 시비에게 부탁하고는 두 사람의 맞은편에 맞았다.

눈매가 가느다랗고 애교 있게 웃는 소녀, 진려가 물었다.

"어떻게 이 만남을 예상하셨나요?"

"비록 위진국 밖에서 일어난 일이기는 하지만, 그저 강대한 존재가 아니라 신이 사람의 몸을 그릇으로 삼아서 깨어났던 사건입니다. 진조족 분들께서도 관심을 가지실 만한 일이라고 생각했습니다. 혹시 그 팔찌를 주신 것은 이런 일을 예상해서였습니까?"

"쓸모가 있었나 보네요."

진려가 생긋 웃었다.

"제 숙부님, 아, 그러니까 우리 진조족의 천견장께서 그러셨어요. 언제가 될지는 모르지만 당신에게 그런 물건이 필요할 날이 있을 거라고요. 그래서 선물로 뭘 줄까 고심하던 언니가 며칠 동안 고심해서 만들었죠."

천견장은 신수의 일족 중에서도 천기를 읽는 능력이 탁월한 존재다. 그의 말은 예언이나 다름없었다.

형운이 한숨을 쉴 때, 잠자코 있던 진령이 물었다.

"쓸 만했느냐?"

형운이 양손을 모아 정중하게 예를 표했다.

"아주 훌륭했습니다. 제 몸에서 그 신을 몰아내는 데 큰 몫을 해주었습니다. 감사드립니다."

그 말에 진령은 흡족한 표정을 지었다. 그러더니 형운에게 고급스러운 상자 하나를 건넸다.

"이건……."

"열어보거라."

형운은 그 말에 따랐다. 그리고 진조족의 문양이 양각된 팔찌와 발찌를 발견하고 미묘한 표정을 지었다.

진령이 의아해하며 물었다.

"왜 그러느냐? 저번에 줬던 것보다 더 기능이 개선되었다. 차 보면 아주 놀랄 것이다."

"아니, 그게……."

입가를 실룩이던 형운이 조심스럽게 물었다.

"…이건 혹시 제가 또 이번 일 같은 사태에 휘말릴 거라는, 그런 예언입니까?"

"딱히 그런 건 아니다만? 천견장께서는 아무 말 없으셨다."

"그럼 왜……."

"있으면 좋은 것 아니냐? 지난번 것은 내가 급히 만드느라 많이 부족했다고 생각하고 있기도 했고, 그것이 쓸모를 다하고 부서졌으니 더 좋은 것을 주고 싶었다."

"그렇군요. 감사합니다."

형운이 안도의 한숨을 내쉬었다. 그리고 물었다.

"그런데 이번에는 한 짝이 아니라 두 쌍이나 되는군요. 모양이 다른 것 같은데, 하나씩 제가 차고 나머지는 천유하에게 주면 되겠습니까?"

"아니다. 이건 전부 네 것이다."

"네?"

형운의 놀라자 진령이 말했다.

"이번에는 천유하의 것은 없다. 나도 주고 싶은 마음은 굴뚝같지만 우리 일족은 인간에게 무언가를 함부로 선물해서는 안 된다."

"그럼 저는 왜 주시는 겁니까?"

"신족 입장에서도 포상할 만한 일이거든요."

설명이 서툰 진령 대신 진려가 말했다.

형운이 말한 대로 암해의 신의 부활은 진조족도 관심 가질 수밖에 없는 사안이었다. 만약 그가 그대로 청해군도를 장악하고 본국까지 세력을 넓히고자 했다면 끔찍한 재앙이 벌어졌으리라.

형운이 물었다.

"인간의 일이 아니라 신의 일이니 그렇게 될 경우 진조족 여러분께서 나서서 해결하실 수 있지 않습니까?"

진야 사건 때도 그랬다고 들었다. 다만 당시에 천계의 사정도 어지러워서 나설 수 있는 이들이 한정되었을 뿐.

진려가 고개를 저었다.

"아니에요. 그 일과는 완전히 경우가 다르답니다. 만약 공자의 몸을 그릇으로 삼은 암해의 신이 위진국 본토를 밟았더라도 우리는 정보를 제공하고 신기를 빌려주는 것 이상의 조력을 할 수 없었을 거예요."

"어째서입니까?"

"인간의 몸을 차지한 신은 인간의 운명을 손에 넣기 때문이지요. 그가 인간의 몸을 쓰고 있는 동안에는 신족이 손댈 수 없어요. 그것이 천계의 법도랍니다."

"아⋯⋯."

그것은 형운이 전혀 예상하지 못한 사실이었다. 그렇다면 진조족도 청해군도의 일 때문에 간담이 서늘했으리라.

진려가 말했다.

"그래서 공자가 특이한 거예요."

"네?"

"자신이 신을 담을 그릇으로서 특별하다는 것을 아시지 않나요?"

"그런 뜻으로 말씀하신 거군요. 네, 압니다."

평범한 인간이 신을 담을 경우, 그저 담고 있는 것만으로도 맹렬한 속도로 수명이 소모되어 간다. 신통력을 쓰면 수명이 소모되는 데서 끝나지 않고 그것만으로도 그릇이 파괴될 수도 있다.

하지만 일월성신을 이룬 형운은 특별했다. 한없이 원기에 가까운 기운으로 이루어진 그 육신은 신을 담고, 그 신이 신통력을 휘둘러도 그릇이 부서지는 일이 없었다.

"인간들의 인식으로는 변방에서 일어난 사건에 불과합니다만, 우리 입장에서 보면 현계의 역사를 바꿀 수 있는 일이었어요. 자칫 잘못했다면 몇 년 안에 대륙 지도를 완전히 다시 그려야 되었겠지요."

허황된 소리로 치부할 수 없다는 점이 섬뜩했다.

진려가 말을 이었다.

"우리가 이번 일에서 직접적인 포상이 가능하다고 판단한 대상은 공자 말고는 세 명이에요. 가려, 서하령, 마곡정. 그분들에게는 이것을 전해주시기 바랍니다."

진려가 세 개의 상자를 탁자 위에 올려놓았다. 그리고 생긋 웃었다.

"차 잘 마셨어요. 그럼 언젠가 인연이 닿는다면 또 보도록 하지요."

"가는 게냐? 난 감상이 좀 듣고 싶은데……."

"언니, 한밤중에 불쑥 찾아와서 불편하게 하는 건 예의가 아니랍니다. 우리가 돌아가야 편안할 테니 돌아가야지요."

"흠. 알겠다."

두 진조족은 공간에 파문만을 남기고 홀연히 사라졌다.

혼자 남은 형운은 의자에 몸을 묻으며 긴 숨을 토해냈다. 둘과 이야기를 나눈 것은 잠시뿐이었지만 내용이 내용이라 그런지 굉장히 피곤했다.

6

형운 일행은 청해성 지부에는 하루만 머무르고 다음 날 곧바로 길을 떠났다. 지부장은 며칠 정도 더 쉬고 갈 것을 권했지만 형운 일행은 다들 오랫동안 고국을 떠나서 향수에 젖어 있었다. 그래서 죽은 동료들의 시신을 한시라도 빨리 고국으로 데려가 주고 싶다는 명분으로 그 권유를 물리쳤다.

서하령이 말했다.

"사실 더 머무르면서 해산물 요리도 즐기고 싶었는데… 떠나는 게 맞겠지."

"어쩔 수 없지. 수작 부릴 틈을 줄 수는 없으니까. 이게 서로에게 좋은 일이야."

형운이 피식 웃었다.

청해성 지부장이 노골적으로 청해궁에서 받아 온 보물들을 원하고, 거절당했을 때 못마땅한 기색을 숨김없이 보였기에 일행은 만약의 사태에 대비했다. 혹시라도 청해성 지부 사람들을 이용해서 손을 쓸까 봐 철저하게 짐을 관리했던 것이다.

하지만 오래 머물 경우 지부장이 쓸 수 있는 수는 다양했다. 예를 들면 그가 원칙을 어기고 수군의 권력자를 초청해서 대면시키기라도 하면 어쩌겠는가? 눈앞에서 노골적으로 압박해 온다면 별의 수호자의 영향력도 약한 곳에서, 타국인인 그들이 버틸 수 있을까?

물론 이 시점에서 지부장은 아직 아무것도 하지 않았다. 일행은 그저 최악의 경우를 상정하고 아무 일도 벌어지지 않는 선택지를 골랐을 뿐이다.

서하령이 물었다.

"그런데 넌 팔찌랑 발찌는 어쨌어?"

형운은 진려에게서 받은 팔찌와 발찌를 차고 있지 않았다.

그에 비해 서하령은 목걸이를, 마곡정은 팔찌 한 짝을, 가려는 귀에 붙여서 소리가 나지 않는 형태의 귀걸이를 차고 있었다. 다들 세련된 은세공품이었다.

형운이 말했다.

"아, 그거? 차고 있어."

"음?"

"차면 피부의 일부처럼 녹아들어서 안 보이게 되어 있더라고. 남들은 직접 만져봐도 눈치채지 못할 거라는데……."

진령은 설명을 하지 않고 돌아갔지만 대신 상자 안에 간략한 설명서가 붙어 있었다.

팔찌와 발찌는 차고 있어도 외부에 드러나지 않고, 형운 자신도 그 존재를 인식만 할 뿐 다른 장신구를 찼을 때와 같은 이질감을 느끼지 못한다. 이 기물들은 외부의 해로운 힘으로부터 형운을 보호해 주며 형운의 진기 일부를 저장해 두었다가 필요한 때 꺼내 쓸 수도 있었다.

"흠. 그래? 어디……."

서하령이 대뜸 형운의 손목을 잡고 만지작거렸다. 그녀가 숨결이 닿을 거리까지 손목을 끌어당겨서 유심히 살펴보자 형운이 당황했다.

"야, 뭐 하는 거야?"

"진짜 감쪽같네. 신기해."

"다 봤지?"

　형운은 살짝 얼굴을 붉히며 손을 뺐다. 그리고 재빨리 말을 이었다.

"그 외에도 기능이 여럿 있더라고. 무슨 술법의 종합 선물 상자 같아. 진기를 모아두면 그걸로 축지도 할 수 있다?"

"축지를? 그건 놀랍지만 너한테는 별로 의미 없잖아? 운화가 있으니까. 어지간히 장거리를 이동할 수 있는 게 아니라면……."

"그렇게까지 장거리 축지는 안 되는 것 같아. 내가 아닌 다른 사람들도 보낼 수 있다는 점이 중요해."

"아, 확실히……."

　서하령이 감탄했다. 그런 면에서는 확실히 굉장한 쓸모가 있었다.

　그녀가 새침한 표정으로 투덜거렸다.

"그건 좀 부럽네. 남의 물건 부러워해 보기는 오랜만이야."

　서하령, 마곡정, 가려가 받은 장신구들은 외부의 해로운 힘으로부터 보호해 주는 기능, 그리고 장신구 보유자들끼리 장거리 통신을 할 수 있는 기능뿐이었다. 물론 그것만으로도 대단한 보물이었지만 형운의 팔찌와 발찌에는 비할 바가 못 되었다.

형운이 씩 웃었다.

"실제로 고생은 세 사람이 다 했는데 말야."

"안다니 다행이네."

"어쨌든 생존 소식도 총단으로 보내놨으니 좀 느긋하게 가자. 설마 가는 동안에는 올 때처럼 일이 생기진 않겠지……."

"그렇게 되면 좋겠지만, 글쎄? 과연 우리 팔자가 그렇게 순탄할까?"

"…불길한 소리는 하지 말아줘, 제발."

형운이 진심으로 애원했다.

7

행정구역 사이의 치안 공백 지대가 다들 그렇듯이 위진국의 진벽성과 청해성의 경계에 해당하는 곳에도 위험이 도사리고 있었다. 특히 이곳의 산길에는 최근 요괴를 두령으로 둔 산적대가 출몰해서 사람들을 두려움에 떨게 했다.

이 산적대의 두령인 요괴, 아니, 정확히는 인간과 요괴 사이에서 태어난 반인반요(半人半妖)였다.

그는 평소에는 험악하고 살벌한 인간이지만 요괴의 모습으로 변하면 인간의 영육을 탐하길 주저하지 않는 괴물이었다. 인간을 죽여 먹어치우면서 그의 요괴로서의 부분이 급속도로 강해졌고 그와 그가 이끄는 산적들은 나날이 흉폭해졌다.

하지만 그는 알았어야 했다. 고작 반쪽짜리 요괴의 피를 믿고 설치기에는 세상이 아주 무섭다는 것을.

"너, 너희는 대체 뭐냐?"

"다짜고짜 사람 죽이겠다고 달려든 주제에 무슨 소리를 지껄이는 거야?"

짜증스러운 말투로 반문한 것은 검푸른 옷을 입은 6척 장신의 청년이었다.

산적대가 노린 일행은 총 열 명이었다. 상단과는 달리 전원이 무장하고 있다는 점이 걸리기는 했지만 인원수는 적은데 두 대나 되는 마차로 많은 짐을 옮기고 있다는 점이 너무나도 먹음직스러워 보였다.

게다가 열 명 정도의 호위무사라면 전에도 처리해 본 적이 있었다. 산적대의 인원은 두 배가 넘고, 무엇보다 반인반요 두령까지 있는데 무엇이 두려울까? 그들은 기세등등하게 달려들었다.

그리고 순식간에 몰살당했다.

반인반요 두령은 믿을 수 없다는 듯 주변을 돌아보았다. 그를 따라온 부하는 스무 명이 넘었다. 그런데 그가 거들먹거리며 느긋하게 뒤를 쫓는 동안, 미처 현장에 도착하기도 전에 몰살당한 것이다.

굳어 있는 그의 앞에 검푸른 옷의 청년이 마치 나는 듯한 움직임으로 달려와서 섰다.

"설마 저놈들이랑 상관없다고 말하진 않겠지? 네가 얘들아, 해치워라! 라고 외치는 거 다 들었는데?"

"이익! 건방진 애송이 놈이 감히!"

그의 목소리에 위협적인 기운이 섞이기 시작했다. 형운이 보는 앞에서 그의 피부가 거무튀튀하게 변하면서 덩치가 커지기 시작한다.

'음?'

두령은 의아해했다.

이제까지 그가 요괴의 모습을 드러내면 다들 혼비백산했다. 놀라고 겁에 질린 그들을 압도적인 힘으로 쳐 죽이고 잡아먹는 것이 그가 해온 일이었다.

그런데 상대의 반응이 이상했다. 아무리 뛰어난 무공을 익히고 있다고 해도 지금의 그를 보고 시큰둥한 표정을 짓는 것은 이상하지 않은가?

쾅!

미처 변신을 완료하기도 전에 폭음이 울려 퍼졌다.

그리고 곧 두령은 볼 수 있었다. 자기 몸통에 커다란 구멍이 뚫린 것을.

"어, 어어, 이, 이게 무슨……."

청년은 그가 쓰러지는 것을 확인할 것도 없다는 듯 돌아섰다. 두령은 자기도 모르게 기다리라고 말하려고 했지만 목소리가 나오지 않았다. 몸이 땅에 쓰러지는 소리가 들렸고, 그의 숨이 끊어졌다.

8

반인반요 두령을 순식간에 쓰러뜨린 청년은 형운이었다. 그가 마차로 돌아오자 서하령이 대뜸 말했다.

"잡아두고 있는 사람들이 있대."

"아, 왜 산적 놈들은 하는 짓이 매번 똑같은 거야?"

형운이 진저리를 쳤다. 화가 나는 것도 나는 거지만 너무 많이 겪어서 지겹다는 느낌이 진하게 배어나는 반응이었다.

생포된 산적은 그런 분위기를 읽고 벌벌 떨었다. 자기들도 타인의 목숨을 파리 목숨만도 못하게 생각하지만 이자들도 이상했다. 자신들과는 좀 다른 의미에서 살인에 대한 무게감이 너무나 가볍다.

물론 험한 일을 많이 겪은 무인이란 다들 그런 법이다. 일상생활에서는 남들과 마찬가지로 목숨을 귀하게 여기지만 전장이라는 특수한 규칙이 지배하는 세계에 들어가는 순간 머릿속에서 사고방식이 변해 버린다.

그렇다고 해도 이토록 젊은 자들이 이런 모습을 보이는 것은 이상하지 않은가? 한 번도 겪어보지 못한 이질감, 그리고 다른 세상에서 온 것 같은 무시무시한 신위 앞에 산적은 공포에 떨었다.

형운과 서하령은 그의 반응에는 아예 신경도 쓰지 않았다.

"바로 처리하자. 그냥 산적들에게 잡혔어도 끔찍한데 사람을 먹는 요괴에게 잡히다니 대체 얼마나 고초가 심했을까?"

"관아만 믿기는 그렇고 우리 쪽 사람들한테 한동안 뒤를 좀 봐달라고 해야지. 아무래도 이 나라에서는 우리가 할 수 있는 일이 적어."

"후우."

현실적인 지적에 형운이 한숨을 쉬었다.

문득 서하령이 말했다.

"근데 참 어지간하네. 말이 씨가 된다더니 어째 가는 곳마다……."

"그래서 불길한 소리 하지 말랬잖아."

형운이 투덜거렸다.

일행이 청해성 본성을 떠나서 진벽성의 영역까지 들어오는 데 2주일이 넘게 걸렸다.

올 때에 비해 느긋하게 와서이기도 했지만 오는 동안 사건 사고가 끊이지 않아서이기도 했다.

처음 들른 마을에서 형운은 아녀자를 희롱하는 건달들을 쫓아냈다. 그랬더니 패거리를 끌고 왔다. 모조리 박살 내버렸다.

이틀 후에는 산적의 습격을 받았다. 순식간에 처리했지만 그들이 잡아두고 있는 사람이 많아서 마을까지 안전하게 데려가서 관아에 인도해 주는 동안 시간을 이틀이나 잡아먹었다.

그 후에 들른 소도시에서는 약재상에서 약을 사려고 했더니 사기를 치려고 했다. 그것을 추궁했더니 약재상과 의원이 결탁해서 더러운 짓을 벌이고 있다는 사실이 밝혀졌다. 그들의 배후에는 흑도의 큰손이 있었다.

거기까지 밝혀내는 데 이틀이 걸렸다. 행동은 신속했다. 흑도 문파는 속전속결로 박살 내고 그들이 음성적으로 행하던 불법적인 사업들을 공론화시켜서 공분을 사게 만들었다. 뒷일을 위해 몇 가지 공작을 해두었으니 약재상과 의원도 몰락할 것이다.

그리고 그다음에는 반인반요를 두령으로 삼은 산적이라…….

"올 때는 안 이랬는데 대체 왜 이러는 거야?"

"그야 그때는 만검문이 편의를 봐줬고 워낙 길을 서두르느라 주변을 볼 여유가 없었으니 문제를 발견 못 한 거겠지. 원래 동네마다 이런 문제 한둘씩은 안고 있게 마련인 거고."

"그렇군……."

형운이 한숨을 푹 쉬었다.

일행은 산적들의 본거지를 급습, 남은 놈들의 반은 죽이고 반은 생포했다. 그리고 잡혀서 노예처럼 부려지던 10여 명의 사람을 구출해서 마을까지 데려다주고 뒷일을 감당하느라 또 사흘 정도를 잡아먹었다.

그리고 그 사흘 때문에 일행의 소식을 들은 한 사람이 달려왔다.

9

"아니, 젊은 친구! 어떻게 이럴 수가 있나? 응? 진벽성에 왔으면서 나를 안 보고 갈 생각이었나?"

"아, 그게 저희 일정이 좀 촉박하여……."

"그래도 그렇지! 우리가 어떤 사인가? 목숨 걸고 사선을 넘은 전우 아닌가, 전우! 만검문에 왔다면 극진하게 대접했을 것을."

호들갑을 떤 것은 백무검룡 홍자겸이었다.

이미 그는 형운을 보자마자 곧바로 칼부림을 해와서 한바탕 난리를 치른 뒤였다. 이번 '놀이'는 의기상인을 배경에다 깔아둔 수 싸움이었는데 홍자겸의 현란한 기술에 밀려서 형운이 졌다.

"잘못했습니다."

결국 형운이 사과하고 순순히 홍자겸의 초대에 따랐다.

이제까지 형운 일행의 행적은 상당히 요란했다. 여기까지 오는 동안 겪은 일들이 일파만파 퍼져 나가고 위진국에서도 선풍권룡과 영화권봉, 유성검룡의 이름이 드높아졌다.

참고로 그새 마곡정에게도 별호가 붙었다.

"설풍미랑(雪風美郎)이 뭐야, 설풍미랑이? 우웩……."

소문으로 자신의 별호를 알게 된 마곡정은 마음에 안 들어서 투덜거렸고, 일행은 다들 저 별호를 유행시킨 것은 분명 여자일 거라고 수군거렸다. 마곡정의 경우 싸울 때는 격렬하고 화려해서 눈에 띄는 데다가 겉모습만은 누가 봐도 인정할 수밖에 없는 미소년이다. 요즘은 옷차림도 멀쩡해져서 어딜 가나 여성들의 시선을 받고 있었다.

어쨌든 이렇게 일행의 행적이 눈에 띄다 보니 진벽성의 패자인 만검문에서 모를 리가 없었다. 결국 살무귀 사건 이후로 수련에 박차를 가하고 있던 홍자겸의 귀에도 들어갔고, 그가 한달음에 달려오는 결과를 낳았다.

홍자겸은 부근의 만검문 지부로 일행을 초대했다. 만검문은 10대 문파 중에서도 규모가 큰 편이고 많은 사업을 하고 있기도 해서 진벽성 곳곳에 다섯 지부를 두고 있었다.

"덕분에 파벌도 좀 나뉘는 편이지. 물론 여기서는 그런 일로 자네들이 귀찮아지는 일은 없을 걸세."

홍자겸이 콧방귀를 뀌었다. 그는 같은 문파 사람들이 파벌을 나눠서 아웅다웅하는 것을 좋아하지 않았다.

"그래도 덩치가 커지면 그게 필연이라는·것도 안다네. 하여튼 골치 아프게들 산다니까. 별의 수호자도 그렇지 않나?"

"많이 그렇지요."

"젊은 친구도 걱정이 많겠군."

홍자겸이 껄껄 웃었다.

그는 형운과 둘이서만 술잔을 기울였다. 다른 사람들은 이곳 사람들에게 지부 내를 안내받고 따로 술상을 받았다.

굳이 초대해 놓고 이러는 것은 무례로 보일 수도 있었지만 다들 원하는 바였다. 홍자겸의 본성을 알고 있기에 다들 그의 눈에 띄기를 꺼렸다.

두 사람은 술잔을 주거니 받거니 했다. 잠시 시시콜콜한 이야기를 주고받다가 홍자겸이 물었다.

"그러고 보니 요즘 자네에 대한 반감 여론이 있다는군."

"네?"

"나도 여기 오기 전에 들은 이야기인데, 하운국의 젊은 놈이 팔객에 이름 올리겠다고 협객 일을 열심히 한다더라, 뭐 그런 식으로 반감을 보이는 부류가 있다고 하네."

"그건 참 듣도 보도 못한 참신한 모함이군요?"

"정치적인 이야기지."

홍자겸이 킬킬거렸다.

"백리 장군이 그렇게 꼴사납게 죽었지 않나? 덕분에 백리세가도, 제도 쪽의 권력 판도도 혼돈의 도가니라는군. 덕분에 각지에서 관리들의 인사이동이 잦아지는 등의 영향이 나타나고 있는 중이고. 자네가 여기 오는 동안 일을 많이 만난 것은 그 영향도 있을 걸세."

"아……."

확실히 위진국은 아직도 3년 전 황실의 난으로 인해 일어난 혼란을 완전히 수습하지 못했다. 그런 상황에서 백리검운이 요괴가 되어 사망하는 사건이 터졌으니 그로 인한 여파가 전국 각지에 미치는 것도 당연한 일이다.

"지금은 이존팔객이라 불리지만 어떤 때는 일존구객이었고 또 어느 때는 천하십객인 적도 있었지. 어쨌거나 천하에서 가장 이름 높은 협객 열 명의 이름은 그저 사람들이 우러러보는 것으로 끝나지 않는다네."

그 열 명에 올라갈 것을 정하는 것은 몇 명의 호사가가 아니다. 명망 높은 권력자도 아니다.

그들을 동경하며 이야기를 전하는 민중이다.

지금의 이존팔객은 누군가 '이 사람이 오늘부터 이존팔객의 일원이다'라고 정해줘서 그렇게 불리는 것이 아니었다. 그들이 해온 일들이 명성이 되어 조금씩 입지를 만들어 나가다 보니 어느새 만인에게 이존팔객으로 불리게 되었다.

그렇기에 정체를 알 수 없는 폭풍권호나 마인인 혼마 한서우, 자객인 암야살에 자혼까지도 팔객의 일원으로 불리는 것이다. 이들의 행적을 보면 정말 사회 지배층들은 이를 갈 만하다는 점이 이존팔객의 이름이 어떤 가치를 지녔는지를 알려준다.

"그건 작게는 단체의, 좀 더 크게 보면 그 단체가 속한 지방의, 더 크게 보면 국가적 자존심과도 얽혀 있는 문제야. 우리나라 사람들은 백리 장군의 공백을 메울 새로운 팔객은 당연히 우리나라 무인이 되어야 한다고 생각하고 있다네. 좀 더 깊숙이 들어가면 황실에서는 황실 소속의 무인이기를 바라고 적극적으로 선전 중인데… 황실에도 파벌이 많다 보니 한 명만 밀어주는 것도 아니고 각자 자기가 미는 녀석들을 밀어주느라 정신이 없더군. 개판이야 아주."

"그런 줄은 몰랐습니다."

형운이 혀를 내둘렀다. 홍자겸이 히죽 웃었다.

"천하는 넓으니 단지 일신의 무력만을 따진다면 나보다 뛰어난 자들이 얼마든지 있을 걸세. 하지만 난 과분하게도 팔객으로 불리고 있지. 이날 이때까지 정말 내 맘대로 살았는데도 말이야. 그러니까 그건 의식하고 체면을 신경 쓴다고 해서 될 수 있는 게 아닌 게야. 자신이 살아오면서 걸어온 길이 사람들에게 인정받을 수 있는가, 그리하여 천명(天命)을 얻을 수 있는가의 문제일 걸세."

"천명입니까?"

"민심(民心)은 천심(天心)이니 사람들의 마음을 얻는 자가 곧 하늘의 마음을 얻는 자다……. 내 사제는 그러니까 이제 좀 얌전히 굴어달라고 잔소리를 늘어놓고는 하지. 어림 반 푼어치도 없는 소리지만."

"……."

형운은 왠지 얼굴 한 번 본 적 없는 홍자겸의 사제의 마음을 손에 잡힐 듯이 알 것 같았다. 그에게 마음속으로 위로를 전하며 형운이 말했다.

"하지만 황당하군요. 저를 두고 팔객에 오르니 뭐니 하다니,

나이로 보나 명성으로 보나 어림도 없지 않습니까?"

"그건 겸손한 게 아니라 무지한 발언일세. 하운국 사람이 위진국 전역까지 명성을 떨치기가 얼마나 어려운 줄 아는가? 하운국에서 이름 떨치는 협객들 100명을 꼽아다가 여기 사람들에게 물어보면 몇 명이나 알 것 같나?"

형운은 설산에서 흑영신교주를 패퇴시켰을 때부터 압도적인 명성을 떨치고 있었다. 그리고 위진국에서는 홍자겸과 함께 살무귀를 해치운 이후 명성이 폭발적으로 높아졌다. 이는 홍자겸이 공식 석상에서 몇 번이나 직접 이름을 거론하며 칭찬한 덕분이기도 했지만 그것까지는 형운이 알 수 없는 사정이었다.

"천하십대협객의 이름이 결정되기까지는 오랜 시간이 걸리지. 공석이 난다고 해서 바로 다음 누군가가 그 자리를 꿰차는 게 아니야. 그러니 몇 년쯤 후에는 자네가 팔객으로 불릴지 또 누가 알겠나?"

"전혀 실감이 안 가는데요."

형운이 쓴웃음을 지었다. 아무리 생각해도 현실감이 안 느껴지는 이야기였다. 자기가 모르는 곳에서 자기 이름을 두고 그런 논의가 이루어지고 있었을 줄이야.

홍자겸이 어깨를 으쓱했다.

"실감할 필요 없네. 아마 된 다음에도 실감하지 못할 테니. 나도 그랬거든."

"하하하……."

"그보다 청해성에서는 무슨 일이 있었기에 오랫동안 종적이 끊겼던 겐가? 혹시 청해군도에라도 갔었나?"

"조직 내부의 일이라 자세히 말씀드릴 수는 없군요. 그리고 청해군도라니, 수군이 눈에 불을 켜고 있는데 어떻게 그러겠습니까?"

형운이 천연덕스럽게 말했다. 홍자겸이 재미있다는 듯 눈을 가늘게 떴다.

"자네는 참 놀라운 친구야. 그사이에 무슨 일이 있었는지는 정말 궁금하군. 대체 무슨 일을 겪었기에 심상경에 올랐나?"

"……."

기습적인 지적에 형운이 놀람을 얼굴에 드러내고 말았다.

다시 만나서 한바탕 투닥거리기는 했지만 심상경이 드러날 일은 없었다. 형운은 9심 내공을 이루고 심상경의 절예까지 터득한 주제에 의기상인과 허공섭물의 운용은 발전이 없는 불균형의 극치다. 그것만을 보고 형운이 심상경에 올랐다는 것을 아는 것은 무리였다.

"…어떻게 아신 겁니까?"

"그냥 알려주면 재미가 없지. 한 수 겨뤄준다고 약속하면 알려줌세."

"와, 치사하시네요."

"치사한 건 자네지! 거 명성 높은 강호의 대선배인 내가 한 수 겨루자고 하는데 젊은 무인이라면 눈을 반짝반짝 빛내면서 한 수 배우겠습니다! 해야 하는 거 아닌가?"

"뻔뻔하십니다. 좋아요. 그렇게 하죠."

그 말에 홍자겸은 회심의 미소를 지었다.

"심상경에 오르게 되면 기파가 질적인 변화를 이루게 된다네. 그리고 보통의 기파와는 다른 이질적인 기파를 섞어서 흘리게 되지. 자네도 앞으로는 양쪽을 다 감추는 것을 연습하는 게 좋을 걸세."

"그런 맹점이 있었군요."

형운이 혀를 내둘렀다. 귀혁이 옆에 있었다면 바로 알려줬겠지만 여기에는 아무도 가르쳐 줄 사람이 없어서 몰랐다.

"자, 그럼 한 수 겨뤄볼까?"

"지금 말입니까? 아직 술 남았는데요?"

"왜? 싫은가?"

"아뇨. 한결같으시군요. 제가 대협의 그런 점은 참 좋아합니다."

"대협이라니 우리 사이에 무슨. 그냥 선배라고 부르게. 나이차 때문에 그렇게 부르기 뭐하면 노선배라고 불러도 좋고."

펑!

손사래를 치는 홍자겸 앞에서 불꽃이 튀었다.

형운이 벼락같이 기습을 가한 것이다. 주먹을 내지름과 동시에 격공의 기로 시간 차 기습을 가하고는 곧바로 방문을 열고 마당으로 뛰쳐나갔다.

"좋군!"

홍자겸이 신바람이 나서 그 뒤를 쫓았다.

그리고 곧 지부는 난리가 났다. 두 사람이 지부 곳곳을 뛰어다니면서 격렬하게 치고받았기 때문이다.

남들이 보면 경천동지할 대결이었지만 둘 다 명확한 규칙을 정해둔 대련을 펼치고 있었다. 그리고 그렇기에 두 사람은 두

시진(4시간) 동안이나 다른 사람들에게 현란한 구경거리를 제공한 뒤에야 싸움을 그치고 다시 술을 마시러 들어갔다.

그 광경을 끝까지 지켜본 가려가 탄식했다.

"공자님, 하필이면 저런 사람에게 물드시다니······."

10

별의 수호자의 위진국 본단을 실질적으로 지배하고 있는 것은 화성 하성지였다.

그녀는 계속 정신없이 바빴다. 백리검운의 죽음으로 인해 권력 판도에 도래한 혼돈을 이용해서 별의 수호자의 입지를 늘리기 위해서는 할 일이 한둘이 아니었다. 수많은 정치적인 만남이 있었고 무인으로서 싸움을 치러야 할 때도 있었으며 여러 계획을 검토하는 일까지 하자니 피로가 무시무시하게 쌓여 있었다.

"죽겠군. 잠도 모자란데 내가 이 나이 먹고 그 애송이까지 영접해야 하나?"

심신 양면에 부담을 주는 일들이 산더미처럼 쌓여 있다 보니 육체를 강철 이상으로 단련한 그녀도 피로에 절었다. 그녀의 투덜거림에 옆에서 서류 업무를 보조하던 그녀의 셋째 제자, 사람 좋은 얼굴을 한 청년 아윤이 말했다.

"피곤하시면 그냥 쉬시죠? 출타하셨다고 핑계대고 저만 봐도 될 것 같은데요?"

"그럴까··· 아니, 아니다. 내가 직접 봐야 해."

"저를 못 믿으시는 겁니까?"

"물론이다."

"……."

아윤의 표정이 구겨지자 하성지가 재미있어하며 웃었다.

"사내 녀석이 토라지지 말거라. 다른 업무라면 모를까, 네가 그 요망한 계집 상대로 교섭을 제대로 할 수 있을 것 같지 않구나."

하성지가 서하령을 떠올리며 한숨을 쉬었다.

형운 일행의 행적은 하성지에게 속속들이 전달되고 있었다. 그녀는 약간의 공작을 펼쳐서 형운 일행의 업적을 각지에 선전하고 있기도 했다. 그들은 하운국 사람이지만 동시에 별의 수호자의 일원이기도 하기에 그녀의 일에도 도움이 되었기 때문이다.

'내가 전면에 나설 수 있으면 좀 더 일이 편하겠지만 총단에서 가만히 있을 리 없고.'

형운은 너무 급격하게 명성을 얻는 바람에 별의 수호자의 정보부 방침에서 예외 사례로 취급받고 있다. 하지만 어디까지나 그가 예외일 뿐이고 방침 그 자체는 변하지 않았다.

그러니 이제 와서 하성지 자신이 위진국을 활보하며 대활약을 펼치고 명성을 떨치는 것은 허락되지 않는다. 그 점을 잘 알고 있기에 하성지는 약간의 꼼수만을 부렸다.

형운 일행의 명성을 선전하여 별의 수호자의 입지를 확대하는 데 이용하는 한편, 아윤을 형운처럼 예외로 만들고자 했다. 백리검운이 사망한 그 전투에서 아윤은 병사들을 중심으로 이름이 알려지기 시작한 참이다.

"청해궁에서 뭘 얻어 왔는지는 모르겠지만 어떻게든 좀 얻어
내야 한다."

하성지는 위진국 본단의 권한을 강화하려고 한다. 그를 위해
서 자기를 따르는 무인들을 양성하는 것은 물론이고 위진국 본
단에서 독자적으로 연단술을 발전시키는 데도 많은 지원을 하
고 있었다.

하지만 위진국 본단의 연단술 연구와 사업은 철저하게 하운
국 총단에 종속되어 있다.

일월성단을 비롯해서 별의 수호자의 주요 비약은 전부 성도
의 탑에서 탄생했으니 당연한 일이다. 위진국 본단도 뭔가 독자
적인 업적을 세우지 않으면 도저히 권한을 요구할 수 없었다.

형운 일행이 청해궁에서 얻어 온 것들을 얻을 수 있다면 위진
국 본단의 연단술 연구에 많은 도움이 될 것이다.

11

형운 일행이 진벽성에 위치한 별의 수호자 위진국 본단에 도
착한 것은 7월 중순이 다 지나갈 무렵이었다. 만검문에서 사흘
간 머물렀고 오는 동안 또 한 차례 사건을 만나는 바람에 일정
이 지체되었다.

그리고 형운은 하성지와 독대를 하게 되었다.

"나눠 드리죠."

"정말인가?"

요구 사항을 들은 형운이 너무 흔쾌히 고개를 끄덕이는 바람

에 하성지가 오히려 당황했다. 보통 이런 것은 좀 은근히 요구하고 그건 안 되겠다는 놈한테 이런저런 조건을 들이밀면서 밀고 당기는 피곤한 협상을 해야 하게 마련인데 형운은 너무나도 쉽게 받아들였다.

"어차피 그럴 생각으로 넉넉하게 받아 왔습니다."

"청해성 지부 쪽에서는 그런 태도가 아니었다고 들었는데."

"그쪽을 신뢰해도 되는지 고민스러워서요. 이곳이라면 최소한 권력자에게 선물로 바치기 위해서 요구하는 것은 아니겠지요."

"음……."

"아, 그건 그렇고 여기 머무는 동안 몇 가지 도움을 청하고 싶군요. 말씀드려도 되겠습니까?"

형운은 청해궁의 영약을 건네줄 테니 대가를 지불하라고 말하지 않았다. 마치 그것과는 전혀 상관없는 일이라는 듯 도움을 청한다는 이야기를 꺼냈다.

서로가 총단이 알면 정치적으로 이용될 수 있는 거래를 나눈다는 것을 잘 알고 있었다. 이럴 때는 눈 가리고 아웅 하는 자세가 필요했고, 형운도 그 정도는 할 줄 알았다.

"위험을 감수하고 앞장서서 이 나라에서 우리 조직의 이름을 드높이는 자네가 부탁하는데 뭐든 못 들어주겠나? 내 권한으로할 수 있는 일이라면 얼마든지 도와주지."

"감사합니다."

형운은 몇 가지 요구 사항들을 말했고 하성지는 받아들였다.

잠시 후 두 사람은 웃으면서 헤어졌다. 양자 모두 만족할 만한 거래였다.

12

형운이 배정받은 거처로 돌아오자 마곡정이 물었다.

"어떻게 됐냐?"

"잘되었어. 비약하고 비급 모두 모레까지는 준비해 주겠다는 군."

"생각보다 흔쾌하게 허락했네?"

"그쪽도 만족할 만한 거래지. 지금까지 표본조차 구할 수 없었고 앞으로도 구하기 어려울 영약을 나눠주겠다는 거니까."

"와, 너무 약은 거 아냐? 정작 중요한 알맹이는 하나도 안 주는 건데."

"누군가한테는 돌멩이에 불과한 게 누군가에게는 금보다도 귀할 수 있는 법이지. 그러니까 교역이라는 게 성립하는 것 아니겠어?"

형운은 청해궁에서 받아 온 것들 중 진짜 귀한 것들, 영수의 능력으로 만들어낸 비약 같은 것들이 아니라 심해에서 자연적으로 자라난 영약들만을 나눠주겠다고 했다.

하지만 그것조차도 바깥세상에서는, 특히 연단술사들에게는 값을 따지기 어려울 정도로 귀중하다. 인간에게 미지의 영역으로 남아 있던 심해에서 자란 표본이니까.

형운은 이 영약들을 제공하는 대가로 비약과 무공비급을 요구했다.

이것들은 형운 자신을 위한 것이 아니라 부하들을 위한 대가였다. 부하들에게 무공 열람권이나 비약을 지급하는 것은 상당히 까다로운 절차를 밟아야 했다. 그래서 여기까지 믿고 따라와 준 사람들이나 앞으로 새로 영입할 사람들을 위해서도 그런 것들을 미리미리 확보해 둘 필요성을 느꼈다.

"그리고 이틀 전에 총단에서 최대한 빨리 귀환하라는 명령이 내려왔다는군. 화성께도 국경을 넘을 때까지는 그를 위한 전폭적인 지원을 하라고 장로회에서 지시했다는데……."

"음? 갑자기 왜 그러지? 청해궁에서 얻어낸 것들을 빨리 보고 싶어서 안달이 난 건가?"

"그럴 수도 있겠지만 이제야 명령이 왔다는 게 마음에 걸려. 총단에 뭔가 일이 터졌는지도 모르지."

형운은 왠지 불길한 예감을 느꼈다.

『성운을 먹는 자』 14권에 계속…